QED ～flumen～ ホームズの真実

高田崇史

KODANSHA NOVELS 講談社ノベルス

カバーデザイン＝坂野公一(welle《ヴェレ》 design《デザイン》)
ブックデザイン＝熊谷博人・釜津典之

神の恵みのこの上ない証拠は、
花のなかに発見されると、私には思えます。

シャーロック・ホームズ
（「海軍条約事件」）

目次

《プロローグ》

紫《むらさき》は高貴な色――。

虹の七番目。一番内側。

赤と青がない交《ま》ぜになった、波長三百八十～四百ナノメートルのその色は、深く濃い憂愁《うれい》を内に秘め、じっと見つめていると、いつの間にかその深淵に体ごと引きずり込まれてしまいそうになる。

中国で「紫微《しび》」といえば、北斗七星の北に位置する天帝の居所であり、「紫霞《しか》」「紫宮《しきゅう》」「紫庭《してい》」は、仙人の住む神仙などを表している。そこに生える「紫芝《しし》」は霊芝《れいし》のことで、仙薬《せんやく》の代表。ちなみに「紫皇《しこう》」は仙人の最高位の者を指す言葉。どちらにしても、人知を超えた神の世界の話だ。

またわが国でも、「紫宸殿《ししんでん》」は平安京内裏の正殿、「紫禁《しきん》」は皇居。そして「紫衣《しい》」は高貴な方の衣服。そして「紫雲《しうん》」「紫煙《しえん》」「紫電《しでん》」は目出度《めでた》い瑞祥《ずいしょう》――。

かの清少納言《せいしょうなごん》の『枕草子』の、余りに有名な冒頭にも登場する。

「春は、曙《あけぼの》。やうやう白くなりゆく、山ぎはすこし明《あか》りて、紫だちたる雲のほそくたなびきたる――」

但しこの場合の「紫」は、単純に空の色を表しているという説と同時に、紫草《むらさきそう》の花のような白色の雲が点々と浮かんでいる風景を表現している、という意味の両方に取れるという。確かに紫草の花は白色で、紫色の染料は、漢方薬にもなるその根――紫《し》根《こん》から取られる。

でも……と、槿遼子《むくげりょうこ》は部屋で一人思う。

やはりこの場面は、朝焼けの空が紫――やや赤みがかった古代紫――に染まっていると見た方が美しい。いかにも「夜明け」という雰囲気だ。

しかし、それはもちろん個人的な趣味。

遼子も、紫が大好きなのだ。

「紫」——ｖｉｏｌｅｔ。

遼子が紫色——スミレ色を好きな理由には、名字の「槿」の旁《つくり》の「菫」が、可憐な「菫《すみれ》」を容易に連想させるということも一つの理由だった。

しかしそうでなくとも、なぜか幼い頃から、ずっとこの色に心を惹《ひ》かれていた。他の友だちが、赤や青や黄色のように分かりやすい色が好きと言う中で、遼子はいつも「紫、しかも濃い紫が好き」と公言していた。だが、大人になった現在ならばともかく、まだ幼稚園の頃からそんなことを言っていたのだから、今思えば少し変わった子だと思われていたかも知れない。

遼子は苦笑する。

そして今日も自分の部屋で、紫色のカクテル——ブルー・ムーンを傾けている。香りは華やかだが、見た目は落ち着いた、淡いスミレ色のカクテル。

大抵のカクテルブックには、恋人たちが二人で飲むのに最適なカクテル、と載っている。それを遼子はいつも一人、自分の部屋で飲む。このカクテルに関しては——これも遼子の個人的趣味だったが——二人よりも、一人で静かに飲みたい。

それにレシピも、ジンとクレーム・ド・ヴァイオレット、そしてレモンジュースだけの、ごく単純なカクテルだから、いつでも手軽に作ることができる。

ちなみにこのカクテルをスタンダードなバーで注文すると、三日月の形をしたレモン・ピールを浮かべてくれるが、自宅ではもちろんそんなことまではしない。軽くシェイクして——それも面倒な時はステアで飲むだけだ。

しかし遼子のこだわりが一つある。それは、クレーム・ド・ヴァイオレットとして、わざわざ取り寄せた「パルフェ・タムール」を使っていることだ。パルフェ・タムール——永遠の愛、という名前のリキュールを。

そのスミレ色の液体がゆらりと揺れ、甘く上品な香りが鼻をくすぐった時、

遼子はふと閃《ひらめ》いた。

そうか。

紫は朝焼けの色であり、同時に夕焼けの色。

ということはつまり――。

この、赤と青の境目は、つまりあの世とこの世、彼岸《ひがん》と此岸《しがん》の境界を表しているのではないか。

「生」でもなく「死」でもない、霊魂が多く行き来する場所。そこから生命が誕生し、あるいは死へと向かう場所。逆に言えば「生」であると同時に「死」でもある、その二つの世界を併《あわ》せ持っている色が、紫。だからこそ人々は、紫を高貴な色と感じ、恐れ敬《うやま》ってきたのではないか。

しかしそうなると、幼かった頃からその「紫」が好きだった自分は「生」と「死」の、どちらが好きなのだろう？

そして今、どちらの世界にいる……？

遼子はそんなことを思いながら、スミレ色の液体が揺れるグラスを、静かに柔らかな照明にかざして一人苦笑した。

それは遼子が、紫色のスミレの花を手に瀕死の状態で、救急隊によって搬送されることになる、わずか二日前の夜のことだった。

1

「奈々《なな》さん、ご結婚されるんですって？」

相原美緒《あいはらみお》の言葉に、棚旗《たなはた》奈々は口に入れたばかりのサンドイッチを吹き出しそうになった。

東京・祐天寺《ゆうてんじ》、ホワイト薬局の昼休みである。

奈々がこの薬局に勤めて、ちょうど九年。平成三年（一九九一）に明邦《めいほう》大学を卒業して、知人の紹介ですぐにこの薬局に就職した。それは、薬局長である外嶋一郎《そとじまいちろう》が、大学の大先輩であったということもあり、またここ、目黒区・祐天寺が、奈々の借りている桜木町《さくらぎちょう》のマンションから四十分足らずの場所で、家から近すぎず遠すぎず、最適なロケーションだったということもある。

そして——これもかなり魅力的な理由の一つだったことは事実だが——休暇がしっかり取れる。週休に加えて有給休暇もきちんと取れるので、頼み込めば三連休もある。実際に過去、奈々が旅行に出かけて——とても普通の人々の経験しないような——アクシデントに見舞われた時などは、融通を利かせてもらったこともあった。

しかも、普段の昼休みも充分長い。一般の会社と比べれば倍近くある。しかし、調剤業務は長丁場だし、ある意味、体力勝負の所もあるのでこの長い昼休みはとてもありがたかった。

その休憩時間。

奈々たちは、基本的に薬局の休憩室で昼食を摂る。奈々はいつも自分で作った昼食、外嶋は毎回、コンビニ弁当。そして美緒は手作りだったり外に食べに行ったりしていた。ちなみに三人とも、今のところ独身。となると、どうしてもそんな昼食になる。

その美緒が今日は、自分で握ってきたという明太子のおにぎりを頬張《ほおば》りながら、唐突に尋ねてきたのだ。ちなみに美緒は、外嶋の遠い親戚にあたるという、今年二十六歳になる可愛らしい女性アシスタントだ。

だが、今の発言は——。

「ちょ、ちょっと。私が結婚って……どういうことなの？　相原さん」

奈々が動揺を抑えるためにコーヒーを一口飲んで尋ね返すと、

「え？」と美緒は目を丸くした。「そのままの意味ですけど。奈々さんが、ご結婚なさるって」

「いつ？」

「近々」

「誰と？」

「もちろん例の、いつも髪がボサボサの人と」

「どこからそんな話が出たの！」

「どこからも何も……」

美緒は、テーブルの端で黙々《もくもく》とコンビニ弁当を広げている外嶋を横目で見た。

「外嶋さんからです」

「えっ」改めて驚いた奈々は、目を丸くした。「外嶋さん、どうしてまたそんな冗談を」

「冗談？」

外嶋は、コロッケを頬張ったまま顔を上げる。

「そうだったのかね」

「そうだったのかねも何も……。一体、何の根拠があって——」

「いや」と外嶋は箸を持った手を止めず、左手でくいっと眼鏡《めがね》を上げて答えた。モアイ像の顔のような大きな鼻の上に黒縁の眼鏡が乗っかる。

「先日、目黒区薬剤師会の集まりで、たまたま桑原《くわばら》に会ったんだがね——」

「タタルさんに！」

「その時の話のニュアンスから、何となくそう感じたんだ。ああ、これはきっと奴は、奈々くんと結婚するつもりでいるんだろうな、と」

「…………」

奈々は沈黙してサンドイッチを口に運んだ。目は外嶋を睨《にら》んだまま。

桑原、というのは桑原崇《たかし》。

やはり明邦大学の先輩で、奈々より一学年上の薬剤師だ。現在は同じ目黒区内の「萬治漢方《まんじかんぽう》」という老舗《しにせ》の漢方薬局に勤《つと》めているが、学生時代は「オカルト同好会」という怪しげな会の会長をしていた。しかし崇の趣味は「寺社巡りと墓参り」。どこが「オカルト」なのかと思ってしまう。

実を言えば奈々も全く「オカルト」に興味は無かったのだが、友人の誘いで仕方なく入会して、そこで崇と知り合った。すると崇も奈々同様で、「オカルト」そのものに興味があるわけではなかったようで、部室がいつも静かで一人の時間を満喫できるという目的が主だったらしい。

ちなみに崇は、そんな変わった趣味のために周囲からは「崇」ではなく「崇――タタル」と呼ばれていた。確かにそちらの呼称の方が似合っている、と奈々も正直なところ思った。

しかし――。

今は、そんな話ではない！

「タタルさんが」奈々は顔を上げて反論する。「そんなことを言うはずありません」

「でも……」美緒は奈々を覗き込んだ。「そうなっても別におかしくないし、もう子供じゃないんだから別に隠すような話じゃ――」

奈々は、再びサンドイッチを吹き出しそうになる。

「あ、あのね、相原さん。私が何かを隠しているとか、そういった問題じゃないのよ。それに、もしも万が一そんな話になったら、皆さんにきちんとお伝えします」

そうだな、と外嶋は表情一つ変えずに里芋を口に運んだ。

「早めに言ってくれないと、色々とこちらも予定がある。特に今年後半の来日公演スケジュールなどは、久しぶりに大事《おおごと》だからね。クラウディオ・アバド、ギュンター・バント、ジュゼッペ・シノーポリ――」

「何言ってるんですか、外嶋さんはっ」今度は美緒が外嶋に食ってかかる。「奈々さんとタタルさんの結婚式&披露宴ですよ。どっちが重要なイベントか考えなくちゃ！」

「確かにそうだった。演目を見てから考える話だったな」

「ダメだ、この男」

美緒は肩を竦《すく》めて嘆息すると、奈々を見た。

「外嶋さんは、披露宴に招待しなくて良いです。大体、平気で変なスピーチをしそうだし。長くて退屈で、何を言ってるのか一般人には全く分からない、つまり、普段ここでするような話」

「何だと」

その言葉に反応した外嶋は、眼鏡を上げながら美緒を睨んだ。

「ぼくの理路整然たる会話を理解できないのは、この近辺では、今窓の外で大あくびしている野良猫ときみくらいのものだ」

「失礼な！　発言の撤回と謝罪を要求します」

「真実を口にして何が悪い」

「大嘘じゃないですか！」

「どこが嘘だ。そう断定する理由を二十文字以内で述べてみなさい」

「外嶋一郎の日常会話は殆《ほとん》ど全てホラ話だから」

「ふん。二十文字ではあるが、正答ではない。ぼくは今まで四十七年の人生で、一度たりとも嘘を口にしたことはないのだ」

「もう嘘を言った。今年、四十八歳でしょう」

「まだ四十七歳と十一ヵ月だ」

「でも怪しい。嘘ではなくても、本当じゃないかも知れない」

「それは桑原だ。その点にかけては、奴の方がぼくよりも一枚上手だ」

「それは確かに」

え――。

奈々は思わず美緒を見る。

「どうしてそこで頷くの！」

「いえいえ」美緒は振り向いた。「タタルさんの話も、実際かなり怪しげだなあと常日頃から思っていたものですから」

「…………」

言葉に詰まった奈々を見て、美緒は苦笑した。

「外嶋さんもタタルさんも、美しい物語の中で生きてるんですよねー。少しだけ、私たちの現実と乖離《かいり》してる世界の中で」

「うむ。桑原に関しては全く否定できない」

「またそんなことを――」

「いや、奈々くん。そもそも『現実』といっても、我々一人一人には微妙な温度差があるからね。古めかしくカントを引っ張り出すまでもなく、個々の観察者の主観によって構築されている世界、それが現実だ。つまり、見ている人の頭の中にだけ存在している風景や事象が『現実』」

そうそう、と美緒が皮肉な顔で笑った。

「外嶋さんにとっては、オペラやバレエや演劇が現実の世界」

美緒が奈々を見て、ペロリと舌を出したが、外嶋は真顔で答えた。

「その通り。相原くんにしては、良く理解できているではないか」

「は……。ちょっと待ってください」美緒はキョトンとした顔で尋ねる。「本当にそうだったの」

「本当にそうだ」

「え……。じゃあ、物語や小説はどうなんですかっ」

「当然、全て現実」

「そんなバカな」

美緒は呆《あき》れたように大声で叫ぶと、自分のバッグの中から一冊の本を取り出して、ポンとテーブルの上に投げた。

「じゃあまさか、このお話も現実のことだと？」

　奈々が目をやれば、そこには『源氏物語』の一巻があった。それを外嶋は、眼鏡の端でチラリと見る。

「ほう。きみはそんなものを読んでいるのか。珍しいことに、ファッション雑誌のページに載っている以外の日本語の文字を」

　ええ、と美緒は澄《す》まして頷く。

「私《わたくし》も、もう二十五歳を過ぎましたもので、少し日本の古典などにも親しもうかなと思いまして。ほほ」

　何がほほだ、と外嶋は苦い顔をする。

「それでいきなり『美しい物語』云々《うんぬん》などと言い出したんだな。きみの口から出るとは想像しがたい文《もん》言《ごん》だと驚いたが、つまりそういうことだったのか」

「私も、この物語が『現実』だという意見には、少々驚きましたわ」

「その無理のある言葉遣いは止めなさい」外嶋は嫌な顔をする。「それに、そもそも『源氏物語』を『美しい物語』と呼ぶこと自体に無理がある」

「どうして！　平安王朝の貴族たちが織りなす、美しくも妖しい宮廷の恋物語。理想の王子様・光源《ひかるげん》氏《じ》と、彼を取り巻く数多《あまた》の美女たちの恋愛模様じゃないですか」

「全く以て相原くんは相変わらずだ」

　外嶋は大きく頭を振った。

「きみは本当にその書物を読んでいるのか。一体どこに、そんな場面が書かれていたんだ？」

「ええと……」美緒は文庫本に目を落とす。「まだ最初の場面だけしか読んでいないんですけど……」

「そんなことだろうと思った」外嶋は、椅子の背に大きく寄りかかった。「読み進めて行けば分かるが、そこに書かれているのは、不義密通、近親相姦、望まぬ妊娠、強姦、男色。それらのオンパレードだ。あるいは、気に入った女性を手に入れられなかったために、その女性の娘と結婚する」

「え……」

「つまり、プラトニック・ラヴの対極に位置する行為ばかりだな」

「本当……？」

外嶋の言葉は——例によって——極端すぎるとしても、奈々もどこかでそんな話を聞いた。つまり『源氏物語』は、現代で言うところの「ハーレクイン・ロマンス」なんだと。それに伴う毀誉褒貶《きよほうへん》全て含めた上で。

一方、外嶋は続ける。

「特に男色は酷《ひど》い」

「男色って……いわゆるボーイズ《B》・ラヴ《L》？」

驚く美緒を見つめたまま、外嶋は顔色一つ変えずに「ああ」と答えた。

「しかも、無茶苦茶な話だ」

「無茶苦茶って？」

「光源氏自身もそうだが、もちろん彼だけじゃない。登場する男たちは、自分の望む女性を手に入れるために、コネをつけようとして、その女性の弟と肉体関係を結んだりもする。果たしてこれが『美しい』恋愛と言えるのかね」

「嘘！」

「嘘じゃないと言っているだろう。きちんとその本の中に書かれている」

外嶋は『源氏物語』を指差した。

「いや、そういった行為を一途で美しいと感じる人たちもいるかも知れない。暗がりでいきなり女性を押し倒して無理矢理に肉体関係を持ってしまうこともね。ただ、ぼく個人としては、それらを素敵な行為だとは思えないと言っているだけだ。だが、きみがそういった行為を『美しい』と表現するのならば、否定するつもりは毛頭ない。価値観は人それぞれだから」

「またそうやって……」美緒は嫌な顔をする。「日本全国数千万人の『源氏物語』ファンを敵に回すようなことを言う」

「敵に回すも何も事実なのだから、ぼくにはいかんともし難い」

「でも！」

美緒も文庫本に目を落として、口を尖《とが》らせた。

「じゃあ、そんな変なことばかり書かれている物語なら、どうしてこの『源氏物語』が、日本の古典の代表とされてるんですか」

「今言ったように、ぼくはそう思っていないから全く想像がつかない。そう主張している人たちに訊いてくれ」

「主張してる人たち——って、日本中のほぼ全ての人たちがそう思ってますよ！」

美緒は言い張る。

奈々も口には出さなかったが……そう思っていた。

いや、この『源氏物語』は日本を代表する古典どころか、日本文化の中枢に位置するものだという話を実際に聞いたことがある。世界に誇れる、日本文学の根幹だと。

それなのに外嶋は——と思った奈々の気持ちを代弁するかのように、美緒が激しく抗議する。

「だって現に今も、たくさんの大学で大勢の偉い人たちが研究してるでしょ。ということは『源氏物語』に、きちんとした価値と評価があるってことじゃないの」

「十五秒前に言ったように、価値観は人それぞれだから、そういった学問が行われている現実を、ぼくは否定しない。それに、紫式部《むらさきしきぶ》当人も書いているように、その作品の中には、それこそ現実がぎっしり詰まっているしね」

「物語——フィクションの中に？　ああ、昔の風俗習慣が細かく描かれてるってことですね」

「意味が全然違うな……」外嶋は眼鏡の奥から美緒を見つめる。「今きみは『フィクション』と口にしたが、では相原くん、一つ訊こう。きみは、その『源氏物語』がフィクションであるという証明ができるのかね」

「はあ？」

美緒は、コーヒーカップ片手に嗤《わら》った。

「いくらでもできますよ。まず第一に、幽霊がチョロチョロ出てくる」

「本当にいたのかも知れない。いや、今もいるかも知れない」

「……外嶋さん、熱でもあります？　そんなもの、いるわけないでしょ」

だから、と外嶋は苛々《いらいら》と言う。

「いなかったという証拠を一つでも挙げてみなさいと言ってるんだ。『いるわけないでしょ』などと、きみごときに言われて誰が納得するか」

「またそういうわけの分からないことを言う」

美緒は呆れ顔で立ち上がると、二杯目のコーヒーをいれる。

「そんな七面倒くさい証明以前に、この『源氏物語』は遥か昔の平安時代に紫式部が書いた『物語』なんだって、中学校で習いますよ」

「人の噂だけで判断してはいけない」

「噂って！　噂じゃないでしょ。学問的な話です」

「だから、それを証明してみなさいと言ってるんだ」

外嶋は、さらに大きく椅子の背に寄りかかった。

しかし――。

奈々の頭の中で、昔同じような会話をかわした記憶が蘇《よみが》る。それは、六年半ほど前だった。

話していた相手は、やはり大学の先輩、緑川《みどりかわ》友紀子《ゆきこ》だ。彼女は、奈々の二年先輩で、同じく薬剤師。そして強烈なシャーロキアン。つまり、熱烈なシャーロック・ホームズファンだった……。

そこで奈々は、

「そういえば――」

二人の会話に割って入る。そして緑川友紀子の話を伝えた。すると、
おお、と外嶋は目を細めた。

「確かその時もきみらは、ややこしい事件に巻き込まれたんじゃなかったかな」

「え、ええ」

奈々は素直に頷く。

以前に、崇と友紀子と奈々の三人は、シャーロキアンに絡んだ事件に巻き込まれた。外嶋の言うように、それは間違いなく「ややこしい事件」だった。

ちなみに、その事件収束後、友紀子はロンドンへ旅立ち、そして今はまた東京に戻って来ているという連絡をもらっていた――。

「それで」外嶋は尋ねる。「彼女は、何と？」

はい、と奈々は答えた。

「この世に架空でない小説は存在しない。どんな出来事であっても、それが文字になった時点で全てがフィクション。ゆえに、ノンフィクション小説というのは自己矛盾、自家撞着《じかどうちゃく》してしまう――と」

「実にそういうことだな」

はあ？　と美緒は外嶋を見る。

「今までの外嶋さんの意見と、全く逆じゃない。外嶋さんは、全ての物語や小説はフィクションではないと言って、奈々さんの知り合いの方は、全ての小説はフィクションだと言ったんだから」

「全く同じだ」

「どうしてよ！」

「そこの道端で自分の前脚を舐《な》め回している猫と話しているようで全く埒《らち》があかないが、まだ昼休みが少し残っているから説明しておこう。つまり文字になって世に現れたものは、フィクションだろうがノンフィクションだろうが、どちらにしてもその精度に大差はないということだ」

「その時は、緑川さんも」奈々は笑った。「シーザーや、シェークスピアや、ディケンズの存在していた確率と、シャーロック・ホームズの実在していた確率はフィフティ・フィフティだとおっしゃっていました」

「まさに、その通りだ。ゆえに、光源氏の実在性もフィフティ・フィフティということになる。実に論理的だ」

「どこがよ！」

「では相原くんは、紫式部という女性の存在を信じているのかね」

「はあ？　もちろんです」

　ほう、と外嶋は皮肉に笑う。

「なぜ信じられるんだ？　会ったこともないのに」

「会ったことのない歴史上の人物なんて、何百億人もいますっ」

「しかし、彼女の肖像画すら見たことがないだろう」

「だって、昔の高貴な女性の顔は描かれなかったっていうじゃないですかっ」

「それだってただ単純に、存在していなかったから描かれなかったのかも知れない」

「そんなバカな！　色々な所に資料が残ってるでしょう」

「それを言ったら、シャーロック・ホームズに関しても、実に膨大な資料がある。そして、実際に存在していたと主張する人たちも大勢いる」

「意味が分からないし……完全に夢と現実がごっちゃになってる」

　美緒は頭を抱えた。

「どうしてここで、光源氏や紫式部やシャーロック・ホームズの実在性の話になるのか……」

「まあ、考えてみれば」と外嶋は美緒を無視して続けた。「『源氏物語』もシャーロック・ホームズ物語も同じことだ。ただ『源氏物語』は、いわゆる学問として大学の研究室などで取り上げられ、一方『シャーロック・ホームズ』は、研究しても履修単位や地位に結びつかないというだけで」

「そういうことなの？」

「もちろん年代は『源氏物語』の方が、遥かに古いがね。ええと、どれくらい古かったかな、奈々くん」

　いきなり振られて、奈々は頭の中で必死に計算する。確か……『シャーロック・ホームズ』は……一九〇〇年頃で……『源氏物語』は平安時代、一〇〇〇年頃だから、

「ほぼ、千年違いますね。そういう意味では、紫式部は間違いなく凄いです」

「相原くんの言うように、大学で専門の講座が開かれているという意味でもね。しかし、あと何年かすればどこかの大学で『シャーロック・ホームズ』の講座が開かれるようになるかも知れない。『源氏物語』を繙《ひもと》いて、この時の夕霧《ゆうぎり》や柏木《かしわぎ》の心境はどうだったでしょうというように、その事件の時に、ホームズやワトスンはどう考えたのか——などという講義が、大勢の学生を前にして行われるようになるかも知れないし、卒論に『シャーロック・ホームズ』を選択する学生も登場するだろう。時代背景として平安時代が興味深いのと同様に、ヴィクトリア朝もなかなか奥が深いからね。さてと——」

外嶋は、時計に目をやった。そろそろ昼休みも終わりだ。

「ここでようやく」と白衣に手を通す。「さすがの相原くんも、フィクションもノンフィクションも、そういうものだということが分かったところで——」

「いいえ」美緒もコーヒーカップを片づけようと立ち上がると、鼻の頭を掻いた。「殆ど分かっておりませんが」

「では、今日の日誌には、相原くんが休憩時間終了直前に鼻をほじった、と書いておこう」

「えっ。ほじってません！　ちょっと鼻の頭を掻いただけ！」

「つまり、これが公式文書として残れば、平成十二年（二〇〇〇）五月、相原美緒がホワイト薬局内において鼻をほじり、その時の薬局長は、その行為を非常に遺憾《いかん》に思った——となる。そして百年もすれば、その文書は、国会図書館において誰もがおおっぴらに閲覧できる第一級史料になるかも知れない」

「またそんなことを！」

美緒は立ち上がった。そして外嶋と二人でお互いに、そういう訳の分からない話を、などと言い合っていたが……。

奈々は、ふと思う。

今の外嶋の話は——例によって「真実」かどうか

は分からないが、少なくとも「嘘」ではない。そして自分たちにとっての「常識」や「現実」など、その程度のものかも知れない……。

しかし、外嶋が『源氏物語』に詳しかったということは、もう十年近く一緒に仕事をしているというのに、初めて知った。この変わった男は、まだ底が知れない。でも——。

奈々は心の中で、ホッと一息つく。

とにかく、意図せずして自分の結婚話から大きく話題が逸れたことだけは、実に助かった。

そこで奈々も、素知らぬ顔で白衣を着ると、

「ええと、今日の午後はきっと青井《あおい》さんがみえるはずだから——」

わざと口に出しながら、調剤室へと向かった。

2

　気持ちの良い五月晴れの日曜日。

　奈々は、石川町《いしかわちょう》で根岸《ねぎし》線を降りた。

　この間、薬局でたまたま名前を出した緑川友紀子から改めて連絡が入り、元町《もとまち》公園近くの喫茶レストラン、山手《やまて》十番館《じゅうばんかん》で待ち合わせたのだ。

　友紀子と一緒に十番館へ行くのは、七年前の十二月以来。石川町で偶然会った友紀子に誘われてお茶をして、その後、崇ともども連続殺人事件に巻き込まれてしまった——。

　実は今日も「桑原くんとご一緒に」と言われたが、崇は都合がつかずに、奈々一人でやって来た。

　でも、こんな一人の時間も楽しい。

　石川町は、奈々の住むマンションから二駅なのに最近は、全く足を運んでいない。そこで、時間より早めに出発し、わざと遠回りして山手を散歩することにした。カトリック山手教会、フェリス女学院、そしてエリスマン邸をまわって十番館へ向かう。

　奈々は駅の改札を出ると元町方面には向かわずに、右に折れて長い坂を登る。

　遠い昔、小学校の遠足で来た道だ。その時は、同級生たちとわいわい話しながら歩いたので何とも思わなかったが、今はもう息が切れる。そこで、長い上り階段の途中の木陰で一旦休憩。今日は陽射しが強いが、吹き抜けて行く風は涼しく心地良い。都心と比較するまでもなく、緑の絶対量が違う。もともとこの辺りは、風光明媚《ふうこうめいび》な丘陵地だ。眼下の眺望も素晴らしい。

　軽く汗を拭って再び歩き出すと、カトリック山手教会の、ペパーミントブルーの尖《とんが》り屋根が見えた。

教会を覗けば、大勢の人々が集まっている。日曜のミサが行われているのだ。

教会を右手に見ながら石畳の舗道を進んで行くと、今度は左手にフェリス女学院の重厚な赤茶色の煉瓦造りの校舎が見えてきた。今こうして改めて眺めると、ずいぶんどっしりとして重たい校舎だ。しかしこの山手の雰囲気——大正時代を彷彿《ほうふつ》させる洋館に囲まれたロケーションには、ぴったりとマッチしていた。

道は、ほぼ平坦になった。

奈々は、大正時代の貿易商の私邸を修築復元したエリスマン邸や、昭和初期の外国人向けアパートや、その近くに広がるバラ園も少し覗いてから、山手十番館に向かった。


入り口の前に立つガス燈《とう》を眺めながら、モスグリーンを主体にした山手十番館の木造洋館の前に立つと、午前十一時を報せる合図——「赤い靴」のメロディが流れてきた。開店時刻ぴったり。

奈々はウェイターに案内されて、一階のティールームに入る。お好きなお席にどうぞと言われ、開いたカーテンの向こうに外人墓地の緑が見える、一番奥のテーブルに腰を下ろした。そして、ダージリン・ティーを注文した時、入り口に緑川友紀子の姿が見えた。友紀子は奈々の姿を認めると、小さく微笑《ほほえ》んでテーブルにやって来た。

「お久しぶりね。元気だった？」

立ち上がる奈々に、友紀子は言う。

「あなたは殆ど変わっていないようね。もちろん良い意味で」

しかし、そういう友紀子自身は、ロンドンに渡ってからずいぶん変わった。確かに、ショートカットの髪型を含め、色白で面長《おもなが》、彫像《ちょうぞう》のような高い鼻と広い額《ひたい》の外見は変わっていない。——ちなみに崇に言わせると友紀子は、「聡明だが、気血《きけつ》が虚《きょ》で、温経湯《うんけいとう》か当帰芍薬散《とうきしゃくやくさん》の証《しょう》そのままの女性」だということになる。しかし彼女は昔、全くニコリともせず奈々に話しかけてきていたが、今はこうしてわずかながらも挨拶代わりに微笑んでいるのだから。

「本当にお久しぶりです」奈々は驚きながらも挨拶を返した。「もう、七年近くなりますね」

「あの変な事件以来ですもの」

友紀子は苦笑しながら奈々の前に腰を下ろすと、アールグレーを注文した。

「あれから私、五年以上もロンドンにいたから」

おそらくそれが良い方向に作用したのだ、と奈々は思う。あのまま日本にいたら、間違いなく例の事件がトラウマになってしまっていただろう——。

二人は、お互いの近況を簡単に語り合った。友紀子は現在、以前に勤めていた外資系の会社から独立した上司の興した会社に勤めているらしい。

「ヘッドハンティングされたんですね」

と尋ねる奈々に、

「そうでもないの」友紀子は昔の無表情に戻って答える。「昔お世話になった義理みたいなもの。でも今の方が、自分の時間がかなり自由に取れるのは大きなメリットね。好きなことができる」

「シャーロック・ホームズ……ですか？」

覗き込んで尋ねる奈々に、

「ええ」と友紀子は当然というような顔で答える。

「向こうでも、色々なシャーロキアンのクラブに入会したしね。懲りていないと思うでしょうけど」

「そんなことはないです」

奈々は大きく首を横に振る。本心だった。

「その方が、緑川さんらしい」

「ありがとう」

友紀子は、ティーカップに口をつけた。

その姿を見ながら奈々は、当時の出来事を思い出す——。

友紀子の所属していた、横浜のシャーロキアンのクラブ「ベイカー・ストリート・スモーカーズ」で、突如として会員たちが次々にホームズ物語に出て来た話を彷彿させるシチュエーションで殺害されるという事件が起こった。

その複雑でマニアックな事件に、奈々は崇と二人で巻き込まれてしまったのだった。崇が首を突っ込んだおかげで、事件は何とか解決したものの、当事者であった友紀子は——私的な意味でも——心に深く傷を負ってしまったのだ。

そんなことを考えていると、

「やっぱり、横浜は良いわね」

ティーカップを手に窓の外の緑を眺めた友紀子は、白い横顔を奈々に向けたまま言った。

「奈々さんは、ここ横浜から広まっていった西洋文化がたくさんあることはご存知でしょう」

「はい」

奈々は鎌倉で生まれ育ったので、もちろんそんな横浜の話は、家や学校で聞かされている。嘉永《かえい》六年（一八五三）に、ペリーが浦賀《うらが》に来航して、横浜に港が整備された。それをきっかけにして、さまざまな西洋文化・文明が流入してきた。たとえば——。

「アイスクリーム、テニスコート、ビール、オルガン……」奈々は窓の外をチラリと見る。「それと、ガス燈」

「ガス燈——当時の通称『西洋の魔法』ね」友紀子は言う。「それらもみな、この辺りに居留していた外国の人たちの協力を得て普及した物。その他にも、競馬場、馬車道、ホテル、陸蒸気《おかじようき》——鉄道、牛肉料理、理容院、石けん……」

「あと、近代的な病院もそうですね。それと」奈々は先ほど見た煉瓦造りの建物を思い出した。「女学院。今日は、フェリス女学院の前を歩いて来ました」

「当初の校名『アイザック・フェリス・セミナリー』ね。最初の生徒は、たったの六名の女性だったという。その頃に比べると、今は隔世《かくせい》の観があるわね」

「そう……なんですね」

ええ、と頷いた後、

「そういえば奈々さん」友紀子は唐突に、奈々の顔を覗き込んだ。「あなたご結婚は？」

奈々は、危うくダージリンを吹き出しそうになったが寸前でこらえて、カップを置いた。

まさか、ここでもそんな話題になるとは思ってもいなかった。しかも、そんな真面目な顔で問いかけられても――。

第一、横浜発祥の西洋文明の話から、どこでどう繋がったのだろう？

「い、いいえ。まだです」目を瞬《またた》かせて答える。「でも、どうなさったんですか、突然そんな話を――」

「彼と、おつき合いは続いているの？」

「も、もしかして、タタルさんのことですか」

「ああ……ごめんなさいね。違う人だったら許してちょうだい」

「い、いいえ、そんな」奈々は咳払いする。「今日はちょっと都合がつかなかったようですけど、元気でやっているみたいです」

「相変わらず桑原くん、シャーロキアンかしら」

「多分……」奈々は勝手に答える。「そうだと思います。この間も、ヴィクトリア朝関係の本を読みながら、この頃のホームズがどうしたこうしたと呟いていましたから」

「ヴィクトリア朝は、とても興味深い時代ね」

友紀子は小さく頷く。

「あの時代に、イギリスの文明が一気に進歩したといっても決して過言ではない。『一夜《いちや》で皆《みな》がヴィクトリア朝――一八三七年』から『遠《とお》く老《お》いて女王死す――一九〇一年』までだから、ホームズが活躍していた時代。そして、あの時代に人々の間に広まった物もたくさんあった。たとえば――」

友紀子は視線を斜め上に移す。

「電信、電話、自転車、牛乳、靴、アイロン、ガス燈、クリスマス・ツリー」

「クリスマス・ツリーもですか！」

ええ、と奈々を見た。

「もともとクリスマス・ツリーは、ドイツで習慣化していた物なの。それをドイツ商人たちがイギリスに持ち込んで、完全に根づいた。というのも、ヴィクトリア女王の夫君アルバート公がドイツ生まれだったから。その様子が一般の人々にも紹介されて、爆発的に広まったのよ。十九世紀半《なか》ばまで英国民は、クリスマス・ツリーなる物の存在すら知らなかった」

「そう……なんですね。初めて聞きました」

「まだまだあるわ」友紀子は続ける。「動物園、水族館、ピアノ、マッチ、などなど」

「凄いですね」奈々は本心から驚いた。「まるで、開港時の横浜のよう」

「そういわれれば、とても似てるわね――。とにかくそんな時代背景をうまく使って、コナン・ドイルはシャーロック・ホームズ物語を書いた。ガス燈はもちろん、電信、電話、自転車の出てくる話などには、とても有名なものもある」

「ああ、そういえば――」

と言って奈々は、先日のホワイト薬局での外嶋たちとの会話――ホームズ物語や『源氏物語』に関する話――を伝えた。その話を興味深そうに聞いて、友紀子は笑う。

「ずいぶん変わった薬局長さんね、その方は。珍しいわね」

いや――と、奈々は心の中で否定した。

もちろん外嶋を始めとしてだが、友紀子も崇も、そして自分の周囲にいる人たちはみんな変わっている。神山禮子《みわやまれいこ》という、何とも言い難い独特の雰囲気を持った薬剤師もいるし、「毒草師《どくそうし》」などといういかがわしい肩書きの男性もいる――。

そんなことを思っていると、

「変わっている人の周りには」友紀子が独り言のように言った。「やはり、変わった人たちが多く集まるのかしらね」

「変わっている人って……。そうですよね。やっぱりタタルさんは、変わった人――」

「違うわ。奈々さんよ」

「私？」

「もちろん」

「どういう意味ですか！」

　奈々は、思わず身を乗り出して抗議する。

「私は、とっても平凡で何の取り柄もない——」

「あら、そうなの」奈々の抗議をあっさり流して、友紀子は淡々と続けた。「それで、またそんな一風変わった人たちの集まりがあるのよ。だから、もしも桑原くんがまだシャーロキアンならば、彼と二人でどうかなと思ったの」

　変人云々の話はともかくとして——。

　そういう流れだったのか。

　だから、いきなり崇の話題を持ち出してきたのだ。

　奈々は自分の中で納得して尋ねる。

「それは……また、シャーロキアンの人たちのパーティなんですか」

「この間——といっても六年以上も前だけど——のような催しとは違うの。瀬《せ》室《むろ》慎《しん》二《じ》先生という、今年六十歳になる男性がいらっしゃってね。瀬室先生は大学の教授で、実はとても有名なシャーロキアンなのよ。現在、日本のシャーロキアンで彼の名前を耳にしたことのない人は、いないでしょう」

　もちろん、奈々は聞いたこともないが、崇は知っているのだろうか……。

「それで、瀬室先生が今年還暦《かんれき》を迎える記念に、ご自分のコレクションしているホームズ関連の展覧会を開かれることになったの」

「展覧会……ですか」

「前回の時の『空家の冒険』百周年とは違って、今年は『六つのナポレオン』事件と『ソア橋』の百周年だから、あの時と比較すると、それほど大きな節《ふし》目《め》ではないけど」

「それは、どこで開催されるんですか？」

「ここ。山手よ」

「山手で？」

「ええ。小さな洋館を一棟借り切って、さまざまな品物を展示されるんですって」

　友紀子は急に目を輝かせ、突然、少女のような表情になった。彼女は同性の奈々から見ても、とても綺麗で魅力的だ。ただ、どことなく他人を拒《こば》むような、冷ややかな雰囲気がいつも漂っている。だから、突然こんな表情を見せられると、つい引き込まれそうになってしまう。

　友紀子は言う。

「私もまだお話だけしか聞いていないのだけど、展示されるのはホームズ物語の掲載されている『ストランド・マガジン』はもちろんジョージ・ニューンズ社の『バスカヴィル家の犬』の初版本、シドニー・パジットの挿絵、コナン・ドイルの自筆の手紙、それに現在日本で一冊しかない『四人の署名』が掲載されている『リピンコット』誌などよ。私もその『リピンコット』誌の書影だけは見たことがある。カナダのトロント図書館に所蔵されてるわ。でも、今回は手に取って見られるというの。素敵でしょう」

「え、ええ……」

　ひきつった笑顔と共に、そうとしか言葉の返しようがない奈々に向かって、友紀子はさらに続ける。

「あと、例のホームズの、ベイカー街２２１Ｂの部屋も再現するとおっしゃっていたわ。床に落ちているパイプの灰から埃《ほこり》まで忠実にね」

「ああ！　それは面白そうですね」

　これは本心だった。

　奈々も以前の事件以来――もちろん、崇の影響もあって――ホームズ物語を読んだ。もちろん友紀子たちほどマニアックに読み込んではいないが、グラナダ版の、ジェレミー・ブレットが主演している『シャーロック・ホームズ』のＤＶＤも殆ど観た。だから、ホームズとワトスンが生活していたという、乱雑そうな部屋の様子は、充分にイメージできる。ベイカー街２２１Ｂの薄暗い階段を上って、その部屋のドアを開けると――。

　ヴィクトリア朝形式のシックで落ち着いた壁紙。

窓に垂れ下がった重々しく厚いカーテン。大きなランプの載っている食卓の向こうにはマントルピース。その前には敷物が置かれ、それらを取り囲むように、ホームズとワトスンの安楽椅子と、そして来客用の椅子が置かれている。サイドテーブルの上には、使い古されたパイプと、読みかけの新聞が広げられ、書棚には、さまざまな書物や資料がギッシリと詰まっており、部屋の隅のテーブルの上には、化学実験用の器具が並べられている——。

そんな部屋を、この山手の洋館の一室に再現するというのならば、シャーロキアンでない奈々でも、一目見てみたい気にもなる。おそらく建物の外観や庭にもぴったりとマッチしていて、とても素敵な雰囲気を醸し出すに違いない。

「その展覧会は、いつからですか？」

バッグを開けて、予定の書かれた手帳を取り出しながら尋ねる奈々に、

ええ、と友紀子は答える。

「次の日曜日からなの。それで、開催初日の前日の土曜日の午後に、レセプションが予定されているのよ。そこで瀬室先生に、やはりホームズにとても詳しい知り合いがいるというお話を伝えたの。そうしたら、ぜひご一緒にどうぞと言われたというわけ。だから、どう？　奈々さんも、桑原くんと二人で」

なるほど。今までの長い話は、こういう結末で落ち着くというわけだ。

予定表を目で追うと、ちょうどその週末は綺麗に空いていた。そこで奈々は「はい」と答える。

「私は大丈夫ですが……タタルさんには訊いておきます。予定さえ入っていなければ、きっと——」

と答えたものの、崇の反応はどうだろうか。

間違いなく興味は示すだろうが……。

「ぜひお願いするわ。それとできれば以前一緒に飲んだ、オリジナルカクテルのレシピも知りたいの」

「『シャーロック・ホームズ』と『Dr.ワトスン』ですか？」

「そう」

それは二つとも崇のオリジナルで、奈々たちの良く行く神宮前《じんぐうまえ》のバー「カル・デ・サック」でしか飲むことができない。

ちなみに「シャーロック・ホームズ」は、ジンとスコッチと……あと一つ何かのリキュール。そして「Dr.ワトスン」は……何とかというスコットランドのモルト・ウィスキーをベースにしていたはずだ。

友紀子は、そのレシピが分かれば、レセプション当日、みんなで飲みたい——と言った。

「レシピの由来も味も、とても素晴らしかった記憶があるから」

「分かりました」奈々は手帳の余白に書き込む。「それも、タタルさんに訊いておきます」

何なら、また崇と一緒に「カル・デ・サック」に行って確認し直しても良い。

「ありがとう」と答えて友紀子は、いつもの表情に戻り、そして奈々たちの話題は、再びお互いの近況や、仕事の話へと移っていった。


友紀子と別れてマンションに戻ると、奈々はさっそく崇に連絡を入れる。

大抵つかまらない崇が、すぐに電話に出た。用事が終わって部屋に戻っていたのだ。奈々が用件を伝えると、すぐにOKした。驚いた奈々が、

「本当に大丈夫なんですか？」

と尋ねると、

「ああ……」

平然と答える。

「その瀬室という人に会ってみたい。彼は、非常に有名なシャーロキアンなんだ」

「緑川さんも、そうおっしゃっていました」

「本場のシャーロキアンの会——アメリカの『ベイカー・ストリート・イレギュラーズ』の、数少ない日本人会員の一人でね。以前には『バスカヴィル家の犬』に登場したバスカヴィル館を特定するために、

たった一人でダートムアまで出かけて行ったという」

「ダートムア……って」

「日本からロンドンまで約十三時間。そしてロンドンから、さらに南西に約三百キロ。おそらく、車で六時間はかかる場所にある。イギリスの人たちでさえ、殆ど足を運ばないような荒野《こうや》だ」

「荒野……」

「特にあの地方は、天候が荒れやすいことで有名でね。一旦霧が発生すると、文字通り一寸先も見えなくなってしまうらしい。昔は、ダートムアで雪に降られてしまったら、旅人は誰もが死を覚悟したという。そんな場所まで、バスカヴィル館を特定するためだけに一人で行くなんて、並のシャーロキアンとは一味違うな」

奈々は、唖然《あぜん》とした。

確かに、世間には色々な人たちがいる。

しかし、わざわざイギリス——ロンドンまで出かけて行ったのに、その方面に多大なエネルギーを費やしてしまうとは、ただ者ではない。そんな情熱の過剰な人間が存在しているのか……。

崇ではないが、奈々もその瀬室という男性に会ってみたくなってしまった。すると、

「その人の展覧会ならば、実に面白そうだ。ぜひ、参加させてもらうよ。それに——」

崇は受話器の向こうで笑った。

「きみも一人じゃ退屈だろうから」

それも、本当だった。

いや。正確に言えば違う。

あの後、一人でも行きますと友紀子に言ってしまったものの……やはり、ちょっと不安だったのだ。そんなマニアックな、変わった人たちの中で一人だったら、どうしようかと考えていた。

奈々は素直に「ありがとうございます」と答えた。

崇が来てくれれば、とても助かるのも事実。

何しろ自分は、ごくごく平凡で何の取り柄もない一般人なのだから。

3

五月半ばの土曜日。

初夏の陽射しが充分残っている夕方。奈々は崇と待ち合わせて、友紀子からの案内を受けた山手の洋館へと向かった。そこは山手の奥で、先日まわった場所から、もう少し坂を登った場所にある木造二階建ての小さな館だった。

一般の展覧会は、もっと人通りの多い場所で開かれるのだろうが、今回は完全に瀬室の趣味ということで、大勢の人々に来てもらうというよりも、雰囲気を重んじた結果に違いない。

予想通り、エントランスの辺りにはバラの花が咲いており、館は上げ下げ窓と鎧戸、そして二階には小さいながらもベランダが備わっていて、屋根には煙突もある。

同じ山手にあるベーリックホールや、山手111番館に比べれば、こちらは堂々とした構えではなかったが、それがかえって暖かみを感じさせる、素敵な洋館だった。

但し庭は建物の南の端で終わり、庭木の向こうに木の柵が建てられていた。その先には、遠く街並みが広がっている。その景色に好奇心を抱いた崇の後ろについて奈々も覗いてみた。すると、洋館の裏手は二階分ほどの高さのある、コンクリートで固めた崖になっており、その下には裏の館の庭園が広がっていた。さまざまな季節の花が咲き乱れている、フラワーガーデンのようだった。

それにしても眺望が良い。今いる場所からでも遠く山手の街を見下ろせるのだから、洋館の二階からの景色は、さらに素晴らしいことだろう。

奈々と崇が玄関を入ると、ヴィクトリア朝のような白いフリルのついたメイド服を着ている女性が、この展覧会のために設けられたらしい受付にいた。二人でその女性相手に受付を済ませていると、すぐに友紀子がやって来た。

「すっかり遅くなってしまって、すみません」

奈々は深々と頭を下げて謝る。

崇の都合で、レセプションの開始時間に間に合わなかったのだ。

崇も相変わらず、ぶっきら棒に挨拶したが、この状況を第三者的に眺めると、まるで奈々が原因で遅れたように見えないか。ともかく——。

二人は友紀子に誘われて、一階のリビングルームに向かう。そこは二十畳ほどのフローリングの部屋で、中央のテーブルには飲み物が置かれ、それを囲んで数人の客が談笑していた。BGMにはヴァイオリンの曲が流れていたが、その音量に負けないくらいの笑い声も聞こえる。誰もが心地良く酔いに任せているようだった。ソファが片づけられているため、まるで小さなホールのようだ。

壁一面には無数のポスターが飾られている。その前にはガラスケースが何台も並べられ、ケースの中にはホームズ関係の洋書や、細々《こまごま》とした品物——煙草《たばこ》入れや手錠や銃（当然モデルガンだろうが）、そして可愛らしいさまざまなフィギュアや、英文の手紙などが並べられていた。

友紀子に導かれて、崇と奈々がそれぞれ飲み物を手に——崇はスコッチの水割りを、奈々は赤ワインを選んだ——一通り見て回る。それぞれのケースの前にも数人の男女がいて、食い入るようにそれらに見入っていた。

奈々は赤ワインを一口飲む。このしっかりとした味わいは、おそらくボルドーだろう。とても美味しい。これでは、つい飲み過ぎて酔ってしまうのも理解できる。

一方友紀子は、展示品に一つ一つ目を落としてい

る崇に向かって、

「桑原くんは、元気でやっていたの？」と尋ねた。

「本当に久しぶりだわね」

「はあ」と崇は答える。「まあ、相変わらずです。緑川さんも、とてもお元気そうで」

「普段はそうでないにしても、こういう催《もよお》しがあるたびに、元気になるわ」友紀子は笑った。「そう思わない？」

「全くその通りです。俺も、瀬室先生の展覧会ということで、とても楽しみにして来ました」

ちなみに、この男はお世辞を言うことが全くないから、これはきっと本心なのだ。

そう、と友紀子は頷く。

「今、先生たちは二階にいるの。明日に備えて、ホームズの部屋をチェックしながら、打ち合わせをしているはずよ。お客さんたちはまだ誰も二階に上がっていないの。でもあなたたちは特別に、そのお酒を飲まれたら、二階でご紹介するわね」

「ありがとうございます」

と言うと崇は、一息にグラスを空けてしまった。

「しかし、さすがに瀬室先生だ。凄いコレクションですね。俺も、あの『リピンコット』誌の実物や、ドイル直筆の手紙は初めて見たし、その他にも歴史的価値のある品物がズラリと並んでいる」

そうでしょう、と友紀子も答える。

「まだたっぷりと時間がありますから、こちらの部屋は、後ほどゆっくりご覧になって。また、後でカクテルのレシピも教えてもらわなくてはね。それと、個人的にちょっとお話もあるし」

「俺にですか」

「そう」

「それは恐いですね」

「ふふふ……」

と笑う友紀子たちの会話に、奈々が聞き耳を立てていると、

「じゃあ、二階へ行きましょうか」

友紀子が言い、奈々も「はい」と答えて空いたワイングラスをテーブルに置くと、三人揃って木製の手摺りのついた階段を登り二階へと向かった。

二階は小さな部屋が三部屋しかなかった。それと、南側にベランダが見えたが、そこに出るためのガラス戸は閉じられている。奈々たちは、そのうちの小さな一室に案内された。

茶色とオレンジ色が、ない交《ま》ぜになったようなその部屋は、強いパイプの香りがした。これも演出なのか、といぶかしみながら奈々たちが入り口に進むと、その部屋の中にいた男性二人と女性一人が一斉に振り向いた。

「お忙しいところを、申し訳ありません」

友紀子が断りを入れて奈々たちを紹介し、三人も順に自己紹介する。

最年長の男性が、瀬室慎二だった。

広い額、意志の強そうながっちりとした顎、神経質そうな鋭い眼差し。そして、やや薄くなった髪をオールバックにしている。もし、もう少し細面《ほそおもて》で、高い鷲鼻《わしばな》だったら、まさにホームズ——ジェレミー・ブレットだ。

「明日からのBGMの曲を、みんなで相談していたところだったんだが、もう、その話は終わったからね。あとは、ほんの小さな点が一つ二つ」

そして流す曲は、メンデルスゾーンとサラサーテとワグナーに決定したと言った。

「サラサーテは、実に悩ましいところだったんだが、ホームズが事件の途中にもかかわらず、わざわざ聴きに行っているほどだから仕方ない」

「『赤髪連盟』ですね」友紀子が即答する。「確か、セント・ジェームズ館《ホール》でしたっけ。ドクター・ワトスンと一緒に」

「その通り」瀬室は大きく頷いた。「しかし、シドニー・パジットの挿絵では、同席しているはずのワトスンの姿が描かれていない。これは実に大きな謎と言わねばなるまい。いずれこの点も問題として取り上げたい」

そうなのか。

この調子では……今日は良いとしても、実際に大学で講義を選択したら厳しそうだ。きっと、議論にでもなったら徹底的に論破されてしまいそうだ。

「確かにその通りですね」

友紀子が真剣な顔つきで頷きながら奈々を見たので、

「ワトスン博士ですか……」

何気なくその名前を口にした途端、瀬室は奈々を見た。そして、

「一点だけ、よろしいかな」

などと言う。

「は、はい……?」

いきなり話しかけられて、おどおどと答える奈々に向かい、瀬室は学生に講義を行う口調のままで言った。

「現在我々は、ワトスンは博士号を持っていなかったのではないかと考えている」

「は……」

「というのも、一連の物語中に書かれている彼の学歴、及び職歴からでは、とうてい博士号を取得できるはずもないからね。つまり彼の名称は単なる『ミスター・ワトスン』か、あるいは『ワトスン医師』が正しい。だが、一応我々としても、ある種の敬意を込めて、あえて『ドクター・ワトスン』と呼んでいる。しかしそれを単純に日本語訳して『ワトスン博士』とするのは、間違いです」

やっぱり、チェックが入った!

奈々がそんなことを思いながら「すみませんでした……」と肩を竦めて小声で謝ると、

「瀬室先生のお名前は、イギリスやアメリカでも有名なのよ」友紀子が説明する。「私がロンドンにいた時に、先生のお名前を耳にしたの。だから、去年日本に戻って来た時にすぐ先生を訪ねて、こちらの会の末席に加わらせていただいたの」

すると、

「いやいや。もうすっかり中心に収まっておられるでしょう」

と笑ったもう一人の長身の男性は、

「藤崎巽《ふじさきたつみ》です」

と名乗った。四十歳前後だろうか。馬車道《ばしゃみち》で、ブリティッシュ・パブを経営していると言った。その店もやはり、ヴィクトリア朝の装飾を施しているらしかった。

長身で顔立ちも整っているから、きっと客にも人気がありそうだ。軽く天然パーマのかかっている髪を、きっちりと真ん中で分けて、眼鏡を掛けた色白の風貌は、どことなく芸術家も連想させる。

「あなた方が、緑川さんの後輩ですか」と藤崎は愛想良く微笑んだ。「後ほどぜひ、カクテルのレシピを教えてください。彼女が絶賛していましたから、ぜひぼくも覚えて帰りたいし、できればここで提供できたらと思っています。実は――」

と、わざと声をひそめた。

「ぼくも何度か、ホームズをイメージするオリジナル・カクテルに挑戦したことがあるんですが、なかなかうまくいかなくて……。思い入れが強いから、力が入り過ぎちゃうんでしょうね」

ははは、と力なく笑った。

職業柄だろうか、彼らの中では一番親しみやすそうだが、彼の癖《くせ》なのか、それともこのような場所が居心地悪いのか、どことなく、そわそわと落ち着かない様子だった。

そしてもう一人の、奈々たちと同い年くらいの小柄な女性は、

「白石《しらいし》ゆかりです」

と名乗った。丸顔で可愛らしいその笑顔から、何となく子猫のような印象を受ける。右目の下に泣きぼくろがあり、黒く長い艶《つや》やかな髪が、肩を過ぎた辺りまでストレートに伸びている。この会で唯一の既婚者だと言った。

「でも、旦那はいつも家に放りっぱなしで」

白石は、そのおっとりとした顔つきとは似合わない声高の早口で、

「申し訳ないと思うけど、ホームズは結婚前からの趣味だったので」とちょっと聞くと投げやりにも思えるような口調で言う。「私からお願いして、この会に加わらせていただきました。偶然、先生とお知り合いになれたことを良いことに」

「偶然？」

「はい」と白石は奈々を見た。「地元――横浜のオーケストラで」

「オーケストラ？」

「ええ。私、ずっと家庭教師をしていたんですけど、その教えていた学生から、地元に素人《しろうと》オーケストラがあることを教わって、参加していたんです。そうしたら、そこに瀬室先生がいらっしゃったので、びっくりしてしまいました。シャーロキアンとして、お名前とお顔は存じ上げていましたから」

「ああ、そういうことですか」

「ちなみに私たちのオーケストラは、こういった場所や、小さなホールを借りて演奏会を開いているんです。短い時間ですけど」

私は――、と瀬室が苦笑いする。

「時間の都合で、なかなか参加できないんだがね」

「ちなみに先生はヴィオラ。私は第二ヴァイオリンです。今度、ぜひいらしてください。先生は本当に素晴らしい音を出されます。ええ」

一息に喋る白石に圧倒されながらも、なるほど、と奈々は納得した。それで、こういった形での展覧会を開こうという発想になったのか。きっと、洋館に関連した知り合いもいるに違いない。

その他に、あともう一人。

今は席を外しているが、白石や藤崎たちより若い「槿遼子《むくげりょうこ》」という女性がいるらしい。

その女性は、瀬室とは違う大学で、国文学科の助手をしているらしいが、どちらかというと引きこも

りがちで、余り人前には出たがらないタイプなので、友紀子もまだ数回しか会ったことがないという。

「槿さんは、瀬室先生の直接の紹介でぼくらの会に入られたんです」藤崎が言う。「現在、ホームズに関しては勉強中と言っていましたが、それでもなかなか詳しい。でも実のところ彼女は、日本文学——特に平安文学に造詣《ぞうけい》が深いんです。ぼくも何度かお話を聞きましたが……良く分からなかった」

苦笑いする藤崎を見ながら奈々は感心する。

いつも思ってしまうのだが、この世の中には実にさまざまな人たちがいるものだ。

「みなさん、素晴らしいですね」奈々は素直に感想を口にした。「お仕事以外にも、こんなに力を注ぐことのできる趣味をお持ちで」

いや、と瀬室が言う。

「『高名な依頼人』に登場するグルーナー男爵という人物が、自分を訪ねて来たワトスンに向かって、こう言っています。

『趣味を持つ人は、ほかにどんな仕事があろうと、それをほうりだして趣味に熱中するものですよ』

とね。つまり、そういうことです」

「は……」

「仕事というと——」

瀬室は興味深そうに目を細めて奈々たちを見た。

「緑川さんもそうですが、三人はみなさん薬剤師さんだとか」

はい、と答える奈々に向かって言う。

「薬剤師さんでシャーロキアンの方が、何人もいらっしゃるとは知りませんでした。薬剤師のミステリー作家といえば、アガサ・クリスティや横溝正史《よこみぞせいし》などが有名だが」

「医学博士でシャーロキアンの方ならば」白石が、やはり早口で補足する。「ジュリアン・ウルフやローガン・クレンデニング。そしてわが国では小林《こばやし》司《つかさ》氏がいらっしゃいますね。でも確かに、薬剤師さんはどうなんでしょうか」

「い、いえ！」

　奈々は急いで訂正する。

「私は特に、シャーロキアンというわけではないんです。ただ、大学時代に、緑川さんの後輩だったというご縁だけで、今日、ご招待いただきました」

「でも、桑原くんはシャーロキアンだったでしょう」

友紀子が崇を見た。「以前に、ホームズに関する驚嘆の説を聞かせてくれた。瀬室先生たち——いえ、世界中のシャーロキアンの方々の感情を逆撫《さかな》でするような、とっても過激な説」

　いたずらっぽく笑う友紀子を見て、

「大した話じゃありませんよ」

　崇は表情も変えずに答えたが、これも、もちろん謙遜ではない。崇は、お世辞も言わないが謙遜もしない。だから、おそらく本心からそう思っている。

　しかし、

「ほう……」と瀬室は頷いた。「ぜひ後ほど、お聞かせいただきたい」

　それより俺は、と崇は瀬室に言う。

「『バスカヴィル家の犬』の現場——ダートムアのお話を伺いたい。単身あの地を訪れた日本人のシャーロキアンは、きっと先生だけでしょうから」

「いや、私より十年も前に、単独であの地を訪れたシャーロキアンがいてね」

「ほう。それはどなた？」

「人間行動学者の田中《たなか》喜芳《きよし》博士だよ。驚くべきことだね。私の時は、ロンドンで車を借りたんだが、実に遠かった。たっぷり六時間はかかったんだから、田中博士の時代はもっと凄かったろう」

「Ｗｉｄｅｃｏｍｂｅ——ワイドコンベまで六時間？」

「そう。但し、地元の人たちは『ウィディカム』と呼んでいたが」

「なるほど」

　崇は頷き、それから話題はダートムアの強い酸性の土地や、骨を埋めたら残らないかも知れないとか、モーティマー医師がどうしたとか……奈々の余り良く理解できない方面に発展した。

「やはりきみも」と瀬室は、かすかに微笑んだ。「なかなか詳しいじゃないか。折角だから『ベイカー《B》・ストリート《S》・イレギュラーズ《I》』に入会申請したら良いんじゃないか。日本人ＢＳＩ会員の第一号だった長沼《ながぬま》弘《こう》毅《き》博士が亡くなられて以降、日本人の正会員は、ほんの数名しかいなくなってしまったし」

とんでもない、と断る崇に代わって奈々が藤崎たちに訊いた。

「みなさんは、入会されないんですか？」

「それこそ、とんでもない話ですよ」藤崎が苦笑いした。「あの会は、申請すれば誰でも入会できるというものではありませんし、そしてきちんとした研究論文、あるいはそれに準ずるような活動をしていなくては、『ＢＳＩ』からお声がかかりません。ぼくら程度のレヴェルでは、とてもとても」

そうなのか。

やはり、それなりの研究成果を出していなくてはいけないというわけだ。ひょっとすると論文審査などもあるのかも知れない。

だがそうなると、『源氏物語』もシャーロック・ホームズ物語も同次元だと断じていた外嶋の怪しい話が、急に現実味を帯びてくるではないか。しかもこうして目の前にいるのは、シャーロキアンで、しかも現実の大学教授……。

「でも」と奈々は尋ねる。「シャーロキアンには、誰でもなれるんですよね」

「もちろん、ホームズが好きならばどなたでも。こちらは何の資格試験もありません。あくまでも、自称ですからね。少々コアなホームズファン、というだけのことです」

「コアというと……では、一般のファンと、シャーロキアンの境界はどこにあるんですか？」

そうですね、と藤崎は一瞬考えてから答えた。

「新聞や雑誌を読んでいて『マイクロソフト』の文

字が『マイクロフト』に見えてドキリとしたら、シャーロキアン。ちなみに、ぼくがそうでした」

「え？」

キョトンとする奈々を除いて、部屋にいる全員が笑った。

「それでは、折角だから」瀬室が腕時計に目を落とす。「少しこの部屋も見学して行かれたら良い。あと一点だけ打ち合わせたら、ぼくらは一階に戻ってお客さんを二階にお連れするから、緑川さん、後はよろしく頼みます」

「きっと、みなさん待ちくたびれていらっしゃいますよ」

友紀子は笑いながら答えた。そして奈々たちは、部屋を見物することにした。

実を言うと奈々は、今日のために、改めてジェレミー・ブレットのＤＶＤを何本か観てきた。久しぶりに観たのだが、やはり面白かった。そんなホームズ物語に夢中になってしまう大人たち——しかも大抵は立派な社会的地位にある人々——が大勢いるという現実も、改めて納得できた。

奈々は、ゆっくりと周りを見回す。

ヴィクトリア朝様式で統一された部屋の奥には年代物のマントルピース。もちろん火は入っていないが、炉床には薪《まき》と灰が置かれている。そのマントルピースの炉棚には、古手紙の束《たば》が乱暴にジャックナイフで留められ、フレームの辺りにはペルシャ風スリッパが釣り下がっていた。おそらくその中には、きちんと煙草が入っているはずだ。

また、少し変形した火掻き棒もさりげなく置かれていた。これは「まだらの紐」事件で、依頼人の女性を追いかけてきたロイロット博士が、ホームズに事件から手を引かせるための脅しにねじ曲げ、それをさらにホームズが元通りに伸ばしたというエピソードを元に用意されているのだ——などと、ＤＶＤで仕入れた知識を頭の中で反芻《はんすう》した。

そのマントルピースの前には、熊の皮の敷物があり、それを囲むように安楽椅子が二つ。片方の安楽椅子には、ヴァイオリンが無造作に転がっていた。こちらがホームズ用の椅子に違いない。

しかし——。

こんな風景を眺めていると、本当にその時代、ホームズたちがこの部屋で暮らしていたような錯覚に陥《おちい》ってしまう。観光地の歴史館で見るような安っぽいジオラマとは全く違って、史跡——実際に歴史上の人物が暮らしていた部屋を見ているような気分になってくる。

奥へ進めば、化学実験用のレトロなテーブルがあり、その上には使い古されて年季の入ったフラスコやメスシリンダーが所狭しと並べられて、ご丁寧なことにテーブルの上には、薬品をこぼしたような白っぽいシミまでついている。そして隅《すみ》には、リービッヒ冷却器まで置かれていた。

ふと思う。大学時代に、奈々たちも実習で使ったことのあるこの器具は、果たして当時から存在していたのだろうか。

いや。瀬室たちは、ヴィクトリア朝に関しては専門家並みの知識を持っているはずだから、もちろん検証済みのはず。ということは、このリービッヒ冷却器も、すでにこの頃から使われていたに違いない。思わぬ所で勉強になった……。

またしても外嶋の話ではないが、現実とフィクションとの境目がどんどん曖昧になってゆく。

あの厚いカーテンがかかった窓を開くと、馬車が音を立てて走る十九世紀のロンドン、ベイカー街が本当に広がっているのではないか……。真剣にそんな思いを抱いてしまった。

そしてさらにテーブルの向こうには、大きな丸い瓢箪《ひょうたん》のような——。

「あの炭酸水製造器《ギャソジーン》は」

と友紀子が、奈々の視線の先を見て説明した。

「関内《かんない》にあった『ベイカー・ストリート』のお店の

物。あの事件の後、お店を処分するというので、私がいただいてずっと実家で保管してもらっていたの」

「ああ、そうなんですね」

例の「ベイカー・ストリート・スモーカーズ」の一連の事件の時の話だ——。

　そんなことを思い出しながら、古い英語の辞書が詰まった書棚を見ていると、

「それにしても、遼子さんは一体どこに行ってしまったんだ？」部屋の隅で、瀬室が藤崎たちに尋ねた。「もうそろそろ我々も、戻らないといけないというのに」

「一階にもいらっしゃらないようです」

　白石が答えると、瀬室は苦り切った顔をした。

「では我々だけでも先に下に移ろうか」と言って友紀子を見た。「緑川さんたちは、まだここにいて結構だよ。ぼくらは一旦、一階に——」

　と言った時、バタバタと大きな音と共に、受付の女性がメイド服の裾を両手でつまんで階段を駆け上がって来た。

「瀬室先生っ」

「何だ。この中で走るなと言っておいたろう。貴重な建物なんだから」

「たっ、大変です。槿さんがっ」

「遼子さんがどうした？」

「う、裏の館の庭で倒れていると連絡が」

「裏の館の庭って……崖の下じゃないか！」

はいっ、と女性は真っ青な顔で息を呑んだ。

「見つけられた館の方の話によると、墜落されたのではないか——と」

墜落！

その言葉に奈々たちは、思わず顔を見合わせた。

　奈々たちは、狭い階段をひしめき合って大急ぎで階下に降りる。一階のリビングには、数人の女性が青ざめた顔で何か話し合っているだけだった。残りの客は、全員外に出ているようだ。

辺りは陽が沈む直前で、暮れなずんでいる。あと三、四十分もすれば、館の周りもすっかり暗くなってしまうだろう。

奈々と崇も、瀬室たちの後を追って庭に出る。そして、先ほど景色を眺めたまさに同じ場所から、裏の庭を覗いた。すると、フラワーガーデンの少し手前、色とりどりの花が咲いているすぐそばに、一人の女性が横向きに倒れており、周りを囲んで数名の男女が立っていた。しゃがみこんで様子を見ている男性もいたが、倒れた女性はピクリとも動かない。

「救急車の手配は済ませました」

受付の女性が、震える声で告げた。

「取りあえず、見てきます」瀬室は厳しい顔つきで言うと、奈々たちを振り向いた。「あなた方は、ここにいてください」

「いや」崇が答える。「俺も行きます。ダメだ、奈々くんはここにいろ」

走り出そうとした奈々を制すると、崇は瀬室たちとともに、門へ向かって駆け出した。

4

やがてすぐに、閑静《かんせい》な住宅街の空気を切り裂くけたたましいサイレン音と共に、救急車とパトカーが到着した。

ドアを開けて飛び降りた救急隊員が、倒れたままの遼子のもとへと走る。その後ろからストレッチャーも到着した。隊員たちは、大急ぎで遼子を乗せると、酸素吸入を行ったまま車内へ運び込む。そしてわずか数分後には、救急車は再びサイレン音を響かせながら、猛スピードで坂を下って行った。

そんな様子を、ただ呆然と洋館の庭から見下ろしていた奈々たちのもとへ、パトカーから降りた刑事らしき男たちが、ゆっくりと近づいて来る。下の庭から戻ってその姿を目に留めた崇が、

「おや？」と首を傾げた。「あの人は……」

先頭に立っていた刑事も、じろじろと奈々たちを見る。

「もしかして、きみは——」

「お久しぶりです」崇は軽く会釈した。「真壁《まかべ》刑事さん」

「やっぱり、そうか」真壁は崇と友紀子、そして奈々の三人を、じろりと睨んだ。「七、八年ほど前の、関内の事件の時の連中か！」

「六年四ヵ月前です」

と訂正する崇の後ろで、あっ、と奈々も思い出した。髪を短くしてしまっていたからすぐには気づかなかったのだ。大きな瞳と鼻筋の通った、そのままテレビドラマに登場できそうな刑事——真壁に間違いない。当時は確か、巡査部長だったはず。その時は、もう一人の刑事と一緒に事件を担当したのだ。

「緑川です」友紀子が丁寧にお辞儀をした。「あの時は、たいへんお世話になりました」

　ふん、と真壁は鼻を鳴らした。

「だが、どうしてきみたちがここに？」

「ホームズ関係の行事で、集まっていたんです」

「今回も、ホームズか！」真壁は声を荒げる。「しかも、また事件を起こしたのか」

「起こしたわけではありません」崇が冷静に答える。「それに、事件かどうか、俺たちにはまだ分かりません。事故ではなかったんですか」

「それを、これから我々が調べる。後ほど話を聞かせてもらうから、館の中で待っているように」

「この場を離れてはいけないというんですね」

「そうだ」

「帰ってもいけない」

「当たり前だ！　そんなことは、最初から承知だろうが」

　でも、と友紀子が割って入る。

「以前の事件の時は、こちらの桑原くんが警察に協力しましたし、私たちの身元も、それこそ充分ご存知のはずなのに」

「だから何だと言うんだ。全く関係ない」

「分かりました……」友紀子は、諦めたように肩を竦めた。「そういえば……あの時の警部補さんは、お見えになっていませんね」

「松丸《まつまる》警部補は……事情があって退職されたんだ。とにかく――」

　真壁は嫌な顔をして三人を睨む。

「みなさんの事情聴取が済むまで、ここに残っているように。きみたちは一番後回しだ」

「そんな！」

　友紀子の抗議に背中を向けると、真壁は瀬室や客たちに近づいて行った。

　たっぷり一時間は待たされて、辺りもすっかり暗くなった頃、奈々たちは一階のホールに集合させられた。しかし——。

奈々は、ふと気づく。

真壁は、神奈川県警捜査一課の刑事だったはずだ。殺人・強盗・暴行・傷害事件を担当している彼がここに来たということは……。

この事件は、単なる事故ではないと考えられているのか。それで、奈々たちも含めた全員が事情聴取を受けるはめになっているというのか！

奈々は一人、ぶるっと身震いした。

鑑識も入り、誰もが忙しく立ち働いている中、ホールの片隅には椅子が並べられ、瀬室と藤崎と白石、そして崇と友紀子と奈々が並んで坐《すわ》り、誰もが体を硬くしたまま——いや、崇は全くいつも通りの様子だったが——真壁たちと向かい合っていた。

真壁の左右には若い刑事たちが二人、仁王《におう》立ちして手帳を広げている。彼らは真壁を「警部補」と呼んでいた。そして今回、真壁がこの現場の指揮を執ることになったようだった。

さて——、と真壁は口を開いた。

「お待たせして申し訳ありませんでした。みなさんに少々お話を伺いたかったもので。申し遅れましたが、私は神奈川県警捜査一課の真壁といいます」

その言葉に、部屋の空気は一瞬で凍りついた。

「捜査一課の刑事さんが」藤崎の顔色が、いきなり変わった。「どうしてここに！」

「この事件の担当になったからです」

「ちょ、ちょっと待ってくださいませんか」白石が例の口調で割って入る。「ということは、槿《むくげ》さん——遼子さんの墜落は、事故ではなかったとでも？」

「おそらくは」

「どうして！　というより、遼子さんはどうなんですか。彼女の容態はっ」

そんな白石を、真壁は冷ややかな鋭い眼差しで見返した。

「かなり、危険な状態です。この館の二階から、さらに家の二階分はあるかと思われる崖下に墜落されたわけです。ほぼ四階分の高さですからね。かなりの内臓損傷などもみられるようで、意識はまだ回復していません」

「下は土じゃないかっ」藤崎が体を震わせながら叫ぶ。「それなのに？」

「一般には」と真壁は答える。「ビルの四階程度が生死を分ける高さだと言われていますが、現実問題として、六階や七階から墜落されて助かる方もいらっしゃる。しかしその一方で、二階や三階の高さから落ちて亡くなる例も多い。こればかりは、何とも言えないんです」

「だからといって、そんなこと――」と叫んで、藤崎は頭を掻きむしった。「ああ……すみません。思わず、取り乱してしまって……」

いや、それは奈々たちも同じだった。

遼子と面識のない奈々でさえ、震えが止まらないのだから、彼らの心中は察するに余りある。

友紀子も唇を固く噛みしめ、瀬室はじっと眼を閉じて腕組みをしたまま微動だにしない。

「捜査一課の方々が見えているということは」

と瀬室がゆっくり目を開けると、冷静に――あるいは冷静を装って――尋ねた。

「どういう理由で、県警は槿遼子さんのこの件を、単なる事故ではなく殺人未遂、あるいは暴行の結果だと考えられているんですかな。その根拠を教えていただきたい」

「実は」と真壁は全員の顔を、ゆっくり見回した。

「今夕、槿さんの携帯から一一〇番通報があったんです」

「通報というと？」

「『助けて――』という」

ええっ、と白石が泣き顔のまま身を乗り出した。

「遼子さん本人からですかっ」

「そうです」真壁は肯定する。「しかし、その時は『助けて――』という一言だけ発して切れてしまったので、我々は動きようがありませんでした。発信された場所——つまり、この地区が特定されただけでね」

「それは、本当に遼子さんだったんですか？」

「先ほど、ご本人の携帯で確認しました。本日の十七時八分に、通信記録が残っていました。間違いありません」

「じゃあ、やはりこれは……事故ではなかったんですか……」

「そのようですな」

そもそも、と真壁は続ける。

「事故ならば、墜落前に警察に助けを求めることはあり得ない。我々も鑑識と共に、槿さんが墜落された場所と思われる二階のバルコニーを確認して来ましたが、手摺りはしっかりとしていましたし、きちんとそれなりの高さもあった。かなり酔っていたとすれば、その可能性もなくはないが、誤って墜落したとは考えにくい」

「確かに」藤崎も力なく頷いた。「裏が崖になっているということで、かなりしっかりと造られていたようですから……。でも、本当に彼女は二階のベランダから墜落を？」

「おそらくは、ね。正確なところは、鑑識の報告を待たねばなりませんが、手摺りに彼女の爪の跡らしき物が残っていましたし、槿さんの着ていらしたワンピースの切れ端のような物も引っかかっていた」

「そう……ですか」

ちなみに、と真壁はつけ加える。

「遺書らしき物はどこにも見当たりませんでした。ゆえに、自殺の線も非常に薄い。そもそも警察に助けを求めてきているわけですからね。ということで、これは我々の管轄だろうと思われます」

やはり、殺人未遂ということか——。

「そこで」

真壁は再び全員を見た。

「あなた方に伺いたいんです。というのも、その時間は招待された方々全員と、受付の女性の方は、こちら、つまり一階のリビングで歓談されていたようなんです。そのため、それぞれお互いの行動が確認されている。これは先ほど確かめました。となると、事件当時二階にいたのは、あなた方だけだ。そこで、十七時八分から死亡推定時刻の十七時五十分前後までの間の、あなた方の行動をお聞かせいただきたい」

「つまり」藤崎が引きつった顔で確認した。「ぼくらのアリバイを証明しろというわけですね」

「端的に言えば、そうなります」

「ここにいる全員が、容疑者というわけですか」

「単純に、そう断定するわけではありません。もしかしたら、全く関係のない第三者の仕業《しわざ》だったという可能性もなくはない。しかし、どちらにしてもあなた方のお話を伺う必要があります。できれば、今日の会の趣旨から伺いたい」

「それは、確かに正論ですな」瀬室は皮肉っぽく笑った。「それは私が、お話ししましょう」

そして、この会を開いた経緯を説明する。自分の還暦を迎える記念で、日頃から親しくしていた、同じ趣味を持った人々に手伝ってもらって展覧会を開くことになり、今日はそのレセプションだった——。

なるほどね、と首肯《しゅこう》する真壁に向かって瀬室は続けた。

「刑事さんは、シャーロック・ホームズをご存知でいらっしゃいますな」

「ええ、もちろん……」真壁は、崇たちの顔をチラリと見た。「多少は」

「ホームズ物語は、一八八七年から一九二七年までの四十年間にコナン・ドイル——あるいは、ドクター・ワトスン——によって書かれた、五十六の短編と四つの長編が全てです。この物語の時代背景は主に、一八七四年から、ホームズが引退する一九〇三年の、ヴィクトリア朝最後の四半世紀になります。それらのことを踏まえて、今日、我々は準備したんです。小物一つ一つから本物のコインまで、ヴィクトリア朝の品々をね」

「ほう……それはそれは」

「今年、平成十二年（二〇〇〇）は、『六つのナポレオン』と『ソア橋』の百周年にあたる年なので、それにちなんで、何かを準備しようという話になりました。そこで二階のホームズの部屋には、白い石《せっ》膏《こう》の破片が散らばっているんですよ。ホームズが壊したナポレオン像という設定でね。ただ、さすがに庭に『ソア橋』は用意できませんでしたがね。そこで我々が考えたのは――」

「いや」と真壁は手を挙げて瀬室を制した。

「この会のコンセプトは、もう充分です」

その言葉に鼻白《はなじろ》む瀬室を横目に、真壁は言う。

「今日のあなた方の行動を、時間を追って説明願いたい。みなさんは、何時にこちらに集合されたんですか？」

一瞬視線を交わした後、藤崎が代表して答えた。

「午後三時に集合しました」

「槿さんも？」

「はい、当然」

「その時に、何か変わった様子はありませんでしたかね」

「いえ……」藤崎は、瀬室たちを横目でチラリと見ながら、神経質そうに髪を掻き上げた。「ぼくは、何も感じませんでした。いや、むしろ普段の彼女より楽しそうな雰囲気でした。もちろんぼくらも、わくわくしていました。何しろ、膨大《ぼうだい》な瀬室先生のコレクションを、目の当たりにできるわけですから」

なるほど、と真壁は頷く。

「それで、みなさんは一人一人こちらの場所へ？」

「ぼくと緑川さんは、直接この館に来ましたが、白石さんと遼子さんは、先生とご一緒に車で」

「瀬室さんと？」

「彼女たちは」と瀬室が説明する。「私の家まで迎えに来てくれました。荷物がたくさんあったもので、私の車でここまで来ました」

「その間」藤崎は言う。「ぼくと緑川さんで、会場の準備を。そのうち、受付の女性も到着しました」

「その後、全員で会場作りをされた？」

「はい」

「それは何時頃でしたかね」

「私たちが先生のお車で到着したのは……」白石は、まだ涙を浮かべたまま答える。「午後三時過ぎだったと思います。ホームズの部屋は昨日から準備していたので最後に確認することにして、すぐにこのリビングの展示物を並べました。でも、さすがに驚くような品物ばかりで、みんなで一つ一つ声を上げながら慎重に並べていきました」

「全員揃って、ですね」

「……基本的には」

「とおっしゃると？」

「分担作業ですから……。藤崎さんはあちら、遼子さんは二階というように分かれて行いました」

「しかし、少なくとも全員、この館の中におられたわけですね」

「そうでも……ないです」白石は首を振る。そして瀬室の顔を窺った。「特に遼子さんは、途中で一度この館を出ました。でもそれは――」

「この館を出た？」

「はい」

「なぜですか」

「彼女は、ちょっと勘違いされてしまったようで、ホームズの部屋にあってはならない物を先生のご自宅から持ってきて置いてしまったんです。それを緑川さんに指摘されて、取り替えに……」

「それは何ですか」

パイプです、と友紀子が奈々の隣で冷静に口を開いた。

「キャラバッシュ・パイプ――つまり、ひょうたんを使った、先が太く大きく曲がったパイプ」

「ああ」と真壁は頷く。「映画やイラストで、ホームズがくわえている例のやつですね。あの一風変わった形の帽子とともに、ホームズのトレードマークじゃないか。それが何か？」

「鹿射帽《ディア・ストーカー》は良いんです」友紀子が答える。「でも、キャラバッシュ・パイプは、ヴィクトリア朝には存在していなかった」

「そう……なのか」

「当時は、ステム——持ち手の真っ直ぐなパイプしかありませんでした。あの、柄が大きく湾曲したパイプは、ホームズ役者として名を馳《は》せたウィリアム・ジレットが、あくまでも舞台上の効果を考えて使用した物なんです。だから、ベイカー街221Bの部屋に置かれていてはおかしいんです。そこで私が、そのことを彼女に伝えました」

「細かいですな」

「いえ、それほどでも。ただ遼子さんは、現在そのあたりも勉強中だったのでしょう」

「そういうことですか……」

真壁は、刺すような目つきで友紀子を見る。

「それで、槿さんは、その何とかパイプを取り替えるために、一度この館から出られたんですね。どちらまで？」

「私の家だ。元町の」

今度は瀬室が答えた。

「私も緑川さんに言われて驚いた。そこで遼子さんに、私の家から代わりのパイプを持って来てもらうように頼んだんだ」

「槿さんが一人で、あなたのご自宅へ？」

実は——と、瀬室は低い声で言う。

「遼子さんとは、彼女の母親の幸子《さちこ》さんが生きておられた頃からの、長いつき合いでしてね」

ほう、と真壁は横の刑事が差し出したノートを覗き込む。

「槿さんの母親の幸子さん……ね。簡単に調べさせていただいたところによれば二十年近く前に亡くなっているようですな。というとその時、遼子さんはまだ、七、八歳の小学生だったわけだ」

「そうだ」と瀬室は大きく嘆息した。「私が彼女たちと知り合った時点で、すでに遼子さんの父親はいなかった。幸子さんの口から、数年前に離別したと聞いたが、それ以上の話は何も知らない。しかも、幸子さんもそれから二、三年後に肺癌で亡くなってしまったしね……。彼女は、そのまま親戚の家に引き取られたが、それでも私にとっては、自分の子供のような存在だった。ずっと可愛がっていたからね」

「なるほどなるほど。槿さんには、そんな過去があったんですな」

「だが、きみ。そんな彼女の過去の話が、今日の事件とどう繋がるというんだ？　何一つ関係ないじゃないか」

「いや、分かりませんね。一応、全ての情報を集めておかなくては。それで、槿さんは何時頃、こちらに戻られましたか？」

「知らないな。しかし、開会式にはきちんと出ていたから、四時前だろう」

「了解しました。さて——そして、今日の話です」

　と言って真壁は、簡単に振り返る。

「午後四時頃から客が集まり始めた。レセプションが始まり、約一時間後にあなた方は二階に移動。これは全員で？」

「緑川さんを除いて、です」

　藤崎が答えた。

「彼女は、そちらにいる——」と崇と奈々を見る。「お友だちを待っているからとおっしゃって、一階に残りました」

「では、四人で二階にね」

「そう……です」

「そして、午後五時過ぎから、通報があった五時五十分の間で事件が起きた。その間は、みなさんずっと二階にいらしたんですな」

「…………」

　一瞬の気まずい沈黙があったが、真壁はその空気を見逃さなかった。

「そうではなかった——ということですか」

真壁は白石を睨む。

「知っていることがあれば、この場でおっしゃっていただきたい」

「い、いえ……」白石は、助けを求めるように瀬室を見た。「その……」

「私は」と瀬室が吐き出すように言った。「五時前後に一度だけ外に出ました」

ほう、と真壁の目が光る。

「それはまた、なぜ？」

「遼子さんに呼ばれたのでね」

「ベランダではなく？」

「どういう意味だ！」

いきり立つ瀬室に向かって、

「いや、失礼しました」真壁は苦笑する。「では、お二人で外に出られて、何のお話を？」

「……今日の会についての話だよ」

瀬室は眉根を寄せながら答える。

「彼女は、確かにホームズ物語に関しての知識はあった。しかし、明日以降のことで少し不安になってしまったんだろう。実際に、キャラバッシュパイプの件もあったしね」

「なるほどなるほど。それで？」

「みんなでフォローするから、心配ないと慰《なぐさ》めた。それだけだ」

「その後、お二人で二階へ？」

「いや。もう少し考えたいからと言うので、私だけ先に戻った」

「その後、どなたか遼子さんと口をきかれた方は？」

藤崎も白石も、そして友紀子も首を横に振った。

「ということは――。瀬室さんが、今日、槿さんと口をきかれた最後の方というわけですな」

「何を言っているんだ、きみは」瀬室は激高した。

「私を疑っているのか。私が彼女を庭から突き落としたとでも！」

「そういうわけではありませんが――」

「それに、彼女は二階のベランダから落ちたと、今きみが言ったばかりじゃないか！」

その言葉に真壁が何か反論しようとした時、

「確かに、その時刻での墜落はあり得ない」

突然、崇が口を開いた。

部屋にいた全員の視線が、崇に集中する。

奈々は自分がその当事者ではないのに、心臓がドクンと跳ね上がる。いちいち体に悪い……。

「それは」真壁が崇を正面から見た。「どういうことだね。何か知っているのか」

どぎまぎと俯く奈々の隣で崇は静かに、

「知っている、というほどのことではありません」

と答えた。

「今日、俺たちは遅刻してしまったんです。出かける寸前に、急な用事が入ってしまったもので、到着が五時をまわってしまった」

「それで？」

「到着した時に、俺は奈々くんと一緒に、裏を覗いているんです。どんな遠景が見られるんだろうと思ったんですが、崖の下には綺麗なフラワーガーデンが広がっていたので、下も覗きました。しかしその時そこには、誰も倒れていなかった」

「確かかね」

鋭い視線を受けて、奈々も頷く。

「まだ明るかったですからね」崇は言う。「もしも誰かが倒れていれば、その時に気がついています」

「それは、正確に何時だった？」

「さあ……」

「五時十五分頃でした」

二人に代わって友紀子が答えた。

「私が、受付で時計を見ましたので」

「なるほどね」と真壁は手帳に書き込む。「ということは、その頃までは、庭に墜落はされていなかったということになりますな」

「おそらく……」

「時間が、ずいぶん絞れましたね。では、その間のみなさんの行動を伺いたい」

　大きな目を光らせる真壁を見て、瀬室が苦笑した。

「アリバイを尋ねられても……。ほぼ全員、一緒にいましたからね。長時間一人でいたのは、それこそ遼子さんだけです」

　その言葉に、誰もが頷く。

「それに」と藤崎がイライラと髪を掻き上げながら言う。「ぼくらはずっと二階にいましたが、遼子さんの悲鳴も聞いていません。確かに、ＢＧＭの打ち合わせなどで音楽を流してはいましたが」

　いや、と真壁は言う。

「墜落時に、誰もがみな大声を上げるとは限りません。むしろ逆に、喉を詰まらせてしまう方もいます。実際に、ジェットコースターなどでも、体が固まって無言になってしまう人もいるようにね」

「遼子さんも、そういうタイプの女性だったと」

「可能性としては、充分にあります。あるいは、小さな叫び声を上げたかも知れないが、そのまま地面に激突して意識を失ってしまった」

「ああ……」

「おそらく——」

　と真壁が言いかけたその先に、

「それもまた、違います」

　と答えたのは、またしても崇だった。

　その言葉に再び、全員の視線が崇に集まった。

　本当にこの男は——。

　なぜ自分が緊張しなくてはならないのか理解に苦しんだが、奈々は体を硬くして崇を盗み見た。しかし崇は、平然と言い放つ。

「墜落後、何分か——いや、少なくとも一、二分は意識があった」

「どうして断定できるんですか？」

「先ほど下で見た際に、墜落後、遼子さんが動かれた痕跡があったからです」

「痕跡というのは？」

「遼子さんの手の中に、ある物が握られていたんです。しかも彼女がそれを握り締めたのは、墜落後だと思われる」

「えっ」

驚く白石たちから視線を外して、崇は真壁に向かって尋ねた。

「神奈川県警としては、遼子さんの手に握られていた物を、どのようにお考えなんでしょうか」

ああ、と真壁は気のない返事をする。

「特に何もないな」

「遼子さんは、一体何を握っていたんですか！」白石は二人に尋ねる。「桑原さんは、それを見られたんですね」

ええ、と崇は静かに答えた。

「見ました」

「じゃあ、それは？」

「スミレの花でした。綺麗な紫色の」

「スミレの花？」

「墜落した場所のすぐ目の前にあった、フラワーガーデンの花を引きちぎられたようでした」

「どうしてそんな物を……」

「たまたまなのか。それとも意識して――」

「遼子さんの残した、メッセージ！」

白石は叫んだが、真壁は苦笑した。

「あなた方はすぐにそういうことを言い出すが、そんなこともないでしょう。おそらく、苦し紛れにつかんだのではないか、というのが今のところ我々の見解です」

「その解釈は、明《あきら》かなる誤りです」

崇はまたしても奈々の心臓を悪くさせるような発言をする。

「もしも、苦し紛れの行動であれば、当然地面を掻きむしるでしょう。辺りは柔らかい土なんですから。しかし、遼子さんは手を伸ばした。そしておそらく最後の力を振り絞り、目の前に咲いている数ある花の中から、あえてスミレの花を選んで必死に握り締めた」

「わざわざ選んで？」

　ええ、と崇は、身を乗り出した白石に言う。

「地面に指の跡がついていました。これは鑑識の方に確認してもらえば一目瞭然でしょうが、間違いなく遼子さんは花を選択していた。すぐ目の前にも、さまざまな花が咲き乱れていたんですから」

「紫の……スミレの花か」藤崎は眉根を寄せて崇を見た。「それじゃあきみは、そこに何か特別な意味があると言うんだね」

「俺には全く分かりません」

「どういうことだ」

「そのままの意味です。俺には推《お》し量《はか》りがたいと言ったんです」

「しかしきみは今、遼子さんが必死にそれをつかんだと言ったじゃないか！」

「そういう事実があったということを述べただけです。その意味までは分からない」

「なっ……」

　俺は——と崇は少し語気を強めた。

「こういった一連のできごとに関して全く信用を置いていないものが二つあります。一つは犯行動機で、二つめは——今回の遼子さんは、幸運にも亡くなってはいないが——いわゆる、ダイイング・メッセージというやつです」

「何だと」今度は、真壁が気色ばむ。「犯行動機に重きを置いていないだと。これだから素人は——」

「以前の事件の際にも言ったかも知れませんが」崇は真壁の言葉を無視して続ける。「個人的な犯罪事件において、犯人が持っていたとされる犯行動機ほどあてにならない物はない。それは、こちら側の人間が事件を納得したいという願望によっていくらでも創造されてしまうからだ」

「何を言っている！　そもそも動機というのは——」

「動機というのは、たとえば俺たちが自分の真情や思いを言葉にした瞬間、全てがフィクションと化してしまうように、犯人が口にした瞬間から非現実化されてしまう。言葉や文字になったノンフィクションというものは存在しないんです」

「なんだと」

真壁は崇を睨みつけたが――。

これは、友紀子も言っていたことではないか。言葉には「現実の事象」を写し取る力はない。文字に起こした時点で、全ての「現実」は「物語」になってしまうのだ……と。

「なるほど」と瀬室は崇の言葉にゆっくり頷いた。「では、ダイイング・メッセージもそれと同じ理由で、信用できないというわけか」

「そうです」崇は言う。「今まさに死んでゆく人間の心や思いを――ひょっとすると、当人だって分かっていないかも知れないのに――どうやって、他人が推し量れるというのですか」

「ではきみは、遼子さんが握り締めていたスミレの花には、何の意味もないと言うのかね」

「意味がないとは思っていません。しかし、俺にはその意味は、到底分からないだろうと言っているんです」

まあね、と真壁が笑った。

「そんなものだろう。たとえ意味があったとしても、それが犯人を示しているだとか、そんな話は短絡的すぎる。それこそ、物語の中の話だ」

「でも……遼子さんがスミレの花を好きだったことは、間違いないです」白石が言う。「今日も薄紫色のワンピースを着ていらしたし、とてもお気に入りの服だとおっしゃっていました」

そういえば、と友紀子がゆっくりと口を開いた。

「以前に一度、遼子さんがとても饒舌だった時があって、その時に伺ったんですがこの会には『スミレ』に関連している人が多いからその点も好きなんだ、自分はずっとスミレの花、特に紫色のスミレが大好きだから、何となく嬉しいんだ――と」

「スミレの花ね……。何か思い出でもあったのかな」

「でもちなみに、遼子さんのお母さまはスミレをとても嫌いだったらしいです……。その理由までは聞いていませんが」

「親子で全く好みが逆だった、というわけか」

真壁は、余り興味がなさそうに呟いた。

「それであなたは、それらの事実が、今回の事件と何か関連があると思いますか」

「全く分かりません」友紀子は顔を曇らせる。「それよりも、刑事さん」

「何か」

「申し訳ありませんが」と友紀子は、瀬室たちを見回しながら懇願した。「今日は、こんなところにしておいていただけませんでしょうか。みなさん、とてもお疲れのご様子なので」

言われて奈々も周囲を見れば、崇を除く誰もが疲労困憊した顔つきで椅子に座っていた。気のせいとは思うが、わずかの間に、げっそりと頬の肉が落ちてしまったようにも見える。

それもそのはずで、彼らは朝から――いや、一昨日昨日あたりから、ずっと忙しかったはずだ。その上に、お客さんを招いた会でこんな事件が起こってしまったのだ。第三者の奈々でさえ、ずっしりと体が重い。だから彼らが心身共に疲れ切ってしまっているのは、端から見ても明らかだった。

「明日また、改めてというわけにはいきませんか」崇も言った。「全員、身元ははっきりしているんだから、何か間違いがあるとも思えませんし」

「そうだな……」

真壁は腕時計に目を落とす。

その時頭の中を、前回の事件で崇が担った役割がよぎったのかも知れない。両脇の刑事と、何か二言三言小声で相談していたが、素直に二人の提案を受け入れた。

「そうしましょうか」真壁はパタリと手帳を閉じる。「それでは明日、県警までいらしていただきたい。もちろん任意の出頭となりますが、できる限り」

必ず——という言葉を呑み込んだのが、はっきり分かった。

そこで全員が「はい……」と答えて、その日はそこで解散となった。

《インターミッション》

山路来てなにやらゆかしすみれ草

山を歩いていたら、ひっそりとスミレの花が咲いていた。どことなく心を惹かれることだ、という松《まつ》尾《お》芭《ば》蕉《しょう》のこの句は、若くして亡くなってしまった女性、あるいは自分自身の人生を重ね合わせたのだ——という話も残っている。

この可憐なスミレの花に関しては、遠くギリシアでも有名な話がある。

それは、羊飼いの婚約者を持つ美女イオ——あるいは、イア——が、太陽神であるアポロンに恋されて追いかけ回されてしまう。しかし、イオはその強引な求愛を拒み続けたために、アポロンの怒りを買ってしまい、スミレの花に変身させられてしまったというものだ。だからそれ以来、スミレの花は、野の片隅でひっそり静かに咲いている。

そしてまた、かのナポレオンも、スミレの花を非常に愛して、流刑地セント・ヘレナ島で亡くなるまで、ずっとスミレの花を手放すことがなかったという……。

そんな言い伝えを数多く持つゆえに、ただ可憐なばかりではなく、そこはかとなく悲しみを秘めた花——スミレ。

槿《むくげ》遼子は、ふとそんなことを思い出した。

夕暮れの風に顔を上げれば、遥か山手の住宅地を見渡せる館のベランダ。五月の風が、とても心地良い。

その風に吹かれながら思う。

そう——。

しかし、そんな素敵なスミレの花の色の「紫」は、もともと「疵《し》」であったという説がある。つまり「瑕疵《かし》」。「五色の瑕疵」で、人を惑わす色なのだと。

確かに、赤でもなく青でもなく、その中間をたゆたうような色彩は、この間も思ったように——生と死の狭間の色。

だが、そんな「紫」を、中国や日本では高貴な色として扱ってきた。これは一体、どういうことなのだろう。高貴だが、人を惑わし、なおかつ美しさまでも兼ね備えた色だというのか。

実を言えば。

その点に関して、遼子も一つの意見を持っていた。だが、まだとても大学では口にできない。もう少し文献を揃えて、きちんと論証しなくてはならないが、いつか必ず論文にしようと考えていた。

そしてこの「紫」の考察に関しては、当然、日本文学史上最も有名な女性——紫式部も関わってくる。逆に言えば「紫式部」という名前の女性自身を読み解くことによって「紫」の持っている秘密を解き明かすことができるのではないか……。遼子は、そう考えているのだ。

確かに、こんなことばかり考えているから、遼子はいつも仲間から、きみは空想の中で生きているんじゃないかと笑われる。でもこれは違う。紛れもなく現実の話だ。少なくとも、人を惑わす「瑕疵」の話などではない！

瑕疵……という言葉で、再び遼子の思いは飛ぶ。

（しばしばこういうことがあるから、みんなに「フィクションの中で生きている」と言われるのかも知れない……。その点だけは認めよう。でも、それが自分の生まれついての性格）

瑕疵——傷。欠点。

先ほど遼子が目にした光景は、単なるそんな「瑕疵」——過ちだったのだろうか。単純なる誤謬《ごびゅう》？

それこそ、本当に現実？

自分の心が、いつになく乱れていることを遼子は感じていた。実際にこうしていても動悸が激しくなるし、思い出すだけで頭の中が熱くなるのを感じる。でも、なぜか両手と両足は冷たいままだ。

許すべきなのか。

それとも、許してはいけないことなのか。

気を落ち着けるため、微かに染まり始めた遠くの空を見る。その薄紫色の雲を眺めながら思わず、

〝春の野にすみれ摘みにと来しわれそ
　野をなつかしみ一夜寝にける……〟

『万葉集』巻第八、山部宿禰《やまべのすくね》赤人《あかひと》の歌を口ずさんでいた。

しかし、まだ胸の動悸は治まらない。

一体、どうしてしまったのだろう。

ベランダの手摺りから身を乗り出して、もう一つ大きく深呼吸したその時――。

遼子の後ろで人の気配がした。

5

翌日、午前十一時。

崇と奈々が、大さん橋埠頭《ふとう》——横浜赤レンガ倉庫近く、海岸通りの神奈川県警まで出向くと、すでに全員が揃っていた。昨日に引き続き、崇のせいで、またしても二人揃って遅刻だった。

奈々は深々と頭を下げると、崇と二人で広いテーブルの隅に腰を下ろした。

すると、崇の姿を認めた友紀子が何枚かのコピーを手渡しに来た。何のコピーだろうと奈々が覗き込む間もなく、崇は持参したノートに挟み込んでしまった……。

「これで、全員揃われましたな」

真壁が二人を見ながら言う。

「今、みなさんにご説明していたんだが、やはり槿さんは、あの洋館の二階ベランダから墜落したのは間違いないようです。手摺りの指紋やその他の痕跡などなど、鑑識から報告がありました。ちなみに指紋に関しては、あなた方二人を除くみなさん、全員のものが見つかりました。そして槿さんですが、何とか一命は取り留めました。といっても、まだ意識の回復はみていませんし、非常に危険な状況にあることに間違いはありません」

良かった！

奈々は心から叫び、思わず崇の顔を見ると腕を強く握ってしまった。

取りあえず一安心だ。

「さて——」

と真壁は瀬室たちを見た。

一晩経ったが、瀬室も藤崎も白石も、そして友紀子も、全く疲れが抜けていない様子だった。それどころか、さらにぐったりとしていた。昨夜は余り寝られなかったのだろう。それはもちろん、奈々も同じだったが。

「では、昨日の話の続きを――」

と真壁が言いかけた時、友紀子が意を決したように「ちょっとよろしいでしょうか」と口を開いた。

「何ですか、緑川さん」

「私……一晩考えてみたんです」

「何を?」

「遼子さんが握っていたという、スミレの花についてです」

ああ、と真壁は気が抜けたような顔つきで友紀子を見た。

「昨日も言ったように、あれは事件に関係ないかと」

「でも……」

「余り神経質になられない方が良い――」

という真壁の言葉を遮《さえぎ》るように、

「そんなこともないと思いますよ」

またしても崇が、唐突に口を挟んだ。

本当にこの男は!

奈々が止めようとした時、

「また、きみか」

真壁が声を荒げた。しかし、過去の事件のこともあり、無視するわけにはいかないと判断したのだろう。一応、問い質す。

「それで……何が『そんなこともない』と言うんだ。そもそもきみは昨日、そういうダイイング・メッセージ的な物は信用していないし、また理解できないと言ったばかりじゃないか」

「だが、事件に関係ないとは言っていません」崇は平然と反論する。「遼子さんは、死にそうになりながらも必死に手を伸ばしたのだから、むしろ何か関係があるのではないかと思っています」

「一体、どっちなんだ!」

「どっちも何も――」崇は肩を竦めた。「俺はずっと一貫して同じことを言っているつもりですが」

タタルさん！　と奈々はたまらず崇の袖を引いた。

しかし崇は続ける。

「昨日、緑川さんのお話の中で、以前に遼子さんが、この会には『スミレ』に関連している人たちが多い——というようなことを言われた、とのことでしたね。ぜひ、その話を伺いたい」

「そんな話は、事件が解決した後で聞けば良いだろう。お茶でも飲みながら」

真壁は吐き捨てたが、

「いや」と瀬室が口を開いた。「私もお聞きしたいな。一体、遼子さんが何を思って、そう言ったのか。それが分かるのなら、ぜひ」

そうですね、と藤崎も同調する。

「そしてそれが、本当に事件に関係しているのかどうかも……。何しろ、彼女がその花を握って亡くなったのは事実なんですから」

ふん、と真壁は腕を組んで友紀子を見た。

「じゃあ、一応聞いておきましょうか」

その言葉に頷く瀬室たちを見て、崇が憤懣《ふんまん》を顕わに、しかし彼らに聞こえないほどの小声で呟いた。

「だから、何か意見を持っている人の話は聞きたいと、俺は最初からそう言ってるんだ」

「仕方ないでしょう」

奈々は、小声でたしなめる。

「そもそも、タタルさんや外嶋さんのお話は、一般の人たちには分かりにくいんですから」

「どうしてそこで、外嶋さんの名前が出てくるんだ」

「静かに。緑川さんが話し始めています」

唇を尖らせて口をつぐむ崇の隣で、奈々は友紀子の言葉に耳を傾ける。

「ダイイング・メッセージというのは」

と友紀子は全員を見回して言う。

「昨日、桑原くんが言ったように、私も非常に現実的ではないと考えています。自分の命が消えようとしている時に、人は自らの体に危害を加えた人間を告発する何かを、残そうとするものだろうか……。しかし今回に限っては、例外的に重要視しても良いのではないか、と思いました」

「それはまた、どうしてですかね？」

まだ疑わしそうな視線を送る真壁に、

「はい」と友紀子は答える。「今回は、特別な人たちの集まりだったからです」

「シャーロキアンの人たち、ということか」

「特に今回は、遼子さん――いえ、私たち全員が、もう何日も前からシャーロック・ホームズのことを考え通しでした。そしてホームズ物語の中には、実際にダイイング・メッセージに関するものが四編書かれています」

それは、と瀬室が言う。

「短編では『ボスコム渓谷の惨劇』『まだらの紐』『金縁の鼻眼鏡』。そして、『ライオンのたてがみ』だね。また、ダイイング・メッセージではないが、似たようなパターンでは『四人の署名』」

「まさにその通りです」

友紀子は大きく首肯した。

「『ボスコム渓谷の惨劇』では『ア・ラット』という言葉が。『まだらの紐』では『まだらの紐が』。『金縁の鼻眼鏡』では『先生、あの女です』。そして『ライオンのたてがみ』では『ライオンのたてがみ』。それぞれが作品中で、とても重要な役割を担っていました。ただ、全六十編中の四編、『四人の署名』を入れても五編、つまり割合にして七、八パーセントほどですから、他の作家の作品――たとえば、エラリー・クイーンやアガサ・クリスティなどと比較して頻度が高いのか低いのか、それは分かりません。でも、私たちの頭の中にこういった行為が存在するということがインプットされていることは間違いありません」

「それが」真壁が脱力したように言った。「現実的であろうとなかろうとね」

いいえ、と友紀子は首を横に振る。

「私たちには、全てが現実なんです」

「は？」

「他の方たちは分かりませんが、少なくとも私にとってホームズは現実の話です。シェークスピアとドクター・ワトスンの存在は、私にはフィフティ・フィフティです。それこそ現実的な観点から見て」

そうだ。

これが緑川友紀子の持論だった。

「だがね」真壁は苦笑いする。「そんなことを、ここで主張されても――」

言いかけた言葉を、瀬室の声が遮った。

「私には良く理解できる」

「え？　あなたは何を言って――」

「世界の歴史を見てもそうだ。ナポレオン・ボナパルトの死も、ヨハネ・パウロ一世の急死も、ケネディ暗殺も、その真相が明らかではない以上、我々は誰かが作り出したフィクションの世界に生きているということになる」

「それとこれとは――」

「まさにその通りです」崇も言う。「日本を見ても、たとえば、聖徳太子が存在していなかったとか、本能寺の変の真相はまた別の所にあったとか、もしも誰もが尊敬していた人物が実は冷血な暗殺犯だった、などとなれば、俺たちが学んできた歴史は現実ではない――つまり、今住んでいるこの世界も、全てフィクションの中の世界になってしまう」

「詭弁《きべん》だね」真壁は吐き捨てる。「歴史的な解釈が間違っていようがいまいが、我々の住んでいるこの世界は目の前にある。日常生活は、小説の中の話とは違う」

そうでしょうか、と崇は笑う。

「俺たちもある日、この日常生活の全てが、実は作り物だったと知らされる日がやってくるかも知れませんよ。まがい物の城の中で暮らしていただけだった、誰かが創造した物語の中で日々の暮らしを営んでいただけだった、と。日常も、非日常も何の区別もありません」

「無茶苦茶な話だな」

真壁は呆れたように大きく嘆息した。

「それで——」と友紀子を見る。「きみは一体、何を言いたいんだ。今の話で用件は済んだのか？」

いいえ、と友紀子は答える。

「そこで私は、実は遼子さんも真剣にメッセージを残そうとしたのではないかと考えたんです。つまり『スミレ』が意味する人を指摘しようと試みたのではないかと」

「つまり、犯人を？」

「多分」

「スミレ……がね」

真壁は何とも言えない表情を見せた。絶対に認められないが、否定するのも面倒だ——というような。

「確かにきみや白石さんは昨日、槿さんがスミレを好きで、しかもこの会には、スミレを連想させる人が何人もいる、などということをおっしゃっていたが……。では、その『スミレ』は、何を言い表そうとしていたというんだ？」

おそらく、と友紀子は全員を見回した。

「ヴァイオレット——でしょう」

「ヴァイオレット？　つまり『紫』ということか」

「違います」

友紀子はきっぱりと否定する。

「『紫』には二種類あります。それは『ｐｕｒｐｌｅ』と『ｖｉｏｌｅｔ』ですが、正確に言うと『ｐｕｒｐｌｅ』は、赤紫色になります。いわゆる『ｐｕｒｐｌｅ』は、巻き貝の一種から取られた色であり、そして『ｖｉｏｌｅｔ』は、紫草の根から取れる青紫——つまり『菫《すみれ》色』です。ゆえにこの場合の『スミレ』は、『ｖｉｏｌｅｔ』を表していると考えられます」

「ほう……」

「また、そう断定する明確な根拠がもう一つあるんです。というのも、『ヴァイオレット』という名称は、シャーロキアンにとって非常に大きな意味を持っているからです。但し、作品の題名としては出てきません。ちなみに『色』に関する作品名としては、

『赤』の『赤髪連盟』『赤輪党』。

『黒』の『ブラック・ピーター』。

『白』の『白面の兵士』。

『緑』の『緑柱石宝冠事件』。

『黄』の『黄色い顔』。

『青』の『青いガーネット』。

『銀』の『銀星号《シルヴァ・ブレイズ》事件』

『金』の『金縁の鼻眼鏡』

そして、

『緋』の『緋色の研究』――あるいは『緋色の習作』。

これら九作品だけです。でも、題名には出てこないものの『紫――ヴァイオレット』は、実に特別な色なんです」

「それはなぜだね？」

「その点に関しては――」


と、今度は瀬室が軽く手を挙げた。

「まず、バックグラウンドを知らなくてはならない。初めに私から、少し説明しておこうか」

おい、ちょっと――と言う真壁の言葉を軽く無視して、瀬室は椅子の上で背筋《せすじ》を立てた。まるで今から、大学の講義を行うというように。

「これに関しては、コナン・ドイル自身の話から始めなくてはならないが、よろしいかな」

無言のまま頷く奈々たちと、仕方ないというように眉根を寄せる真壁に向かって、瀬室は口を開いた。

「サー・アーサー・コナン・ドイルの父親の、チャールズ・アルタモント・ドイルは、酷いアルコール依存症だった。その結果チャールズは、ドイルが二十歳だった一八七九年に病院に入院し、その十四年後に、そのまま亡くなってしまう。ところがその間にドイルの母親のメアリは、自分の家に下宿させていた十五歳年下の医師ブライアン・チャールズ・ウォーラーと恋に落ちる」

「夫が入院中に、不倫関係を結んだ、というわけですな」

「その通り」と瀬室は沈痛な顔で頷いた。「実際にウォーラーは、自分の下宿代だけでなく、ドイル一家の借りていた家の家賃全額を、六年間にわたって払っていたようだ」

「それは凄い」真壁は嗤《わら》った。「良いパトロンを見つけたもんだ」

その言葉に瀬室は嫌な顔を見せたが、一つ軽い咳《せき》をして続けた。

「一八八二年。ウォーラーは、自分の故郷のメイソンギルに戻る。しかし、そのウォーラーの家の隣にメアリも幼児三人を連れて引っ越す。そして、そこに三十五年間住んだ。メイソンギルの村人たちの証言によれば、二人は完全に愛人関係だったという。事実、ウォーラー家の家政婦も、ドイルの母がウォーラーと愛人関係にあったことを証言している。だがドイル本人は、この醜聞《スキャンダル》をひた隠しにしていた」

「まあ、それはそうでしょうな。父親はまだ入院中なのに、母親は不倫——愛人を作って、そいつの家の近くに引っ越したなど、口が裂けても言える話じゃない」真壁は頷く。「それで、ドイル自身は、ずっとそれを隠し通したということですか」

「その事実だけはね」

「というと？」

「ホームズ物語には、母親と同じ『メアリ』という名の女性が九人、登場するんだが、なぜか彼女たちは非常に不幸か、あるいは待遇が悪い」

瀬室は静かに眼を閉じると、指を折った。

「まず一人めは『四人の署名』の、メアリ・モースタン。彼女は幼い時に父を失って貧乏暮らしをしたあげく、巨万の富を手に入れ損なってしまった。事件後にワトスンと結婚するものの、結婚三、四年目にして亡くなってしまう」

「『空家の冒険』で——」

白石が補足した。

「『私は先ごろ親しいものに先だたれる不幸を味わっていた』と、ワトスンが言っています」

「その通り」瀬室は頷く。「次に『ボヘミアの醜聞』の、メアリ・ジェイン。この女性は、ワトスン家のそこつなメイドで、ワトスン夫人に暇を出されてしまう。同様に、メイドとしての『メアリ』は、『五個のオレンジの種』と『三破風館』にも登場する。そして五人めは——」

瀬室は続けて指を折る。

「『花婿の正体』のメアリ・サザーランド。『血も涙もない悪党だ』とホームズに言わしめた義父に騙されて、偽の婚約をさせられ、全ての財産を奪われそうになった。六人めは、『緑柱石宝冠事件』のメアリ・ホールダー。彼女は、自分の義父を裏切り、共犯者となってしまう」

「ホームズは事件解決後に」

今度は藤崎が言う。

「依頼人の、銀行頭取のアレグザンダー・ホールダーに向かって『やがて十二分の報いが彼らにくだるだろうということも、おなじくらいたしかなことです』——と言っています」

「そうだね」と瀬室は再び頷いた。

「七人めは、『僧房《アベイ》荘園』の、メアリ・ブラックンストール。ドイルの実生活を彷彿させるように、彼女はアルコール依存症の夫に暴力を振るわれ、それに同情した船長が殺人を犯すという事件に巻き込まれる——。八人めは、やはり『三破風館』で、メアリ・メイバリー。夫と息子を亡くし、三破風館に遷《うつ》った彼女は、そこで事件に巻き込まれる。強盗が押し入り、クロロフォルムを嗅《か》がされた——。そして、最も悲惨な目に遭った九人めの『メアリ』は、『ボール箱』に登場するメアリ・ブラウナーだ」

藤崎たちが無言のまま小さく頷いて同意する中を、瀬室が続けた。

「彼女は、夫の目を盗んで姦通したために撲殺されて、その上、耳を削《そ》がれて海に沈められた」

瀬室は目を開いた。

「確かに当時『メアリ』という名前は一般的に流布していたから、そう珍しくはない。しかし六十編の作品で九人も登場するのは、異常な頻度と言わざるを得ないだろう。しかも、メイド以外は全員が不幸な目に遭っている、あるいはそれを暗示されているのだからね」

「……なるほどね」真壁は首肯する。「つまりドイルは、それほどまでに母親を憎んでいたというわけですな。だから、自分の作品中に登場させては、悲惨な目に遭わせているんだと」

但し、と瀬室はつけ加えた。

「これは、あくまでも私の意見なのだが、メイドに『メアリ』という名前が多いのは、『メアリ』に、いつも自分の側にいて身の回りの世話をして欲しかった、というドイル自身の思いが反映された結果かも知れない――。ということで、緑川さんが、ホームズ物語はフィクションではないと言われた理由がこの点なのではないかな」

そういうことか……。

奈々は心の中で納得した。

フィクションの中に、どうしようもなく重い現実が含まれている。いや、そういう現実があったからこそ「物語」が生まれたのかも知れない。

「全てに満ち足りている人は、小説を書く必要性がない」と言った人がいると聞いたが、つまりこういうことだったのかも知れない……。

「背景は分かりました」真壁が瀬室を見た。「それで肝心の『スミレ』――『ヴァイオレット』はどうなんですか」

「今あなたは、ドイルが自分の母親メアリを憎んでいた、と言ったが、そう単純な話ではないのだ」

「と言われると?」

「実をいえばドイルも、心の底では自分の母親を愛していたと思われる。だからこそ、不倫という行為を許せなかったのではないかといわれているんだ。

ゆえに、もちろん不倫相手のウォーラーも許しがたかった。母親メアリに対する葛藤は、自分の小説の中で不幸を負わせることによって、まだ昇華《しょうか》させることができた。しかし、ウォーラーについては、自分の作品中に登場させることすらできないほど憎んでいたのではないかと、私は思っている」

「なるほどなるほど」

「我々シャーロキアンの間では、ホームズの母親の名前は『ヴァイオレット』なのではないかという説がある」

「今度はドイルではなく、ホームズの母親ですか」

「そう。というのも、非常に女性嫌いであるはずのホームズは、この名前の女性に対しては、とても親切に接しているからだ。そこで小林司《こばやしつかさ》博士などは、

『ヴァイオレット』＝母親メアリ
『悪人』＝愛人ウォーラー医師
『ホームズ』＝ドイル自身

と置き換えて、ヴァイオレット（母親メアリ）が悪人に酷い目に遭わされるが、必ず最後はホームズ（ドイル自身）が助け出す——という図式を作ったと主張した」

「何となく分かりますな。そして、その『ヴァイオレット』が、今回の事件に？」

はい、と友紀子が話を引き継いだ。

「では、ここからは私が——」

と言って、一冊のノートを取り出して、自分の前に開くと、時折それに軽く目を落としながら説明を始めた。

「先ほど瀬室先生は、ホームズ物語六十編の中に、九人の『メアリ』が登場するとおっしゃいましたけれど、『ヴァイオレット』に関しては、

『ヴァイオレット・ハンター』
『ヴァイオレット・スミス』
『ヴァイオレット・ウェストベリ』

『ヴァイオレット・ド・メルヴィル』

と、四人の『ヴァイオレット』たちが登場します。そして『メアリ』たちとは違って――多少の陰はあるものの――ほぼ全員が、美しい女性たちばかりなんです」

と言って友紀子は、ノートをぱらりとめくった。

「まず一人めは、『ぶな屋敷』に登場する、ヴァイオレット・ハンターです。彼女は、ルーカスル家の家庭教師として高給で雇われます。その相談にベイカー街にやって来るのですが、

『ホームズが新しい依頼人の態度や話しぶりに好感を抱いたのが、見ていて分かった』

とワトスンが言い、またホームズ自身も、

『正直に言いますと、もしあなたがぼくの妹かなにかだったら、賛成はしませんね』

などと、ホームズにしては珍しい言葉を口にしています。これは明らかに、ハンターに好意を持った言葉でしょう。

二人めは『あやしい自転車乗り』の、ヴァイオレット・スミスです。彼女は、カラザーズ家の家庭教師を務めており、自分の漕《こ》ぐ自転車の後をいつも怪しい男に追跡されているとホームズに助けを求めました。ちなみにこの事件では、ワトスンが日付を間違えて記述していますが、今はその点に関しては触れないでおきます」

友紀子はページをめくる。

「そして、このヴァイオレット・スミスについて、

『夜遅くベイカー街にすらりとして優美で品位のある若く美しい女性がきて、助力と忠告をもとめるといえば、やはり話を聞かずにはいられなかった』

と、あたかもホームズの心中を代弁するかのような文章を残しました。

続いて三人めは『ブルース＝パーティントン設計書』の、ヴァイオレット・ウェストベリです。この事件はというと、カドガン・ウェストという男性の勤める役所から、最新型潜水艦の設計書が盗まれ、

さらに彼の死体が地下鉄線路脇で発見されるという、非常に緊迫した状況の中で、ホームズの兄であるマイクロフトが、英国政府を代表して依頼しに来るという話です。そして、カドガンの婚約者が、ヴァイオレット・ウェストベリでした」

そういえば、昨日藤崎が言っていた「マイクロソフト」と見間違える「マイクロフト」という名前は、ホームズのお兄さんだったのだ。

今さらながら納得した奈々の向こうで、友紀子はさらに続けた。

「ちなみにマイクロフトは、

『兄が政府に勤めていることは、きみのいう通りだ。時には兄が政府そのものであるといっても、ある意味では間違いでない。（中略）下級官吏に甘んじて、なんの野心もなく、名誉も肩書きも受けようとしないが、それでも国家にとって必要欠くべからざる人物なんだ。（中略）兄の一言で国策が決定されたことが何度あったかしれない』

というほど、英国にとっては重要人物でした。

さて、最後、四人めの『ヴァイオレット』は、『高名な依頼人』に登場した、ヴァイオレット・ド・メルヴィルです。ストーリーは、オーストリアの殺人者グルーナ男爵と、ド・メルヴィル将軍の娘のヴァイオレットが恋に落ちて結婚へと突き進むが、グルーナ男爵は今まで同様の手口で何人もの女性を堕落させてきた。それをホームズが救い出す——というものです。まさにこれこそ、小林司博士が提唱した、先ほどのドイル自身をホームズに見立てるという勧善懲悪の図と一致します。しかもこの時ホームズは、

『ちょっとのあいだ、実の娘のような気さえしたほどさ。普段のぼくは、そう雄弁なほうじゃない。（中略）しかしこのときばかりは、持って生まれた真情のありったけを吐露《とろ》して、彼女をかきくどいたよ』

などと、これもまた彼にしては想像できないほど、彼女に対して情熱を傾けています。余談ですが、この作品中には男爵からワトスンが質問される、

『まずは聖武天皇について、なにかご存じですか？　また天皇と奈良の正倉院《しょうそういん》との関係は？　おやおや、これくらいのこともご存じない？』

　という、日本に関する有名なセリフが出てきます。これはおそらく、ドイルの親友で帝国大学衛生工学教師だった、W・K・バルトンの影響だと思われますが」

　なるほどね、と真壁は大きく椅子の背に寄りかかった。

「それで緑川さん、今までのお話が何だと言いたいんですか。それらが今回の事件と、どう繋がると？」

「それは……つまり……」

　珍しく言いよどんだ友紀子を睨んで、

「全て私を指していると言うのでしょう！　ヴァイオレットも、彼女の職業も、全てが」

　大声で叫んだのは、白石だった。

「くだらなくて、話にならないわ。一体何を考えているんだか理解できない！」

「……どういうことですかね」

　いきなり早口でまくし立てる白石に向かって、真壁が呆気にとられた顔で尋ねた。

「なぜ『ヴァイオレット』が、あなたを指していると？」

「今、緑川さんがおっしゃったように、この四人のうち、二人までもが家庭教師なんです。そして私も、以前はそうだった。その縁で地元のオーケストラに加わり、担当している楽器はヴァイオリン。もちろんこの楽器の名称は、スミレ属の学名『ｖｉｏｌａ』からきています。楽器の形と花びらの形が似ているという理由でね。また、私の名前の『ゆかり』は日本古来の呼び名で『紫』を表している。だから、今回の『ヴァイオレット』は私を指していると、緑川さんはそう言いたいのだと思います！」

「そう……なんですかな」

　友紀子に向かって尋ねる真壁の言葉を遮るように、さらに白石は続けた。

「だから、昨夜私に電話をかけてきたんだわ」

「え？」

「遠回しにおっしゃっていたけど、私にはすぐ分かりました」

それで昨日、友紀子はもう解散にしましょうと提案したのか。家に戻って白石に電話を入れ、二人だけで話すために。

「でもね」白石はヒステリックに叫んだ。「私は、今回の事件に全く無関係です！　もちろん、館の二階で遼子さんにお会いしていますが、ただそれだけです」

白石が主張し終わると、部屋が静かになった。

すると、

「そうかも知れません」

崇が——そのたびにドキドキしてしまう奈々の隣で——口を開いた。

もう何度めだろうか、全員の視線が崇に集中する。

「どういうことだね」真壁が代表して尋ねた。「きみも、何か意見を持っているのか」

「今の緑川さん、瀬室先生、そして白石さんの意見を興味深く拝聴させていただきましたが——。緑川さん」

「はい？」

「残念ながらあなたは、一点だけ見逃しています。といっても、仕方のないことなのですが」

「……どういうこと？」

思わず身を乗り出した友紀子から視線を外すと、崇は言った。

「その話の前に、今の『ヴァイオレット』や『紫』に関してですが、もしもそれらがこの中の誰かを指し示していると考えると、全員が当てはまってしまいますよ」

「全員が？」瀬室が尋ねた。「どうしてだ」

ええ、と崇は頷く。

「たとえば瀬室先生ですが——。今、白石さんは『ヴァイオリン』という名称は、スミレの花びらからきているとおっしゃった。ということは、先生の担当しておられる『ヴィオラ』も同様でしょう。というより、こちらの方が『viola』という学名そのものだ。そして、先生の名字」

「私の名字が、どうした」

「『せむろ』は、五十音表で『すみれ』を一文字ずつ後ろにずらした名前じゃないですか」

「なっ……」瀬室は、呆れたように口を開けた。「偶然だ」

「そうかも知れませんね」崇は平然と答える。「そして次に、藤崎さんもそうだ」

「ぼくが？」藤崎は目を丸くする。「なぜだ」

「『藤』はどうですか？　古来わが国で『紫』と『藤』は、分かちがたく考えられていた。紅藤《べにふじ》、紅掛藤《べにがけふじ》、若藤《わかふじ》、そしてまた藤紫《ふじむらさき》などの色は単に『藤』で通用した」

「実に……くだらんな」

「では、お名前の『巽』はいかがですか。『巽』というのは方角でいうと、もちろん『南東』です。そして陰陽五行《いんようごぎょう》説では、東西南北それぞれの方角の色が決まっている。南は『赤』、東は『青』。ゆえに『南東』――『巽』は『紫』」

「勝手に作るな！　バカらしくて、話にならない」

「ではもう一つ。藤崎さんは『源氏香《げんじこう》』という香道《こうどう》における遊びをご存知でしょうか」

「もちろん名前だけは知ってる。詳しいことは知らないけどね」

「『源氏香』は」と崇は説明する。「五種類のお香を順番に焚いて、どれとどれが同じ香であったかを嗅ぎ当てるという、優雅な遊びです。そしてその場では、右から左へ五本の縦線を引いた図を用意して、同じだと思われた香同士を結ぶわけです」

崇は、持参していたノートを広げて、ペンを取り出すと図を描いて見せた。

「例えば、一番めと二番めが同じ――同香だと思ったら、縦線の上部にこうやって線を引く。

そして例えば、なおかつ三番めと五番めも同じだと感じたらこうです。

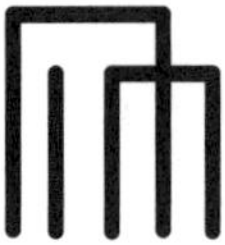

この『源氏香』では、組み合わせが五十二通り考えられるために『源氏物語』五十四帖から、第一帖の『桐壺《きりつぼ》』と五十四帖の『夢浮橋《ゆめのうきはし》』を除いた、残り五十二帖の名前が当てはめられています。余談ですが、これらの組み合わせが本当に五十二通りなのかどうかは、後ほどみなさん自身でご確認ください。

さて――」

と崇は藤崎を見る。

「『源氏物語』には、みなさんもご存知と思いますが『若紫』という、紫の文字のつく巻があります。では、これは『源氏香』では、一体どんな図なのかといえば、こうです」

崇はノートに描いた。

「……それが？」

「まさに藤崎さんのご職業ではないですか」

「は？」

藤崎だけではなく、誰もが首を捻った。

すると、崇は真面目な顔で言う。

「『ＩＮＮ』と読めませんか」

「まあ……読めなくはないな」

「ＩＮＮ――つまり、英国の古い言葉で『パブ』のことですね。英国風居酒屋だ」

呆然とした沈黙の後、

「回りくどすぎる！」藤崎は怒っているのか笑っているのか、何とも言えない顔で怒鳴った。「実に見事なこじつけではあるが、全く現実的ではないな」

「まさにその通りですね」

崇は、あっさりと認めてノートを閉じた。

「そして、こうやって考えていくと、緑川さん、あなたも例外ではない」

「私が？」友紀子は驚いて崇を見た。「名前も仕事も『ヴァイオレット』とは関係ないわよ」

「平安装束には、布を何枚か重ね合わせる『襲《かさね》』というファッションがありました。その色目として、春の『襲』の中に、『菫菜《すみれ》』と『壺菫《つぼすみれ》』がある。『菫菜』は、表が紫、裏が薄紫の組み合わせになります。しかし『壺菫』は、表が薄紫で、裏は薄青――現代でいう『緑』なんです。紫と緑の組み合わせだ」

「なんという……」友紀子も、呆れたように笑った。「まさに、牽強《けんきょう》付会《ふかい》な解釈！」

「きみにかかると」瀬室も苦笑いした。「誰でもが、犯人になってしまう。ダイイング・メッセージというのは、そういうものなのかね」

「そんなところです」崇はあっさりと認める。「ちなみに、ここにいる奈々くんも、あなた方の仲間に入ります」

「わっ、私がですかっ」

いきなり名前が出て、思わず椅子から飛び上がりそうになった奈々をチラリと見て、崇は言う。

「昨夜、奈々くんは濃い紫色のジャケットを羽織っていましたし、何といっても『虹』の『七番め――なな番め』の色は紫。そのまま『ヴァイオレット』ですからね」

「ちょ、ちょっとタタルさん。私は遼子さんにお目にかかってもいないんですけど！」

「ことほど左様に」

崇は奈々の抗議を無視するように続けた。

「今回の『ヴァイオレット』には、誰もが当てはまってしまう。だから、残されたメッセージなどから犯人を導き出すのは、殆ど不可能に近いと言っているんです」

それが言いたいために、奈々まで引き合いに出したのか！　後で改めて文句を言っておこう、と奈々は心に決めた。

「そういうことか」瀬室は笑った。「では、先ほど緑川さんが一点見逃していると言ったのは何だ」

「フラワーガーデンの花です」

「花がどうした？」

「もちろん緑川さんも、俺たちと一緒に下まで降りて行かれればすぐに気づかれたと思いますが、スミレの花は、遼子さんの目の前にもたくさん咲いていた。まず、蝶のように美しい三色《さんしき》スミレ、その隣には白色のシロスミレ、黄色のオオバキスミレ、などがたくさん」

「ああ……具体的な種類は分からんが、確かにそうだった」

「しかし彼女は、そこからほんの少しですが、離れた場所に咲いていた『紫』のスミレを、手を伸ばして握り締めた。ということは、偶然『ヴィオラ』――ヴァイオレットをつかんだのではなく、あえて『紫』色を選ばれたのだと考えられます」

「なるほどね」

「ということは」友紀子が尋ねる。「彼女は、何を言い残したかったというの！」

「怨念です」

「怨念……って？」

「『紫』は『怨念』の色なんです。しかも――」

崇は瀬室たちを見回した。

「非常に強い」

6

「紫」は「怨念」の色……？

いきなりの展開に、奈々が啞然としていると、

「ようやく話が戻ってきたようだが――」

真壁が皮肉を込めてゆっくりと崇に尋ねた。

「つまりきみは、槿さんは、誰かに対して恨みを持っていたのだと？」

「そうです」と崇は答える。「その理由は後ほどご説明しますが、かなり強い怨念であることに間違いはありません」

「なぜ分かる」

「恨みを呑んだまま亡くなると、当然自分も浮かばれません。その辺りの歴史や事情を、彼女は充分に知っていたはずだ。そんな話は、古典にいくらでも登場する。得意な分野でしょう。しかし、あえて『紫』を手にすることによって、そちらを選んだ」

それでは、と瀬室が尋ねる。

「彼女は、誰に対するどんな怨念を抱いていたと言うんだ」

「当然、自分の命を奪おうとした人間に」

「ベランダから、突き落とした人間に向かって、というのか？」

「そういうことでしょう。事件当時、あの館の二階にいた人」

「我々のことかっ」

「しかし――」藤崎が割って入った。「誰もがアリバイがある。きちんと確認していた」

「まさかこのような事態に陥るとは思っていらっしゃらなかった以上、お互いに、一秒たりとも目を離さなかったわけではないはずです」

「だが、一、二秒で彼女を突き落とすなんて無理だ。当然、遼子さんだって抵抗するだろうし、そんな短い時間では、手摺りさえ乗り越えさせられない。特に、きみが証言した午後五時十五分以降は、殆ど誰もあのホームズの部屋から出ていない」

「薬でも飲ませて、意識を失わせておいたとでも言うのかね」

「いいえ、瀬室先生。意識を失ってしまった方が、かえって人間の体は扱いにくい」

「ちなみに」と真壁は言う。「まだ今のところ薬物反応は出ていないようですな。お酒はほんの少し召し上がっていたものの、睡眠導入剤その他、飲んでいた形跡はなかった」

「もっとも、そうだったからスミレの花に手を伸ばせたんだろうがね」

きみは、と真壁が崇を見た。

「犯人が、どんな行動を取ったと考えているんだ」

「あくまでも、可能性としてですが――」

と崇は答えた。

「何らかの方法で、遼子さんを気絶させる。そして、ベランダの手摺りの向こう側か、あるいは非常に危ういバランスで、手摺りに寝かせる。やがて意識を取り戻した遼子さんは、バランスを崩してそのまま落下した。あるいは、犯人が、わずかな時間の隙間を縫ってベランダに出て、突き落とす。これならば、ほんの一、二秒ほどあれば可能です」

なるほど、と真壁は膝を打った。

「そういうことか！」

しかし、そのすぐ目の前で、

「余りにバカげた話だ」瀬室は鼻で嗤った。「変な小説の読み過ぎだな。第一、警察にかかってきたという、助けを求める電話はどうなるんだ」

「午後五時八分のですね」

「そうだ。きみ自身の証言によれば、彼女はそれより少なくとも七分間は無事だったことになる。まさか、ベランダの手摺りにしがみつきながら電話をかけたなどと言わないでくれよ」

「もちろんそれは、物理的に無理がありますね。だが、電話をかけたのが遼子さんではなかったと考えれば、辻褄が合うのではないでしょうか」

「犯人がなりすましたというのか？」

尋ねる真壁に崇は「そうです」と答えた。

「だが……」真壁は言う。「間違いなくそれは、女性の声で――」

真壁が言いかけた時、全員が一斉に白石ゆかりを見つめた。

「え……」白石は顔を引きつらせる。「どういうことですか！」

「緑川さんは」崇が言う。「運が良いことにというか何というか――ちょうどその頃、一階の受付のそばで俺たちを待っていてくれた。つまり、あの時点で二階にいた女性は白石さん、あなただけということになりますね」

「そんな……」

「つまり、自分はその時刻にアリバイを作っておいて」真壁が眉をひそめながら続けた。「後から隙を見て改めて突き落とすか、あるいは自然に落ちるのを待ったというんだな」

「私が？」白石は叫んだ。「私は、そんなことしていません！　するわけないじゃないですかっ」

「後ほど、声紋を調べさせてくれませんか。一応、念のためにね。その時の電話は、こちらで録音してありますので」

「私は、何もしていないと言っているでしょう！」

「先ほどの、緑川さんの話――」崇が言う。「『ヴァイオレット』が、家庭教師であり、同時にヴァイオリンを表す。そして『紫』は、そのまま『ゆかり』を示している、という説があった」

「違いますっ。絶対に！」

おそらく、と崇は白石の言葉を無視して続けた。

「遼子さんの執念――いや、怨念が『ヴァイオレット』であり『ゆかり』である、スミレの花を手に取らせたのでしょうかね。人間、死に際《ぎわ》の念ほど恐ろしい物はない」

「止めてくださいっ」

白石は、自分の両手で耳を塞ぐと、ぶるぶると震えながら立ち上がった。

「私は、確かに遼子さんから恨みを買っていました！　それは事実です」

え……、と驚く奈々を気に留める様子もなく、白石は叫び続ける。

「でも、私じゃありませんっ。遼子さんが私を嫌っていたのも知っています。でも、本当に何もしていない！」

崇が、チラリと真壁を見る。それが合図のように、真壁が静かに口を開いた。

「どうぞ落ち着いて、白石さん。恨みを買っていたというのは、一体どういう意味ですか」

「えっ」白石は、ハッと我に返った。「つまり……その……」

「白石くん！」瀬室が声を荒げた。「自分を見失っているぞ。落ち着いて、黙っていなさい」

それは、と真壁が瀬室へゆっくりと視線を移す。

「どういうことでしょうか？　どういう理由で白石さんが槿さんから恨みを買っていたのか、そしてそれは、もしかして瀬室さんも関係している？」

瀬室は冷静さを装っていたが、いつの間にか広い額に、うっすらと汗をかいていた。

「何もない。彼女は気が動転しているだけだ」

ひょっとすると、と崇は瀬室を見た。

「遼子さんのスミレの花——ヴァイオレットは、先生のヴィオラを思い出されたのでしょうかね。確かにヴァイオリンよりも直接的です。何しろ、ヴィオラ——『ｖｉｏｌａ』ですから」

「わざわざ何度も、バカらしい話を」

そういえば瀬室さん、と真壁が探るような目つきで訊いた。

「改めてお尋ねしたいんだが、瀬室さんは、槿さんのお母さまの幸子さんとは、どんなご関係だったんですか」

「ただの親しい友人だった。それ以上でも以下でもない」

と言って真壁を見る。

「少なくともきみらが勘繰るような、つき合いではなかった。色々と相談に乗ってあげるだけの、親しい間柄だった」

「たとえば、どんなご相談を？」

「プライヴェートな話だ。ここでは言えない」

そうですか、と真壁は肩を竦めると、次に藤崎を見た。

「藤崎さんは、今までの話で何かご存知のことはありますか」

「今までのと、おっしゃると……」

「瀬室さん、白石さん、そして遼子さんたちの関係についてです」

「それは……」チラリと瀬室を見る。「ぼくには、何とも分かりません。当事者ではないですから」

いいですか、と真壁は厳しい目で藤崎を睨んだ。

「今回の事件において、槿さんが墜落される前に、こちらの県警に助けを求める連絡を入れたのは間違いない事実です。実際に電話をかけたのが誰であろうと、その事実によって、この事件は単なる『事故』ではなくなった」

「そう……でしょうね」

「では、自殺するつもりだったのでしょうか。これも、助けを求める電話の存在と、遺書がみつからないということ、そしてみなさんのお話を聞く限りでは、全くそんな素振りも見られなかったようだ。これは、昨日のお客さま方も、そうおっしゃっていました。となると、やはりこいつは誰かに突き落とされたという線が強くなる。だが、一番疑わしい位置にいらっしゃるあなた方には、全員アリバイがあった——ように思えました。最初は」

「最初は……とおっしゃると」

「しかし、今、桑原くんが言ったような方法を取れば、犯行時に長時間席を外す必要もなかった。ほんの一瞬だけ、ベランダに出ればすむんだ。となると、今度はみなさん全員のアリバイがなくなる」

「全員だって！」藤崎が叫んだ。

「県警にかかってきた電話の声は、女性だったと言ったじゃないか！　それに今までの意見にしても、彼の頭の中だけで考えた話じゃないか。単なるフィクションに過ぎない。それに、どうしてぼくが、そこまで危ない行動を取らなくちゃいけないんだ。第一、そんな危うい行動を取って、その時に何かアクシデントが一つでも起こったら、全て終わりだぞ。それに、そもそもぼくには、遼子さんを傷つける動機など、ひとかけらもない」

「話にならんな」瀬室も言う。「藤崎くんの言う通りだよ。どうしてわざわざ昨日に――つまり、人が多く集まる日に、事件を起こす必要があるんだ？　バカらしい」

むしろ、と崇が言った。

「この日を、あえて選んだという可能性もあります」

「どういう意味だ」

「たとえば、三人で話し合われて、不自然ではなく、遼子さんを含む全員が集まれる日を選んだ――」

「全くもって、くだらなすぎる！」藤崎は大きく憤慨する。「まさしく小説の中の出来事だよ。ぼくらが全員で共謀しただって？　一度、きみの頭の中を覗いてみたいものだな。余りにバカらしくて、言葉もない」

「しかしまだ、その可能性は、否定できません」

「何だと？」

「どうやら、瀬室先生と白石さんは――その具体的な理由は伺っていませんが――遼子さんから、個人的な恨みを買っておられたようだ。とすれば、お二人、あるいは藤崎さんも巻き込んで、三人で計画を練れば完璧だ。それこそ、さっき俺が口にしたようなトリックを用いる必要もない。むしろ、のんびりと安心して――」

「ふざけるなっ」藤崎も椅子を蹴って立ち上がった。

「万が一――いいかっ、万が一だ。もしもそんな話があったとしても、ぼくが乗るわけない。これは百パーセント確実だ！」

ほう、と真壁が藤崎を覗き込んだ。

「なぜ、そう断言できるんですか？　その根拠を聞かせてください」

「それは……」突然、藤崎が口ごもる。「その……」

するど、

「遼子さんを、愛されていたからでしょう」

突然の友紀子の発言に、全員が藤崎を、そして友紀子を見た。

「藤崎さんは、遼子さんのことをとても愛されていた。私は、そう直感しました。また遼子さん自身のお口からも、藤崎さんはとても親切にしてくれるという話を伺ったことがあります」

「それは……」

藤崎は俯《うつむ》くと、どかりと椅子に腰を下ろした。

確かに友紀子は、昔からそんなところも鋭く気がつく。ただ、あえて口に出さないだけで。見事なまでに鈍感な奈々と、全く正反対――。

だが、と真壁が言う。

「たとえ彼女を愛していたからといって、突き落とさなかったという理由にはなりませんな。そういうケースは、よくありますからね。たとえば、つき合っていたとしても、いや、つき合っていたからこそ愛情がやがて憎しみに変わり――」

「つき合ってなどいない！」藤崎は、吐き捨てるように言った。「そんなこと、するわけがないだろう」

「どうして断言できるんですか？」

「それは――」と藤崎はイライラと髪を掻き上げ、テーブルをドンと叩いた。

「彼女――槿遼子さんは、ぼくの血の繋がった妹だからだ」

えっ。

奈々は驚いたが、それは誰もが同様だったとみえて、瀬室を始めとする全員が言葉を失った。静まりかえった部屋で、ようやく友紀子が口を開いた。

「遼子さんが……藤崎さんの？」

ああそうだ、と藤崎は吐き捨てる。

「それを知ったのは、何年か前だった。瀬室先生の紹介でこの会にやって来た彼女と、色々な話をするうちに、それとなく思い当たる点が数々出てきたんだ。そしてぼくは彼女が、ぼくの父親と幸子さんの間に生まれた女性だと確信した」

「そう……だったんですか」

しかし、と真壁も驚きを隠さずに尋ねる。

「昨日の瀬室さんのお話では、槿さんの母親——幸子さんとその旦那さんは離別したと」

「離別も何も」藤崎は嗤った。「そもそも、結婚してなどいないんですからね。単なる不倫です。しかも、幸子さんの妊娠を知ると、ぼくの父はあっさり彼女から手を引いてしまった。全くもって酷い男です。だからぼくも、自立してからというもの、親父とは全く連絡を取っていない」

藤崎は、まるで自嘲するように告白する。

「だから、それを知って以来、ぼくは彼女を——緑川さんの言うように——ヴァイオレット・ハンターか、ヴァイオレット・ド・メルヴィルのように思って接してきたんです。彼女も『紫』が大好きだと言っていましたし」

「そういうことか……」

「だから、彼女の母親——幸子さんが『紫』を嫌いだと聞いた時には、そこの彼が言ったように、本当にぼくの名字の『藤』が『紫』を連想させたからかとも邪推して、ドキリとした」

「なるほどね」真壁は手帳を開いてメモを取る。「その話を、槿さんには？」

「いや、まだです。でも、瀬室先生の展覧会が終わって少し落ち着いたら、話してみようと思っていた。但し、彼女に話を聞いてもらえるかどうか、保証はない。むしろ怒り出さないか、とても心配だった。彼女は一見おとなしそうに見えて、ヒステリックとまではいかないまでも、とても気性の激しいところがありましたからね……。でも、どうしても伝えたかった。だから！」

藤崎は怒りを吐き出す。

「そんなぼくが、彼女を殺すわけがないだろうっ。むしろぼくは、できる限り彼女の夢や希望を叶えてあげようと、それだけをいつも思っていた」

「……そうですか」

真壁が一つ大きく嘆息した後、再びしんと静まりかえった部屋の中で、崇がゆっくり口を開いた。

「みなさんは、紫式部をご存知でしょうか」

「え……」

何かと聞き間違えたのかと思った奈々が、あわてて尋ねようとすると、

「もちろん、花の名の『紫式部』ではありません」

崇がご丁寧にも注釈を入れた。「先ほども話に出した『源氏物語』の作者の、紫式部です」

誰もがお互いに顔を見合わせる中で奈々は、無意識の中で鳥肌が立つのを感じた。

『シャーロック・ホームズ』と『源氏物語』。

数日前にホワイト薬局で、その二つの作品に関して話していたばかりではないか！

そんな奈々の隣で崇は、

「紫式部は——」

涼しい顔で続けた。

「生没年、共に未詳。平安中期の女流作家・歌人で、父は藤原為時《ふじわらためとき》、母は藤原為信《ためのぶ》の娘。本名を『香子《かおりこ》——こうし』とする説があります。そして当初は、父親の官名である『式部丞《しきぶのじょう》』に由来して『藤式部《とうのしきぶ》』と呼ばれていたといいます。これは『清原《きよはら》の少納言』の親族である女性が『清少納言《せいしょうなごん》』と呼ばれたのと同じパターンですね。但し、清少納言に関しては現

在、彼女の身内に『少納言』がいたという説は、非常に疑わしいとされています。また、一方の紫式部——藤式部は、やがて『源氏物語』の女性主人公である『紫の上』の名前を取って『紫式部』となったのだと一般に言われています」

おい！　と真壁はテーブルを叩いた。

「それが今、どこで関係してくると言うんだっ。それとも『紫』の話をしているのか？」

「そうです。今回の事件で一番重要なポイントとなる『紫』に関してです」

「なんだって——」

ぜひ、と崇は真壁を、そして全員の顔を見た。

「少しだけ、おつき合いいただきたい」

「だがね」と真壁は崇に向かって告げる。「今は時間がないんだよ。そういう講義は、また別の機会にしてくれないか」

俺は——と崇は言った。

「この『紫』こそが、今回の事件の核心だと思っているんです。スミレであり、ヴァイオレットである『紫』が」

「だがきみは、ダイイング・メッセージなど信用できないと言ったじゃないかっ」

「ダイイング・メッセージの話ではありません。この事件の話です。少々、お話ししてもよろしいでしょうか」

「ふん……」

と腕を組む真壁の態度を「許可」と勝手に解釈したのだろう、崇は続けた。

「紫式部が活躍した時代は、安和《あんな》二年（九六九）に勃発した『安和の変』によって、当時左大臣だった源高明《みなもとのたかあきら》が失脚し、藤原北家《ほっけ》が力を握り始めた頃でした。ちなみに、高明は光源氏のモデルであるとか、『源氏物語』そのものの作成に関わっていたとか、さまざまな説がある男性ですが、話が逸れてしまうので、今は省略しておきます——。

一方式部はといえば、父親の為時が、ようやく越《えち》前守《ぜんのかみ》となって下向して、何とか暮らし向きも良くなってきていました。しかし、式部は都へと向かうと藤原宣孝《のぶたか》と結婚し、一女・賢子《かたこ》あるいは『けんし』つまり、大弐三位《だいにのさんみ》を産みますが、夫の宣孝とは二年余りで死別してしまいます。ちなみに、その時の心情を詠《よ》んだのが『百人一首』にも収載されている、

めぐり逢ひて　見しやそれともわかぬ間に
　雲隠れにし夜半の月かな

の歌です。つまりこの歌は、単なる情景を詠んだだけではなく、宣孝を月に譬《たと》えて自分の心の内を歌にしたものと考えられます」

「一体きみが、何を言いたいのか分からんが……」

瀬室が苦笑する。「その歌には、また違う意味もあったのか。ダブルミーニングになっているというんだな。凝《こ》っている歌だ」

「日本古来の和歌は、基本的にどんな歌もそういうものです」

「え——」

そして、と崇は言う。

「その後『源氏物語』の評判によって、式部は寛弘《かんこう》二年（一〇〇五）前後に、中宮彰子《しょうし》——藤原道長《みちなが》の長女——の宮廷に召し出され、彰子の女房兼家庭教師を務めました。余談ですが、やがて式部は、藤原道長の愛人となったという説もあります。これは『尊卑分脈《そんぴぶんみゃく》』に、

『紫式部是也源氏物語作者（中略）御堂関白道長妾』

と書かれているということから、一般にそう言われています」

「家庭教師……」白石が声を上げた。「まさに、ヴアイオレットですね」

「そうかも知れませんね。それとも単なる偶然か」

崇はあっさりと受け流す。

「その紫式部は、間違いなく幼い頃から非常に才覚があったようです。そんな彼女が書いたと言われる

『源氏物語』は、先ほども言いましたが『桐壺』から始まり、『夢浮橋』までの五十四帖から成っている、わが国を代表する物語です。事実、菅原孝標女《すがわらのたかすえのむすめ》の『更級日記《さらしな》』にも、

『紫のゆかりを見て、つゞきの見まほしくおぼゆれど、人かたらひなどもえせず。たれもいまだ都なれぬほどにて、え見つけず。いみじく心もとなく、ゆかしくおぼゆるまゝに、「この源氏の物語、一の巻よりして、みな見せ給へ」と、心の内にいのる』

と書かれているほどです。もちろんここに出てくる『紫のゆかり』というのは『源氏物語』のことです。つまり、それほどまでにこの物語は、当時から誰もが読みたがる名作だったわけです」

「世界最古の長編小説、という説もありますよね」

と言う白石を、崇はチラリと見た。

「確かに『源氏物語』は『古典中の古典』と呼び称されてはいますが、世界最古となると……どうでしょう。世界には、古代ラテン文学や、それこそわが国でも『竹取物語』などがありますから、そう断定はしづらい」

「そう……ですか」

「しかし今言ったように、日本の古典文学の観点からしても、第一級の作品と見なされていることに間違いはありません。その証拠に、お能の『葵上《あおいのうえ》』や『玉鬘《たまかずら》』『半蔀《はじとみ》』などを始めとして、浄瑠璃、戯曲などに留まらず現代の舞台にまで、題材として多く取り上げられている。もちろん外国でも、アーサー・ウェーリーらによる英訳や、その他外国語訳もたくさん出版されています」

おいっ、と真壁は腕組みしたまま叫んだ。

「もう、いいかげんにしろっ。早く、本題に入りなさい！」

しかし崇は真面目な顔で、ゆっくりと微笑んだ。

「もうすでに、本題に入っています」

7

「なんだと！」

顔を歪《ゆが》ませて叫ぶ真壁に向かって、崇は言う。

「この話を細かく説明してゆくと、とても長くなってしまいますので、かなり省略しています。細部に関しては、また次の機会に」

「だから――」

「当時この作品は」

崇は平然と続ける。

「通称『紫の物語』と呼ばれていました。あるいは今の『更級日記』に書かれているように『紫のゆかり』の物語と。ちなみに、そのため白石さんもおっしゃったように『ゆかり』という言葉が『紫』を表すようになったのです。そして『藤式部』も『紫式部』と呼ばれるようになった。これは物語に登場する、主人公の光源氏の次に重要視される女性『紫の上』からきていると考えられています。しかし――」

崇は全員を見回した。

「果たして、本当にそうなのでしょうか」

「というと？」

瀬室たちも、お互いに顔を見合わせた。

「私もそう聞いているがね」

「だが、古今東西、このようなパターンは存在しません。最初から作者と同じ名前の主人公が登場する小説ならばともかく、後から登場人物の女性の名前を取り上げて、作者の呼び名を変えてしまった。ホームズ物語の作者が『ヴァイオレット・ドイル』、あるいは『アイリーン・ドイル』と呼ばれるようなものです。もちろんこの場合、ドイルが女性だったと仮定しての話ですが」

「そう言われれば、おかしいな」瀬室が声を上げた。

「百歩譲って『シャーロック・ドイル』ならばまだ分かるがね……。今まで、全く気づかなかった」

確かにそうだ。

奈々もそう聞いたことがある。

「紫の上」はこの物語において、光源氏の妻でもあり、かつ彼と同等に重要な登場人物だ。だから『源氏物語』は『紫の物語』であり、紫式部という名前も、そこからきているんだと。

だが、改めて言われてみればおかしい。

そもそも、他にそんな物語や小説が存在しているのか。登場人物の名前が、後から作者の名前を変えてしまうような小説が――。

「そしてここは、非常に重要な点なのですが」

崇は続ける。

「こういった名称は、必ずしも美しく優雅だとは限らないのです。たとえば、世継ぎが生まれなかった皇后で『石女《うまずめ》の皇后』と呼ばれた方もいらっしゃったと聞きますし、宮廷に入ってすぐ火事に遭われた方は『火の宮』と呼ばれたとか。また実際に紫式部自身も、漢籍の才能をひけらかしていると勝手に妬《ねた》まれ、嫌がらせで『日本紀局《にほんぎのつぼね》』と呼ばれたといいます。つまり、才能を鼻にかけている嫌な女性、という意味ですね」

「じゃあ、きみは」

おそらくこの部屋にいる全員の気持ちを代表して、藤崎が尋ねる。

「この『紫』式部という名前には、どんな理由が隠されていると言うんだ?」

その前に、と崇がノートを開いた。

「この『源氏物語』や『紫式部』の研究者の間では、非常に有名な説があります。それは、紫式部は死後地獄へ落ちたという説です」

地獄へ!

奈々は驚いたが、これも瀬室は耳にしたことがあるようで、

「ああ」と鷹揚《おうよう》に頷くと、まるでホームズのように、両手の指先をつき合わせて説明する。

「それは、当時の宗教的問題だったと聞いたな。つまり『源氏物語』は、光源氏たちを中心とする宮廷人たちの自由奔放な性を描いているからだ。そしてそれらの行為は、当時の仏教や儒教などの倫理観とは相容れないものだった」

そういえば外嶋も言っていた。

不義密通、近親相姦、男色などのオンパレードなのだ——と。あれは、外嶋特有のエキセントリックな発言かと思ったが、百パーセントそうでもなかったらしい。少しは一般的な話のようだ。いや、あくまでも「少し」だと思うが——。

瀬室は続ける。

「ゆえに、そんな物語を書いて世に広めた作者——紫式部は、地獄に落ちたのだ、と」

「さすが、お詳しいですね」

と崇は賞賛したが……それを言ったら、自分はどうなのだ。

崇は続けた。

「京都市北区、堀川《ほりかわ》通り沿いに紫式部の墓所があります。注意していないと、そのまま通り過ぎてしまいそうなほど狭い路地の奥なのですが、そこに彼女は眠っているとされています。ところが非常に興味深いことに、その隣には、野宰相《やさいしょう》と呼ばれた小野《おの》篁《たかむら》の墓があるのです」

「小野篁か——」

「しかも、この場所だけではありません。やはり京都の上京区にある、篁を祀《まつ》っている『千本ゑんま堂』には、高さ六メートルにも及ぶ紫式部供養塔が建てられている。ちなみにこのお堂の場所は、『化野《あだしの》』『鳥辺野《とりべの》』と並ぶ平安京三大葬送地の一つ、『蓮台《れんだい》野《の》』の入り口にあたっている——」

「しかし……」と瀬室が尋ねる。「小野篁といえば、小野小町《おののこまち》の先祖で、しかもあの閻魔大王《えんまだいおう》に仕えていたという伝説のある人物だ。それが、どうして紫式部と？」

「おっしゃる通り、篁には、さまざまな噂があります。彼は、平安前期に活躍した非常に立派な文人で、平安時代屈指の詩人でもあり、なおかつ書にも秀《ひい》でていた。さらに歌も詠み、こちらも『百人一首』に載っている、

わたの原　八十島かけて漕ぎ出でぬと
　人には告げよ　海人の釣り舟

は有名です。さて、その篁なのですが、彼は昼間は朝廷で働き、夜は地獄に降りて閻魔大王に仕えていたという伝説を持っています。実際に今でも、京都東山の六道珍皇寺《ろくどうちんのうじ》には、彼が夜ごと地獄へ通ったという井戸が残されています。つまり、そんな篁だからこそ、地獄に落ちてしまった紫式部を閻魔大王に取りなしてあげることができたのだという意味を持って、彼らの墓が並んで建てられ、篁を祀る寺に彼女の供養塔が建立されているといわれている」

「やはり、紫式部は地獄へ落ちたと誰もが思っていたわけですね」藤崎が頷く。「宮廷の性を、赤裸々に書いてしまったために」

　いや、と崇は首を振った。

「単純にそれだけではありません」

「というと？」

「上田秋成《うえだあきなり》の『雨月《うげつ》物語』の『序』に、このような文章があります。

『羅子水滸《らしすいこ》を撰して、而して三世唖児《あじ》を生み、紫媛《しえん》源語を著して、而して一旦悪趣に堕《お》つるは、蓋《けだ》し業の為に偪《せま》らるるのみ』――。

　つまり、『羅貫中《らかんちゅう》は『水滸伝』を書いて、そのために子孫三代口のきけない子が生まれ、紫式部は『源氏物語』を著して、そのために一度は地獄に堕ちたというが、それはおそらく自業自得というものである』――。

　つまり紫式部は、嘘の『物語』を書いて、人の心

を惑わしたために地獄に落ちたというのです。当時は、物語を書くだけで地獄行きが確定だった」

「そう……なのか」藤崎は腕を組む。「今ではとても考えられない話だな。フィクションを書いただけで、そんな目に遭わされてしまうなんて、理不尽だ」

「おそらくそれは、紫式部自身も感じていたのかも知れませんね。だから『源氏物語』の『蛍』の巻で、光源氏にこう言わせている。

『日本紀《にほんぎ》などは、ただかたそばぞかし。これらにこそ道々《みちみち》しくくはしきことはあらめ』。

つまり、正史とされている日本紀などは、この世にあることのほんの一部分が書かれているにすぎない。物語の中にこそ、人の世の一切のことがあるのです——と。さて」

崇は再び全員を見回した。

「一般にはそう言われているわけですが、俺はまた違う理由があったのではないかと考えています」

「それは？」

尋ねる藤崎に、また全員に言う。

「紫式部自身が、怨霊になってしまっていたから」

「はあ。紫式部が？」

「そうです。だからこそ、小野篁と一緒に祀られている。みなさんは、地獄へ落ちたといわれている人間が、誰かと一緒に祀られているという、このような例をご存知ですか。大抵は、地蔵菩薩や如来と一緒に祀られているはずだ。地獄から救ってあげたり、供養したりするために」

「そう言われれば……そうだね」

「ところが紫式部の場合は、閻魔大王の片腕ともいわれた小野篁と一緒に祀られた。それは何故でしょうか」

「その理由は？」

「簡単です。怨霊となってしまった紫式部が暴れ出さないように、もっと強い霊——鬼に見張ってもらっているのです。怨念の色である『紫』を冠した女性の霊魂を」

「まさか……」

苦笑する藤崎を、そして真顔の崇を見て、

「それで」と真壁は、すっかり脱力してしまった顔で問いかける。「何百回でも訊くが、それが今回の事件とどこでどういう関係が——」

「ではここで」崇は続けた。「『紫のゆかり』や『紫式部』という名称のもとになった登場人物である『紫の上』について考えてみましょう」

「もう、その話はいいかげんに——」

「というのも、もしも小説中の紫の上が怨霊であったとするならば、現実の紫式部も怨霊だと考えて間違いないからです。両者は『紫』を介して、非常に密接な関係にある。少なくとも当時の人々は、誰もがそう考えた」

「それで——」

「本来であれば」崇は淡々と続ける。

「彼女の生い立ちや育った環境、そして、どういう経緯で光源氏の最愛の妻と呼ばれる女性になったのかという、非常に興味深い部分に考察を入れるべきかとも思いますが、今日の趣旨から外れてしまいますので、今は割愛します」

「もう、充分に外れているんじゃないのか」

捨て鉢に言う真壁を無視して、崇は続ける。

「『源氏物語』の研究者の方々の間で、この紫の上に関して最大の論点が存在していると聞きます。それは何かというと、光源氏最愛の女性であった紫の上は『果たして救われたのだろうか』という論点です。もしかすると彼女は、怨霊となってしまったのではないか、ということです。では、なぜこの点が重要問題になってくるのかといえば——」

「今、桑原くんが言ったように、紫式部に直接繋がってくるからね」

「そうです、緑川さん。そしてここは、今言ったように紫式部本人とも絡んでくる非常に重要なポイントだと思うのですが、残念ながら殆ど明確に論じられてはいません。なぜならば、研究者の方々は『源氏物語』を文学的に考察し、かつ文学的に解決しようとされているからです。ゆえに、話が進まない」

「……どういうこと？」

つまり、と崇は答える。

「怨霊を扱うこの問題は、『源氏物語』を民俗学的に眺める必要があるからです。そうすれば一目瞭《いちもくりょう》然《ぜん》なのですが、誰もそうしない」

「じゃあ、簡単な話でしょう。民俗学的に分析すればすむ」

「しかし、それができない」崇は瀬室を見た。「瀬室先生ならば、お分かりですね」

「……まあね」

瀬室は苦笑した。

「どの世界も同じだというわけか。文学、民俗学という垣根があるんだな。そしてそれは、お互いになかなか乗り越えられない」

少し前までの、近代医学と漢方学界のようなものか……と奈々は納得した。

今でこそ、かなりお互いに協力し合うようになったが、一昔前はただ反目し合うだけだった。現在のように、両方の長所を取り入れようと試みるドクターは少なく、そんな実態を目の当たりにしながら、奈々は何度もイライラしたことがある……。

「そういうことです」崇は首肯する。「丸谷才一《まるやさいいち》も、それこそ『源氏物語』を題材にした『輝く日の宮』の中で述べている。『小説家はいいよ。やはり学問は窮屈《きゅうくつ》だ』――と。そしてこの言葉は、先ほどの光源氏、つまり紫式部の言葉『日本紀などは、ただかたそばぞかし』に繋がる。ところが、全くの門外漢である俺たちには、それができる。つまり――」

「分かった分かった！」

真壁が、とてもたまらんなと叫びながら、両手を挙げた。

「『源氏物語』講釈は、もうたくさんだ。どこかの大学の講座でやってくれ。今、我々にとって重要なのは、この事件の話であって、国文学と民俗学のせめぎ合いの話じゃないんだよ。もういいから、少し黙っていなさい。そして我々の――」

「刑事さん」

と真壁を制したのは、友紀子だった。奈々が優しく感じた表情は完全に消え、昔のように冷たく透き通った顔つきになっている。

「桑原くんの話を、最後まで聞かせてください。今この場所で」

「ダメだ」真壁は切り捨てる。「我々には、そんな無駄に過ごす時間などないんだ」

「無駄かどうか、まだ分かりません。まさか刑事さんは――」

友紀子は皮肉な、そして突き刺すような視線を真壁に浴びせた。

「前回の事件で、彼が担《にな》った役割をお忘れになったとでも？」

「うっ……」

と真壁は、あからさまに嫌な表情を見せて、しばし沈黙したが、「お願いします」と頭を下げる友紀子に向かって、諦めたように大きく嘆息した。そして、腕時計に目を落とす。

「仕方ない……。では、あと十分だけ時間をあげよう。但し、それで終わりにしてくれ」

「ありがとうございます。じゃあどうぞ、桑原くん」

「どうも」

と崇は二人に向かって軽く頭を下げた。

しかし……本当に十分で話が終わるのか。こんな学術的な問題を含んだ話が？

だが、そんな奈々の心配をよそに、崇は口を開く。

「しかしこれは、実に単純なことなんです。紫の上が怨霊なのかどうかなど、『源氏物語』の中にははっきりと書かれているんです」

「なんですって？」友紀子が声を上げた。「じゃあ、話は簡単じゃない」

「但しそれは、文学的にではなく民俗学的に。だから文学者の方々は誰も指摘しないし、認めない」

「ああ……」

「では――。まず、紫の上に怨霊となる要素があったのかどうか。一応、それを確認しておきましょう」

と言って崇は説明を始めた。

「生まれてすぐに母親を亡くした紫の上は、十歳の時に光源氏と出会いました。当時は『若紫《わかむらさき》』という名でしたが、その容姿が、かつて自分の愛した女性――藤壺《ふじつぼ》にそっくりだったことから、光源氏は彼女を自分の邸である二条院に、半ば無理矢理に引き取ります。やがて、源氏の正妻であった葵の上が亡くなって後、紫の上は事実上の正妻の地位に収まりました。ところが、源氏との間に子供ができず、そこで源氏は側室である明石《あかし》の上との間に生まれた子供を、紫の上に養女として育てさせます。やがて、まだ若い女三《おんなさん》の宮が源氏に降嫁《こうか》すると、さすがに紫の上も精神的ショックを受け、情緒不安定に陥ってしまいます。そこから長い闘病生活に入ることになり、何度も出家を懇願しますが、源氏に許してはもらえず、そのまま亡くなってしまいました。それでは――」

崇はノートをめくった。

そこには先ほど友紀子から渡された資料が挟まっている。きっと昨夜、この状況を予測して、友紀子に頼んだのだ。

「では、実際に本文《ほんもん》に当たってみましょうか。果たして紫式部――つまり紫の上は、怨霊か否か。そして『紫』が本当に『怨念』の色なのかどうか」

その言葉に誰もが息を呑む中、

その一――。と崇は言ってコピーに目を落とす。

「今言ったように、何度出家を望んでも聞き入れてもらえず、心をこの世に残したまま紫の上は亡くなります。ところが何とその日は、旧暦の八月十四日。彼岸でした」

えっ、と奈々はいきなり驚く。

「だって、それは——」

「そうだ、奈々くん」崇は奈々を見た。「まさに『彼岸は怨霊の命日』。言い換えれば、彼岸に亡くなった人は怨霊となると、当時は信じられていた」

「それならば、このエピソードだけで、証拠は充分じゃないですか！」

奈々くん、と崇は言う。

「これは、民俗学的には、ある程度常識的な話だ。といっても、この説を認めていない人々も、まだ大勢いる。そんなレベルの説だから、文学的に見ると何の根拠もない、単なる噂話になってしまう。みなさんは」

と崇は瀬室たちに問いかけた。

「『源氏物語』最大の怨霊となった女性——こちらは文学的にも認められている女性——の名前をご存知でしょう」

「六条《ろくじょうの》御息所《みやすんどころ》だな」

瀬室が即答した。

「とても高貴な未亡人だったが、光源氏をめぐって葵の上と争い、結局源氏を取られてしまったために、生き霊となって彼女をとり殺してしまった。お能にもなっている」

「そうです。ちなみに、その葵の上がとり殺された日にちも、やはり彼岸でした。そこではおそらく、彼女も怨霊となった、ということを言いたかったのだと思われます」

「なるほど……」

「しかし、さらにもっと重要なことが、本文にはっきりと書かれているんです。しかもこれは、民俗学的だけではなく、歴史的にも明らかだ」

「それは？」

「その二——。

紫の上は死後、殯《もがり》——つまり、本葬までに行う仮の祀りも行われず、『その日、とかくをさめたてまつる』——亡くなった当日に、すぐ葬送されてしまいました。これはどういうことかと言えば、大和・

平安の頃の日本では、恨みを残して死んだ人間――つまり、怨霊になりそうな人物は、すぐさま葬送するという風習があったからです。たとえば、天皇などが崩御《ほうぎょ》された時には数年、少なくとも数ヵ月の殯を行った後に葬送されるのが慣例でした。ところがやはり、崩御当日に葬送された天皇が実際にいらっしゃった」

「その方は？」

「崇峻《すしゅん》天皇です」

「崇峻天皇というと……」

「五九二年、蘇我馬子《そがのうまこ》に襲われ、大きな恨みを持って亡くなったといわれている天皇です。ゆえに、怨霊となるのを恐れて、あるいはそれを防ぐために殯が行われることなく、即日埋葬されてしまった」

「ああ……」

その三――。

『御法《みのり》』の巻では、紫の上の没後には、秋好《あきこのむ》中宮が、唐突に登場します。この登場に関しては研究者の間で、その理由を巡って色々な議論があるようなのですが、ここで紫の上が怨霊となったと考えると、これは実に単純な話なのです」

「それは？」

「秋好中宮は、六条御息所の娘だからです」

「ああ……」

「ゆえに源氏は『いふかひあり、をかしからむかたのなぐさめには、この宮ばかりこそおはしけれ』――今、この状況でお話のしがいがあり、心を慰める人として、この宮だけがいらっしゃったのだ、と言っています」

「つまり、怨霊を身内に持ってしまった人間同士、という意味だな」

その通りです、と崇は頷いた。

その四――。

『御法』の巻、最後の場面で源氏は『人聞きを憚《はばか》りたまふ』――世間の噂が気になって仕方ない、といいます。この部分の解釈についても、さまざまな意見があるようですが、俺はごく単純に、紫の上が彼岸に亡くなってしまったので、ひょっとすると怨霊になるのではないか、という世間の噂を嫌がっていると考えれば非常にすっきりすると思います」

「なるほど」と瀬室は、納得したようだった。「とにかく源氏は、紫の上が怨霊となってしまうことを、極端に恐れていたというわけだ」

もちろんです、と崇は答える。

「だからこそ、彼女の臨終に際して大勢の僧侶を集め、大がかりな修法《ずほう》を行ったのです。そして、その五――。

次の巻である『幻《まぼろし》』では、源氏の一年間の哀傷《あいしょう》――紫の上への供養が書かれている。一帖丸々全部ですよ。普通に亡くなっているならば、いくら愛情が深かったとはいえ、そこまではしないでしょうし、実際にそうやって深い喪に服していたとしても、わざわざ文字に書き起こすこともない」

「それも、一種の供養ということか」

「俺は、そう思っています。そして物語は、源氏が亡くなったことを暗示させる『雲隠《くもがくれ》』へと続いて行くわけです――。また、この部分に限って言えば、ひょっとするとここだけ作者が違っていて、紫の上、つまり紫式部を供養するために挿入されたという可能性もあると思います。しかしその辺りは、それこそ『源氏物語』研究者の方々にお任せしましょう」

「分かったよ」瀬室は大きく頷いた。「今までの話を総合すると、紫の上が明らかに怨霊である以上、同じ『紫』の文字を冠された作者の紫式部も、やはり怨霊となっていたということだな」

「紫の上は、紫式部の分身であったわけですからね。物語の中で文字になってはいませんが、以上の事実を踏まえると紫の上は、常識的に考えて『怨霊』だったと思われます。紫式部、あるいはその関係者は、読者が当然そう読んでくれることを期待していたわけです。文字にこそしていないが、紫式部が怨霊となっていることは間違いないんだ――とね」

「なるほど……」

そういうわけで、と崇はノートを閉じた。

「いつからか『紫』は、怨念を表す色となったわけです」

「怨念をね……」

「遼子さんも、日本の古典文学に造詣が深かったそうですから、当然この事実はご存知だったものと思われます。つまり彼女はご自分の『怨念』を伝えたかったのではないでしょうか。そのまま命を落とすかも知れない場面で」


えっ——。

奈々は息を呑み、部屋は突然重く沈黙した。

長い話が唐突に戻った。


「怨念というものは、実に恐ろしい」

崇が静かに、ゆっくりと続けた。

「それは、当人が意識するしないにかかわらず、相手の体にべったりと張りついてしまうからです。俺は実を言えば、死んだら地獄へ行くとか、死者の魂がどうなるとか、そんな思想には全く興味がない。しかし『怨念』や『呪《しゅ》』に関しては、その存在を否定することはできません」

「魂も」瀬室が顔をしかめて問いかける。「怨念も、呪も、全て同一の物なのではないかね」

「全く違います」崇は即座に切り捨てた。

「魂は『霊《たま》』であり『魄《たま》』ですから、これらは人の体の中に存在している物理的エネルギーと考えて良いでしょう。ゆえに、今言ったように死者の魂が、死後長く存在しているとは考えにくい。もちろん多少は地上に残っているとは思います。コーヒーを飲み終わった後のコーヒーカップや、花が散った後の梅の枝のように、そこはかとない香りくらいは残っているかも知れない。しかし、それが永遠に続くとは思えない。しかし『怨』も『念』も『呪』も、これらは相手に対して発せられる力であり、それが体に一旦付着してしまうと、容易に落とすことができないのです。そして、それらに関して一番恐ろしい点は——」

　崇は、さらに続ける。

「発せられた念が、脳や心に染みつき、徐々に体を蝕《むしば》んでいくことです。現代では、ストレスによって容易に癌が増殖することが判明していますが、怨念や呪もそのような『モノ』だと考えていただければ良いかと思います。ゆえに『源氏物語』でも、登場人物のみならず作者にまで気を遣い、何とか彼女たちの激しい怨念を回避しようと試みたのです」

「そういう……ことなのか」

　そういうことです、と崇は断定した。

「さて、そんな強い怨念の象徴である『紫』を手にして、遼子さんは大ケガを負われているわけですが、残念ながらそれが誰に向けられたものなのか、今の俺には分からない。まあ……できれば、余り関わりたくないというのも正直な感想ですが。ただ、間違いなく充分に注意されることをお勧めします。特に今回の場合は、まだ若い女性——遼子さんが、四階ほどの高さから墜落して内臓を破裂させ、血を吐きながらも必死に手を伸ばして残した怨念、しかも強烈な紫色の怨念ですから」

　ぞわっ、と奈々の両腕に鳥肌が立った。

　部屋の空気も、重く冷たく固まる。

　もしかすると——。

　今回はひょっとすると、突き落とされた遼子よりも、その「呪」をかけられた人間の方が厳しい立場にいるのかも知れない。

　しかも万が一、相手が死んでしまったとすると、どんな風にして謝罪すれば許してもらえるのか、それも分からないではないか——。

　やがて、

「その怨念を祓《はら》うことは……」

　白石が小さな声で、恐る恐る崇に尋ねた。

「可能なのでしょうか。何か方法はありますか？」

「もちろん、あります」

どんな根拠があるのかは知らないが、崇は自信を持って請け合う。

「必要があれば、きちんとお答えしますが、まず取りあえずはその相手の方に対して、心から謝罪の念を持つということが重要であり、またそれが大前提となります」

「そう……ですね」

おい！　と真壁が白石に向かって叫ぶ。

「やっぱり、あなただったんですかっ、槿さんを突き落とした犯人はっ」

「いいえ！」と白石は首を横に振った。「でも、恨まれても仕方ない……」

「さっきも、そんなことを言っていたな。一体、あなたと槿さんとの間に、何があったというんだ？　あなたはずっと否定し続けているが、やはり一番疑わしいじゃないか」

「それは——」

と白石が涙ぐんだ顔を上げた時、

「彼女ではないよ」瀬室が口を開いた。「私が、保証する」

えっ、と真壁が、そして全員が瀬室を見た。

「どうしてあなたに分かるんだ」真壁が詰め寄る。「そして、なぜ今頃になってそんなことを言い出すんだ。知っているなら、最初から言って……。あっ、もしかして瀬室さん、あなたが犯人ということなのか！」

「違う」瀬室は否定した。「私でもない」

「じゃあ、申し訳ないのですが——」

真壁は部屋の隅に控えていた刑事を手招きした。

そして自分の隣に座らせると、彼が取っていた記録を覗き込みながら言った。

「良かったら、もう一度最初から、あなたがご存知のことを全てお話しくださいませんか。但し、包み隠さず正直に」

ああ、と瀬室は全身から力が抜けてしまったように答えた。

「もとより私は、今回の事件に関しても、遼子さんとの間に関しても、隠し立てすることは何一つないからね」

「先生……」

泣き出した白石に、瀬室は優しく声をかける。

「心配ないよ、白石くん。きみは、ずっと私を気にかけてくれていたようだが、大丈夫だ」

「では――」

瀬室は顔を上げて、
と言って真壁を、そして崇を見た。

「今から話すことは、きみたちが信じようが信じまいが真実だ。それだけは、承知おき願いたい。

すでに伝えたように、私は遼子さんの母親・幸子さんと面識があった。私の大学のオープン講座にやって来てね。その時はヴィクトリア朝についての講座だったな。とても熱心に講義を受け、終了するとなかなか鋭い質問をしてきた。凄く美人というタイプではなかったが、とても理知的な顔つきをしていて、いつも目が輝いていた」

瀬室は弱々しく、しかし懐かしそうに微笑む。

「やがて私たちは、講義が終了すると学内で話をするようになり、そのうちにプライヴェートに会話をするようになっていった。しかし神に誓って言うが、私と彼女との間には、何のやましい関係もなかった。というより、彼女は敬虔《けいけん》なピューリタンのように、そのような行為を匂わせることもしなかった。だから彼女に、小学校に上がった娘がいると知った時には、心底驚いた」

「それが、遼子さんだったわけですな」

「そうだ。しかも、先ほど藤崎くんが言っていたように――失礼――妻子ある男との不倫の子供だとは、想像もできなかった。当時は、夫と離別したとだけ聞かされていたからね」

無言のまま頷く藤崎を見ながら、瀬室は続ける。

「前にも言ったように、すぐに幸子さんは亡くなってしまい、遼子さん――いや、二人でいる時のように『遼子』と呼ぼうか……。遼子だけが取り残されてしまった。彼女は親戚の家に引き取られて行ったが、私もごくたまに、手紙などのやり取りをしていた。やがて、お互いに周辺の事情が忙しくなり、連絡も途絶えてしまったのだが、ある日突然、遼子から連絡が入った。色々な大学の案内を見ているうちに、私のことを見つけたらしい。そこで私たちは再会した。その時の印象は、とても幼かった。それは、母親の血を引いているためか、それとも私には昔の遼子の記憶しかなかったからか――。

　遼子はすでに他の大学の学生になっていたが、私のいる大学に入れば良かったとしきりに言った。そこで私は、自分が主宰する会への入会を勧めたのだ。私としても、個人的に知っている学生が大学にいるより、プライヴェートの会で話をした方が気楽だったしね」

「なるほどなるほど」真壁は首肯する。「そして、お二人は再び交際――という言い方も変ですが、行き来を始めたというわけですね」

「そうだ。そしてまた、昔のように色々な相談にも乗るようになっていった。白石くんも、遼子に親切にしてくれたし、もちろん藤崎くんもね」

　それが――、と真壁は白石を見る。

「どうして、恨みを買うようになってしまったんですか」

「それは……私の夫が」白石は消え入りそうな声で言う。「酒癖がとても悪くて、それで先生に色々と相談に乗っていただいて……」

　白石は言いよどみ、瀬室も沈黙した。

　しかし、その雰囲気が全てを物語っている。

　その結果、二人は大人の関係――愛人関係に陥ったということなのだろう。

　その当時、瀬室夫人が存命だったのか否か、それは分からないが、少なくとも白石は、まだ離婚していないのだから、まさに、ドイルの母親とウォーラー医師だ。

「言い訳と思ってくれても構わないが、私もちょうど妻が亡くなった頃で、精神的に酷く揺らいでいた。そこで白石くんと——」

「なるほどね」真壁は冷ややかに見た。「それからどうしました？」

「いや……。そうなってしまってから、ある日、白石くんに言われた」

「何をですか」

「それは……」

と、言葉を選ぶ瀬室に代わって白石が言った。

「遼子さんは、先生のことがとても好きだったのではないか、と感じたんです。つまり……」

「つまり？」

「それ以来、彼女に会うと何か……視線が厳しく感じてしまうんです。最初はもちろん私の気のせいだと思いました。いえ、でも、やはり何かが違った。ひょっとしたら、私たちの関係を気づかれたのか、とも思いました。でも、もちろん私からそんな話は切り出すはずもありませんが」

「遼子が私に好意を持っているというのは……」

瀬室は言う。

「男性としてというよりは、きっと父親のような存在として慕っていたのだと思うし、実際に私も、遼子にはそうして接していた。だが、白石くんにそう言われて、逆に恐くなってしまった。だから、遼子を少しずつ遠ざけるようになったのだ」

「なるほどなるほど」

腕を組んで頷く真壁に、瀬室は続ける。

「だが、そうなると今度は、こちらにも後ろめたい気分が出てきてしまったのだろうな。白石くんと会っていると、ふと後ろに視線を感じたりした。誰もいるはずがないのに、誰かにじっとこちらを見られているような気がしてしまうのだ」

「視線、ですか」

「そうだ。何かこう……ぞくっとするような。いや、もちろん気のせいだとは思うがね」

まさか——。

再び奈々の背中を冷たいモノが走った。

それは遼子の「生き霊」？

だが、本人は自覚していたのかいないのか。

本人が自覚していないところでも、そんな現象が起こるのか。奈々には分からなかった。

「こんな話——非科学的な話を」瀬室は、崇を見た。「きみはどう思うね？」

「今先生は、非科学的とおっしゃいましたが」

崇はいつもと変わらず、冷静な表情で答える。

「科学は、科学で証明できる事象しか証明することができません。そして、それが『科学』です」

「……酷い文言《もんごん》だな」瀬室は苦笑した。「しかしその言葉は、『科学』の一面、あるいは本質を正確に言い表しているかも知れんな——。ということは、きみもあり得ると考えているのかね」

「否定はできません。ただ、俺自身はそういう体験がないので、証明しろと言われても困ってしまいますが」

崇があっさり答えると、

「そこらへんの話は、分かりました。バックグラウンドはね。それに、そちら方面の話になると、きりがなくなりそうだ」

真壁が肩を竦めて瀬室たちに向いた。

「槿さんに関する個人的な出来事は、また改めて話し合っていただきたい。各人で、検討しながらね。ではここからは、肝心の、昨日の話を改めて聞かせていただきましょうか。午後五時八分から五十分までの間の、あなた方の行動を。そして槿さんについても、どこで何をされていたのか、ご存知の限り」

ああ、と瀬室は額の汗を拭った。

「私は昨日も言ったように、遼子に呼び出された」

「何時頃ですか」

「五時頃だ」

「どこに？」

「二階のベランダに」

「館の外ではなかったんですな！」

「ああ……」瀬室は正直に謝った。「申し訳ない。しかし、あの状況で、ベランダとは言えなかった」

それで、と真壁は睨んだ。

「どんなお話をされました？」

「……白石さんとおつき合いされているんですか、と、いきなり単刀直入に尋ねられた」

「やはり、槿さんは気づかれていたわけですね。それであなたは何と？」

「いくら遼子にそう尋ねられても、すぐに認めるわけにはいかなかったので、もちろん否定した。何をバカなことを言っているんだ、とね。すると遼子は急に冷ややかな目つきになって『そうなんですか。私の勘違いでした』と小声で言った。文字通り、心臓をギュッとつかまれたような、冷たく鋭い視線だったな。それから遼子は急に話題を変えて、ホームズの会などの話をし始めた。そして私たちは、ベランダから館内に戻った」

「それは、何時頃です？」

「三分もいなかったはずだ。用事も多かったし、忙しかったからね」

「しかし、あなたと話した八分後に、槿さんは県警に電話を入れている。『助けて――』と」

「その後は？」

「彼女が何を考えていたのか……私には分からない」

「私が――」白石が俯いたままで言った。

「遼子さんと、お話をしました」

「何ですって。昨日はそんなこと言わなかったじゃないか！」

「……すみませんでした……」

「まあ、いい」真壁はムッとして尋ねる。「それは何時頃？」

「五時半近くでした」

「どこで？」

「二階です。ホームズの部屋の前で、彼女に笑いかけられました。それで、ちょっと内緒のお話があるから、後でベランダに来て——と」

「笑いかけられたって……。その前に彼女は、我々に助けを求めてきているんですよ！　どういうことですか」

　ですから、と白石はすがるような目つきで真壁たちを見た。

「分からなかったんです。あの時、遼子さんの件も含めて、一体何が起こっていたのか」

「それで、あなたはベランダに行かれたんですな。そして、お二人で何のお話を？」

「何もしませんでした」

「は？」

「誰もいなかったんです」

「いなかった？」

「ベランダで彼女を待ったんですが、五分ほど経っても姿が見えなかったので、私は部屋に戻りました」

　そうですか、と真壁は白石を見た。

「それは、証明できますかな」

「えっ」

「あなたが、ベランダで遼子さんと会えなかったということを」

「そんな……」質問の意味を察して、白石は目を大きく見開いた。そして叫ぶ。「まさか！　刑事さんは私のことを——」

　しかし、次に口を開いたのは崇だった。

「一つお訊きしてもよろしいでしょうか」

「誰に？」真壁が、あからさまに嫌な顔をする。「白石さんにかね」

「どなたでも結構なのですが」

「何の質問？」

「キャラバッシュ・パイプについて」

「はあ？」真壁が呆《ほう》けたような声を上げた。「パイプだと」

　しかし崇は、

「遼子さんは」と続けた。「緑川さんに指摘されて、瀬室先生のご自宅まで、キャラバッシュ・パイプを交換に行かれた。そして新たに、ブライヤー・パイプか、クレイ・パイプを持って来られた」

「両方頼んだ」

「失礼しました、先生。俺が拝見した時には、すでにテーブルの上に二本とも並んでいたもので。では——。その遼子さんの帰館の時刻は確認されていますか？」

「…………」

瀬室たちはお互いに顔を見合わせたが、揃って首を横に振った。

「緑川さんも？」

「ええ」友紀子は頷く。「私が見た時はテーブルの上のパイプが直っていた。だから、ああ、きちんと取り替えてくれたんだな、と思っただけ。開場までに間に合って良かった、と」

「その頃の、みなさんの行動を知りたいのですが」

「私と藤崎さんは、一階にいました」緑川が答えた。「二人でいちいち感動しながら、展示品のチェックをしていました。でも、遼子さんが戻って来たのは気づかなかったわ」

「おそらく」と藤崎が言う。「隅のケースの調整に手間取っていた頃じゃないかな。あの辺りだと、ぼくらからは部屋の入り口が見えないから」

なるほど、と崇は頷く。

「ということは、その時間、瀬室先生と白石さんがお二階に？」

「え、ええ……」

明らかに言いよどんだ。

その口調に気づいた真壁が尋ねる。

「今の桑原くんの質問に関して、何かおありですかね？」

いや……と、瀬室はまた額の汗を拭う。

「我々も、ホームズの部屋のチェックを終えて、あとは遼子がパイプを持って来るのを待つだけになった、そう……四時十五分前頃かな……」

「それで？」

「……白石くんと二人で、ベランダに出た」

「ベランダに？　何をしに」

「その……話をしに。二人だけの」

「二人だけで、お話をね」

「ああ……そうだ」

瀬室は言いづらそうに答え、白石は俯いた。すると、

「そのお二人の行為を」崇が言う。「ちょうど館に戻って来られた遼子さんが、目撃されたんでしょう」

「え——」

「遼子さんは、間違いなく先生のことを愛されていたんでしょうね。一人の男性としてか、あるいは父親代わりとしてか、それは分かりませんが、その感情は間違いない」

「何だって……」

「だから、お二人の行為に、酷くショックを受けた。そして、瀬室先生や白石さんに、直接問い質そうと思い立った。しかし、先生の展覧会のレセプションという重要な日なので、後日にしようかと悩んだ。でも、やはり我慢できず、先生に直接尋ねることにした」

「それで、私がベランダに呼び出された……」

「そういうことです」

崇は、まるで遼子から直接聞いていたかのような確信を持って説明する。

「だが先生には、余りにあっさりとはぐらかされてしまった。深く傷ついた遼子さんは、今度は白石さんに尋ねることにした。その時遼子さんは白石さんに対して、自分の父親と恋人、その両方であった先生を奪おうとしている——と感じたことでしょう。それと同時に彼女の心の中では、自分はこんなことをして良いのだろうかという、激しい葛藤《かっとう》があったはずだ。しかし、自分の大切な人を奪って行こうとしている女性には、旦那さんがいる。遼子さんは、許せないという気持ちと、先生への愛情とで心が一

杯になってしまった。そこで、白石さんがベランダに出てくるのを待てず――飛び降りた」

「えっ」

「ということは、きみ！　槿さんは……」

当然、と崇は涼しい顔で言い放った。

「自殺を試みられたのでしょう」

「何だと！」真壁は狐につままれたような顔で崇を見た。「だがきみは――」

まず、と崇は真壁の言葉を遮る。

「彼女を殺害しようにも、そんなことのできる時間的余裕を持っていた人間は、誰もいないじゃないですか。一番可能性が高いのは白石さんですが、とても一人では無理だ。小柄な彼女では、遼子さんの体をあの手摺りの上まで持ち上げることは不可能だったでしょう。では、瀬室先生が手伝ったのかといえば、これも考えにくい。俺たちが、あの館の二階の部屋でお目にかかった時には、お二人とも服装の乱れ一つなかったし、そもそも直前に、ベランダへの通路――大きな窓が開いた形跡もありませんでした」

「なぜ分かる？」

「廊下や部屋には、パイプの香りがたちこめていましたから」

「それでは、『助けて――』という電話は？」

「ここからは、俺の想像になります」

崇は真壁に断ると続けた。

「遼子さんの電話には、何通りかの解釈が可能です。しかし、この場面での彼女の心理を考えると、一番あり得そうなのは――白石さんに罠を仕掛けようとしたものと思われます」

「何だと？」

「白石さんがベランダに行かれた時には、すでに遼子さんは飛び降りていたものと思います。まさかそんな状況になっていると予想していなかった白石さんは、多分、崖下を覗かれることもなかったでしょうが」

ああ……、と白石は目を瞬かせた。

「そうだったんですか……」

「おそらくこれから、鑑識の方々から、そのような証拠が次々に挙がってくると思われます。それで――あなたは、しばらくベランダにいらっしゃったんですね」

「少しの間、遼子さんを待っていましたが、時間が過ぎるばかりでしたので、部屋に戻りました」

「もう少し早く遼子さんが発見されていれば、そして、その時あなたがベランダにいらっしゃれば、どう考えても一番先に疑われるのは、あなた――白石さんだったでしょう。しかもその直前には、県警に助けを求める電話も入っていたのですから」

「そんな……」

「そして、間違いなく瀬室先生は、白石さんをかばうでしょう。それも、遼子さんにとっては計算済みだった。そのために、捜査が混乱する。そして、ますます白石さんの立場が不利になってゆく」

「そういうこと？　本当に？」

「一面から見れば、遼子さんの命を賭けた告発とも考えられますね。そして、あわよくば憎い白石さんも巻き込んでしまうことができる」

「ああ……」

またしても、しんと静まりかえる部屋の片隅で、奈々は思う。

実際にそんなことを考え、実行する人がいるのだろうか。いや確かに、恨みを持っている相手の家の前で自殺することが最大の復讐になると考えられている国もあるというから、考えられないこともない。そしてまた――。

〝ああ、そうか！〟

奈々がふとあることに思い当たった時、崇は真壁に言った。

「刑事さん」

「あ……？」

「今回の事件の概要は、多分こんなところだと思います。後は、みなさんにお任せして、俺たちはもう退室してもよろしいでしょうか」

「何だ、急に」

「いえ。俺としても、もうこれ以上お話しすることは、何もありませんので」

　当然真壁は嫌な顔をしたが、その後何回かのやり取りがあり、ついに最後は、

「分かった分かった」真壁は苦虫を嚙み潰したような顔で隣の刑事を見る。「そうだな……構わないだろう。但し、何かあったら、すぐに連絡を入れさせてもらうが」

「緑川さんも構わないですか？」

「そう……だな。彼女も、連絡先はきちんと分かっているし……良いだろう」

　ありがとうございます、と崇は一礼して席を立った。そして、奈々と友紀子を促す。奈々も、がっくりと肩を落としている三人――瀬室と藤崎と白石に軽く頭を下げると、友紀子と共に席を立った。

　刑事に導かれてドアを開けると、

「しかし」と真壁は崇に声をかけた。

「きみが言うように、『紫』というのは強烈な怨念の色だったのかね。今まで全く知らなかったが、本当なのか？」

　いえ、と崇は微笑む。

「決して嘘ではありませんが、真実でもありません」

「何だと！」

　一斉に顔を上げて崇を見る瀬室たちの視線を軽く受け流しながら、

「では」

　と崇が答えて、奈々たちは部屋を出た。

8

　奈々たちは、まだ午後の陽射しが明るい横浜の街に出た。

「さて、どうしますか」

　崇が友紀子に問いかけた。

「どこかで、一杯やりましょうか。緑川さんも、まだお話が残っているんでしょう」

「その話を私にさせるために、あの場所を早々に切り上げたのね」

「そんなところです」

　そうだったのか！

　呆れる奈々の横で、

「でも」友紀子は、さすがに疲労の色が濃い視線を腕時計に落とした。「まだこんな時間だから、開いているお店があるかどうか」

「あと一時間もすれば、開くバーがありますよ。のんびり移動して、それでも時間があれば、そこらへんでビールでも飲んで待てば良い。何といっても横浜は、日本のビール発祥《はっしょう》の地ですから」

　崇は真顔で言うと歩き出した。

　少し時間前だったが、お店に入れてもらえることになった。馬車道十番館のバーである。

　二階のバーは、とても素敵な空間だった。まさに、古き良きロンドンを彷彿させる、ブリティッシュ・バーだった。キョロキョロとインテリアを見回している奈々に、

「この店では」と崇が、四人がけのテーブル席に着きながら言った。「シャーロック・ホームズに関するイベント——先ほども名前が出た田中喜芳博士に

よる講演会が開かれる予定もあるらしい。確かに、気分はヴィクトリア朝だな」

　そして、崇がギムレットを、友紀子がアイリッシュ・ウィスキーの水割りを、奈々がミモザを注文し終わると、

「それにしても――」と友紀子が言った。「さっきの桑原くんの『紫』の話は驚いたわ。でも桑原くん、最後に変なことを言っていなかった？」

　そうだ。

　嘘ではないが真実でないという……崇にすればいつもの話だが。

「あれは、どういう意味だったの？」

「そのままです」

「だから！」

と友紀子がテーブルの向こうから詰め寄った時、飲み物が運ばれてきて、三人は乾杯した。

　奈々はミモザを一口飲む。

　オレンジジュースの香りの中でシャンパンの泡が弾けて、それだけで昨日からの疲れが抜けて行くような気がした。単純と言えば単純だが、そんな自分の性格も、こういう時には大きなメリットになる。

　そんなことを真剣に思っていた奈々の斜め前で、

「もう一度だけ訊きますね、桑原くん」

　友紀子は水割りを一口飲むと、崇を正面から見た。

「あなたの言っていた『紫＝怨念』説はどこまでが真実なの、と尋ねているんです」

　崇は、その氷のような視線を受け止めると肩を竦めて、

「俺は、個人的にですが――」と答えた。

「古典文学で『紫』という名称は『女性』を意味していたのではないかと考えているんです。しかもそれは、精神的、肉体的、そして性的情念、それら全てを含む『女性』を、です」

「どういうこと？」

「中学の頃、ある先生と話していた時に、そんな話題になったんですよ」

その「先生」というのは、五十嵐弥生《いがらしやよい》だ。奈々もついこの間、伊勢に行った際に会った。

　弥生は現在、奈良で尼僧になっているが、非常に頭が切れて、常に奈々の二、三歩先を歩いているような、いわゆる「何を考えているのか、全く想像がつかない」女性だった。だから、頭を丸めてはいたものの、舌鋒も眼光も共に鋭かったことが印象に残っている。

「その先生がおっしゃるには」と崇は続ける。「たとえば和歌に登場する『袖』という言葉は、隠語的に『女性の脚』を表していたと」

「脚？」

「これに関しての詳しい説明は、今は止めておきます。以前に奈々くんには話したかも知れないが、とても長くなってしまいますので――。ただ実際にその先生も『万葉集』四千五百十六首、『古今和歌集』一千百十一首、『新古今和歌集』一千九百七十八首、全てご自分で当たられて、一首一首確認したとおっしゃっていました」

「国語の先生だったのね」

「いいえ。理科の先生でした」

「えっ」

「しかし、その先生の理論は、とても納得できた。まさにその通りではないかと」

　では……と、友紀子は尋ねる。

「あの有名な、額田王《ぬかたのおおきみ》の歌も、やはりそうだと？」

「『万葉集』巻第一ですね。


天皇の、蒲生野に遊猟《みかり》したまひし時に、額田王の作れる歌

あかねさす紫野行き標野《しめの》行き
　野守は見ずや君が袖振る

――あかね色を帯びた紫野の御料地を行きながら、野の番人は見ていないでしょうか。あなたが袖を振

っているのを。

という、意味が分かるような分からないような解釈がつけられている歌。ちなみに、ここにも『紫』という言葉が出てきますが」

「それも？」

もちろん、と崇は頷く。

「この、ほぼ意味不明な歌も、実に綺麗に読み解けるんです。というより、表面的な解釈では、この歌の意味が理解できるはずがない。まず第一に、昔は『袖を振る』というのは、女性の特徴的な動作だったとされていたからです。それを、大海人皇子《おおあまのおうじ》——後の天武《てんむ》天皇が行うなんて、全く意味不明だ」

「そう……なのね」

「ちなみに今の歌の返しは、

皇太子《ひつぎのみこ》の答へませる御歌（明日香宮に天の下知らしめしし天皇、謚《おくりな》して天武天皇といふ）

紫草《むらさき》のにほへる妹《いも》を憎くあらば
　人妻ゆゑにわれ恋ひめやも

——紫草のように美しい人妻のあなたが憎かったら、どうして恋い慕《した》うことがあるだろうか。

という歌です。この歌の訳も非常に意味不明だが、どちらにしても強い性的情念を感じませんか。ちなみにその方も、やはり『紫』は『女性』の暗喩なのだとおっしゃっていた」

「そう言われれば……確かに」

「また『古今和歌集』では、『紫』に関して有名な、

紫の一本《ひともと》ゆゑに武蔵野の
　草はみながらあはれとぞ見る

——なじみの紫草が一本生えていることから、武蔵野の草はすべてなつかしく心ひかれて見えることだよ。

という歌や、在原業平《ありわらのなりひら》の、

紫の色濃き時はめもはるに
　野なる草木ぞわかれざりける

——紫草が色濃い時は、見渡す限り遥々と芽を張っている全ての草木が区別することなく愛しく思われる。妻への愛情が深い時は、その縁につながる全ての人が分け隔てなく親しく感じられることだ。

という歌が特に後世まで歌い継がれています。しかしこの歌は、ただ単純にそんな意味でしょうか？　俺はもっと、ドロドロしたものを感じる。だからこそ、後世も歌われ続けたんでしょう。ちなみに解説では『「紫の色濃き」は、愛情が深いことのたとえ』となっていて、この点でも『紫＝性的情念』という俺の説とは矛盾しません」

「そう言われれば……そうね」友紀子は大きく頷く。「桑原くんの言うように、『紫』が女性そのものを表しているような気がしてきた。しかも、ピュアで純真な女性ではなく、まさに情念を持った女……。ちなみに、肝心の『源氏物語』はどうなの？」

「調べました」

と崇はプリントされた紙を一枚取り出して読み上げる。

「『源氏物語』中の和歌は、七百九十五首。その中に『紫』が出てくる歌は十一首——。

『桐壺《きりつぼ》』

結びつる心も深きもとゆひに
　濃き紫の色しあせずは

——深い心をこめて結びました元結に、その濃い紫の色さえ変わらなければ。源氏の君のお心が変わりさえしなければと存じています。

『若紫《わかむらさき》』

手に摘みていつしかも見む紫の
根にかよひける野辺の若草

——この手に摘み取って、早く我がものとしたいものだ、あの紫草（藤壺）にゆかりのある野辺の若草（少女）を」

「ああ。確かに『若紫』は、そのまま『若い少女』という意味に取れるわね」

「そういうことです。ちなみにこの歌は、今の『古今集』の『紫の一本ゆゑに武蔵野の——』の歌を踏まえています。

ねは見ねどあはれとぞ思ふ武蔵野の
露分けわぶる草のゆかりを

——まだ共寝はしていないけれど、いとしくてならないことだ。逢おうにも逢えぬ武蔵野の紫草——藤壺のゆかりの人が。

『胡蝶《こちょう》』

紫のゆゑに心をしめたれば
淵《ふち》に身投げむ名やは惜しけき

——あなたにゆかりのある方に深く心を奪われていますので、恋の淵に身を投げようとも不名誉とは思いません。

これは『藤』と『淵』がかけられていて、両方とも『紫』の縁語です。

『真木柱《まきばしら》』

などてかくはひあひがたき紫を
心に深く思ひそめけむ

——どうしてこうも逢い難い三位の人を、心に深く思うようになったのであろう。

但しこの場合の『紫』は、三位の服色です。『灰合ひ』は、紫に染める時に椿の灰を用いるところから使われて、また『合ひ』に『逢ひ』を、『思ひそめ』に『染め』が掛けられていて、これらも『深く』とともに『紫』の縁語です」

「『深く』も、紫の縁語なのね……」

友紀子はグラスをカラリと傾け、崇はギムレットを空けると、二杯目を注文する。そして奈々もミモザのお代わりと、おつまみを少し頼んだ。喉が渇いてしまっているので、お酒のペースがちょっとだけ早い――。

一方、崇は続ける。

「やはり『真木柱』です。

いかならむ色とも知らぬ紫を
　心してこそ人は染めけれ

――どのようなおつもりとも存じませんでした三位の紫の色は、深い思し召しからのことでございましたのね。

こちらも『紫』と『深い』が縁語として使われています。

『藤裏葉《ふじのうらば》』

紫にかことはかけむ藤の花
　まつより過ぎてうれたけれども

――紫の藤の花である『雲居《くもい》の雁《かり》』のせいにしておきましょう。お申し込みを待ち受けていましたのに、今日に及んだのはつらく存じますが。

浅緑若葉の菊を露にても
　濃き紫の色とかけきや

――浅緑の六位の袍《ほう》を着ていた若年の私が、濃い紫の袍を着るようになろうとは、お前は夢にも思わなかっただろう。

先ほども言ったように、三位の中納言は、紫の袍を着用する決まりになっていました。ちなみにこの歌は、白菊が変色して紫色になるのによそえたものといわれています。

紫の雲にまがへる菊の花
　濁りなき世の星かとぞ見る

――紫雲かと見紛うばかりの菊の花、つまり格段に高い身分になられたあなたは、濁りなき聖代の星かと思われます。

『竹河《たけかわ》』
紫の色はかよへど藤の花
　心にえこそかからざりけれ

――姉上とは血の通った姉弟ながら、思うに任せませんでした。

この場合の『紫の色』というのは、血縁を表しています。

『宿《やどり》木《ぎ》』
君がため折れるかざしは紫の
　雲におとらぬ花のけしきか

――帝の御ために手折ったかざしの藤の花は、紫の雲にも劣らぬ美しさであることよ。

ちなみに、紫雲は瑞祥の雲とされていました。

以上ですが、どうでしょうか」

確かに、と友紀子は頷いた。

「三位を表している『紫』以外、全ての歌の『紫』は、性的・肉感的な意味での女性に置き換えられるわね……。ということは、今回の事件における『紫』も、そうだというの」

「そのまま、情念的に女性を表しているんでしょう。すでに何度も言っているように、俺は『犯行動機』

と『ダイイング・メッセージ』には興味がない。というより、分からない。数学的に『不定』だと思っていますから。ただ、今回の『紫』だけは、明らかに『性的情念を持った女性』を表していたのだと思います」

ということは……。

それを遼子が、我々に残したというのか。

女性の怨念を――。

「さて」

と崇は、運ばれてきたギムレットに口をつけた。

「緑川さんこそ、何かお話があるんでしょう。というより、そもそものために、またしても俺たちは事件に巻き込まれてしまった」

「何て人聞きの悪い」友紀子は弱々しく笑った。「再び事件に巻き込んでしまったことは、お詫びします。心から」

頭を下げる友紀子に、

「そんな」と奈々はあわてて手を振った。「別に、緑川さんのせいじゃありません。タタルさんといると、いつもこんな感じですから」

「それこそ人聞きが悪いな」崇が不快そうな顔をした。「まるで、俺が事件を呼んでしまう体質の持ち主のようじゃないか」

「違うんですか？」

それは、と崇は奈々を見た。

「きみだろう」

「えっ……」

と目を丸くして驚く奈々から、あっさり視線を外すと、

「それで」と崇は友紀子に尋ねる。「一体、何のお話があるんでしょうか」

ちょっと待って――と奈々は言いたかった。

この間の友紀子といい、今の崇の言葉といい、みんな勘違いしている。自分はただ普通の――。

「それこそ以前の事件の後で」

と友紀子は言った。

「桑原くんの、ホームズに関する説を聞いたでしょう。モリアーティ教授に絡む」

ええ、と崇は頷く。

「あれが何か？」

「私は、その桑原くんの説を、ひっくり返そうと思って」

へえ、と崇は楽しそうにグラスを傾けた。

「ぜひ、拝聴させてください」

「では」

と言って友紀子は、以前に崇が開陳した説を、復習するようにかいつまんで話した。それは、ホームズとモリアーティ教授、そして、ホームズが失踪していたとされる三年間についての話だったが、それは殆ど素人の奈々が聞いても、かなりショッキングな話だった。

「——というのが桑原くんの説だったけど」

その説を簡単に振り返ると友紀子は崇を、そして奈々を見た。

「では『最後の事件』、つまりスイスのライヘンバッハの滝で、宿敵モリアーティ教授と対決した彼が、再びドクター・ワトスンの前に姿を現すことになる『空家の冒険』までの期間、つまり一八九一年五月から、一八九四年四月までの、ほぼ三年間の、シャーロックの足取りがはっきりとつかめれば、桑原くんの説は崩れてしまう」

その通りだ。

崇の説は、その期間のホームズの足取り——姿が完全に途絶えているという前提の上に成り立っていたのだから。

ただ、一応本文では、ホームズは単身チベットに行き、ダライ・ラマにも謁見したことになっているのだ……。

「しかし緑川さん」崇は友紀子を見た。「老婆心ながら言わせていただきますが、一八九一年当時は外国人がチベットに近づくこと自体、非常に難しかった。確かに、一八九一年から一八九四年の間に、チベット探検が四回行われてはいる。そこにホームズが参加していたとは到底思えない。ただ、ロード・ドネガルなどは、『マイクロフト・ホームズは外務省にいて「時折英国政府そのものになる」のだから、弟のために特殊な便宜を計れる地位にあったことを、忘れてはならない』と言っていますが、これは余りにも苦しい言い訳に過ぎないでしょう」

「充分承知よ」友紀子は笑った。「私だって、あの時期にシャーロック・ホームズがチベットに行ったなんて、全く思っていない」

「ではその間、彼はどこにいたと？」

ねえ、と友紀子は逆に尋ねる。

「桑原くんは『バリツ』という名前を知っているでしょう」

「どうしたんですか、唐突に」崇は苦笑した。「その名前を目にしたことのないシャーロキアン、いえ、ホームズファンはいませんよ。『最後の事件』で、ホームズとモリアーティ教授が、ライヘンバッハの滝で戦った際に、ホームズが使ったという日本の格闘技の名前だ。ちなみに『バリツ』というのは、どんな格闘技なのか具体的には判明していない」

「『空家の冒険』で、生還したホームズがそう言っているわね。その格闘技の『心得があった』ために助かった、と。でも、そんな自分の命を救った重要な格闘技の名前が登場するのは、その一回だけ。なぜだと思う？」

「……分かりませんね」

「それはね、シャーロックが、まだ習いたてだったからよ。それ以降は、得意なボクシングの技を加えて、自分なりに工夫をしていったから、純粋な『バリツ』ではなくなった」

「習いたて？　ということは――」

そう、と友紀子は真剣な眼差しになった。

「シャーロックは姿を消している間、日本――しかも、ここ横浜にいたのよ」

「え……」

その言葉に、さすがの崇も虚を突かれて体を起こす。そして、目を細めて友紀子をじっと見つめた。

「当然……本気でおっしゃっていますよね。ジョークではなく」

もちろん、と友紀子は突如妖艶《ようえん》に微笑んだ。

「一八九一年から一八九四年にかけて、シャーロック・ホームズは海を渡り、日本にやって来た。そして横浜で日々を過ごした。もちろん、山手の外国人居留地でね」

「その証拠は……というより、どんな伝手で？」

「当然、その存在が英国外務省という兄のマイクロフトが動いたのは間違いないでしょうが、私はシャーロックの父親が関係していたと思う」

「ホームズの父親？　それは一体——」

「彼の父親、あるいは親族の男性が、その昔、横浜に来ていたのだと考えているから」

シャーロック・ホームズの父親が日本に！

奈々も驚いた。

「それは、いつのことですか！」

「そう」と友紀子は平然と言う。「横浜港開港と同時期だから、安政《あんせい》六年（一八五九）ね」

「安政六年だって！」崇が叫ぶ。「安政の大獄の翌年じゃないですか。橋本左内《はしもとさない》や、吉田松陰《よしだしょういん》らが死罪になった年だ」

「そうね」友紀子は、あっさりと答えた。「その年に、横浜は開港した。いえ、正確に言えば、嘉永《かえい》六年（一八五三）にペリーが浦賀《うらが》に来航して、日本に無理矢理開港を迫った。その翌年には日米和親条約——神奈川条約が、続いて日英和親条約が締結され、横浜港開港の年には、シーボルトやヘボンらが次々に来日した」

「まさか、そこにホームズの父親も？」

「そう」と友紀子は頷いて、一枚の紙に目を落とした。「きちんと記録があります。『一八五九年八月、トロアス号、横浜入港。船長、ヘンリー・ホームズ』」

「えっ。まさか、その人物がシャーロック・ホームズの父親だと……」

「どこかおかしい？」

「確かにホームズの先祖に関しては『ギリシア語通訳』などによると、地方の大地主であり、それにふさわしい生活を送っていたといわれていますが、その内の一人が船長になっていたとしてもおかしくはない。たとえそれが、ホームズ自身の父親でなくとも、親族であった可能性は非常に高い。でも、大体、年代は合うんですか！」

「ヘンリー・ホームズは」友紀子は淡々と続ける。「一八一七年に、ポーツマス近郊で誕生した。小さい頃から好奇心が旺盛で、両親の手に負えない子供だったという。これは、シャーロックを彷彿させるわね」

「確かにポーツマスは……」崇は目を見開いた。「ドイルが医院を開業した場所でもあり、同時に『緋色の習作』を執筆した土地だ。だから実際に、シャーロキアンの人たちの聖地の一つになっている」

そういうことです、と友紀子は頷く。

「やがて彼は、一八三一年に木造帆船スーザン号に水夫として乗り込み、ペリーが日本に来航した年に、帆船トマシン号の船長になった。三十七歳の年」

「それは……」崇が計算する。「シャーロック・ホームズが、生まれたとされている年だ」

「当時としては、少し遅い子供だったかも知れないわね。とにかく——。それから四年後、ヘンリーはトロアス号という、七百トンの船で日本を目指した。『日本におけるパイオニア』になろうとしたと、自著に書いている」

自著！

ということは——。

今までの話は、全て真実なのか。

奈々の頭は混乱する。どこからどこまでが現実で、どこからがフィクションなのだ？　それとも、全てが現実であり、同時に全部フィクションなのか――。

友紀子は続ける。

「ヘンリーは、四十二歳で横浜港に入港した。以来、横浜と上海を何度も往復する。そして翌年、横浜を発った。調べてみると、日本郵船の欧州経路は、明治二十九年（一八九六）三月十五日、横浜港発の土佐丸が第一便となっているから、それに先駆けること三十七年。ヘンリーは、自らの言葉通り『パイオニア』となったというわけね」

いや――、と崇は苦笑いする。

「シャーロックの父親を持ち出すとは、緑川さんもまた困った人だ」

「桑原くんは」と友紀子は崇の言葉を軽く無視して言う。「この『ヘンリー』という名前を聞いて、何かホームズ作品を思い出さない？」

「もちろん『バスカヴィル家の犬』の主人公の、サー・ヘンリー・バスカヴィルを」

そうね、と友紀子はバッグを開いて文庫本を取り出すと、ページをめくった。

「そのヘンリー・バスカヴィルと初めて会った時、その容姿に関してワトスンはこう記している。

『がっしりしたからだつきで、眉は黒くふとく、気の強そうな、闘志にあふれた顔つきをしていた。（中略）生涯の大半を野外でくらしたらしく、いかにも風雨にきたえられたという風貌《ふうぼう》だったが、それでも、落ち着いたまなざしや、しずかで自信にみちた身のこなし（後略）』――とね。これはまさに『日本におけるパイオニア』を目指していた船長の容姿ではないかしら」

「まあ確かに……そんな印象は受けますね」

「そして、事件を依頼してきたモーティマー医師に、サー・ヘンリーは『あらゆる点でりっぱなかたです』と言わせている。これは先ほど話した『メアリ』の待遇とは、雲泥の差だわ」

「その点は」崇は素直に頷いた。「認めましょう。では、緑川さんの意見だと、その関係でシャーロック・ホームズも、例の空白の三年間——一八九一年から一八九四年の間に、横浜に来ていたと？」

「但し、直接横浜に来たかどうかは、分からない。長崎や神戸にも寄港したかも知れない。何しろ、まだ一般航路が開設されていなかった時代ですからね。実際に、神戸の異人館には、ベイカー街221Bの部屋まで再現されている。もしかしたら、神戸にも立ち寄っていた可能性があるかも知れないわね」

　神戸の異人館の中にある部屋は、そういう意味を持っているのか……。

　いぶかしむ奈々の前で、友紀子はさらに続ける。

「どちらにしても一八九一年は、ヘンリーはまだイギリスで存命だったようだから、マイクロフトと共に、シャーロックに対して何らかのアドヴァイスを送ったでしょうね」

「なるほどね」崇はグラスを空けて、三杯目のギムレットを注文する。「しかし、当時の日本とイギリスとの関係はどうだったでしょう。明治二十四年（一八九一）頃というと、まだ世相も物騒で、ロシア皇太子がいきなり斬りつけられたという大津《おおつ》事件などが起こっていた。そんな中に、わざわざ日本にやって来るだろうか」

「日本とイギリスの関係は、とても良好だったのよ。英国王室のコンノート殿下が来日して歓迎を受け、そのまま英国公使館に滞在したりしてね。その後、本国のイギリスでは、ロンドンに日本協会ができたり、グラスゴーには英国日本人会が設立された」

　なるほど、と崇は頷く。

「その結果、シャーロック・ホームズは、山手の外国人居留地で悠々自適な生活を送っていたというわけですね」

しかし、

「いいえ」と友紀子は首を振った。

「そうでもなかったの。彼はただ、逃亡生活だとか、隠遁生活を送るためだけに日本まで来たのではなかった。むしろ、マイクロフトの命《めい》を受けてやって来たのではなかったかと、私は考えている」

「というと？」

「当時の航海日数を考えると、彼が日本を離れたのは、遅くとも明治二十六年（一八九三）の末。でもその翌年の明治二十七年（一八九四）に、日本では実に歴史的な出来事が起こった」

「それは？」

「日英通商航海条約が締結されたのよ」

あっ、と崇は声を上げた。

「日英間の、画期的な対等条約！」

「…………」

不思議そうな顔をする奈々に向かって、崇は説明した。

「この条約に関しては『日本の国際的地位を向上させる上で、清国の何万の軍を撃破したことよりも重大である』といわれるくらいの、大きな歴史的出来事だった」

「だから、むしろ逆に考えると、その条約締結の道筋がついたから、シャーロックは明治二十六年（一八九三）に日本を発って、イギリスに帰国した」

「それは……」

「そして」と友紀子は補足する。「当然、このように大きな条約の締結に際して、一朝一夕でことが進むはずもないわね。常識的に、水面下での動きがあると考えられる。とすれば英国では、外務省を双肩に担っているといわれるマイクロフトが動かないはずはない。しかし自ら動けば、大事《おおごと》になってしまうし、そもそも彼は余り動きたがらない」

友紀子は苦笑した。

「そこで、自分の代わりとなって動く、しかも信頼が置ける人物を探した」

「それが」奈々は言う。「シャーロック・ホームズだったと」

当然ね、と友紀子は答える。

「人間嫌いで人並み優れた頭脳を持って生まれたマイクロフトが、唯一信頼を置いていた人物、それがシャーロックだったわけだから。しかも日本は、シャーロックの父親が船長として訪れたことがある国。これ以上の説明は必要かしら？」

「いや」少しの沈黙の後、崇が笑った。

「なかなか、論破し難い。というのも、英国一の外交官の名前を尋ねられた英国大使館員が『シャーロック・ホームズ』と答えたという話も、事実として伝わっているから……」

「さらに」と友紀子は続ける。「我が国におけるホームズ物語の翻訳や紹介は、他の国に比べても異常に早かった。特に『唇のねじれた男』などは、本国のイギリスで一八九一年十二月発表だったにもかかわらず、わずかその二年一ヵ月後の明治二十七年（一八九四）一月から、日本の雑誌での連載が開始されている。これは、まさにシャーロックが日本での大きな仕事を終えて、本国に帰った年だわ。これが偶然だと思える？」

「それは……」

と、奈々が言いよどんでいると、崇がギムレットのお代わりを注文しながら言った。

「横浜といえば、かの岡倉天心《おかくらてんしん》も、ホームズファンだったとか」

そう、と友紀子は答える。

「原文でホームズ物語を読み、完璧に理解できた、数少ない日本人の一人だった」

またしても、奈々は驚く。

岡倉天心といえば『茶の本』で有名だ。西欧列強に対して、日本は美と芸術を愛する国であると声高に叫び続けた思想家で、哲学者で、日本を代表する文人ではないか。

その天心が、シャーロック・ホームズを？

「天心は」と友紀子は言う。「自分の子供たちに、ホームズ物語——もちろん原文を講釈して聞かせていたという、ハマっ子ね」

友紀子は笑った。

「これもおそらく、シャーロック・ホームズ来日の影響だったんでしょう。シャーロックが来日した時期は、天心、二十八歳前後。東京美術学校の校長として最も活躍したといわれている年代で、横山大観《よこやまたいかん》らを育てた。だから、もしもシャーロックと会っていたら、美術の話で盛り上がったでしょうね」

「ホームズの祖母が」崇が言った。「フランスの画家オラス・ヴェルネの妹だった」

そうね、と友紀子は軽く頷いた。

「だから、おそらくそんな関係もあってか、天心の息子さん——岡倉一雄さんによれば、天心は明治四十四年（一九一一）に、ドイルに会いに行っている」

「イギリスにですか！」

「そうよ、奈々さん。でもその時は、ドイルが旅行中で会うことができずに、天心は非常に残念がったらしいわ。ところがここで、とても重要なポイントがあるの」

「それは？」

「当時、ドイルと会うためには、必ず何かしらの紹介状が必要だった。そして実際、天心も有力な紹介状を持参していたという。しかし、それが誰からのどういう紹介状だったかという点に関しては、全く判明していない。でも、それがシャーロックの物だったと考えれば理屈が通る」

「あ……」

「まさにとても『有力な紹介状』よね」

でも！　と奈々は尋ねる。

「お父さまだったという『ホームズ』の姓はともかく、『シャーロック』という名前が、どこにも出てこないというのは——」

「出ないからこそ、そう思うの」

「えっ」

「全てそうでしょう。文字に残らないことこそが歴史の真実よ。以上で——」

友紀子は、崇を見た。

「証明終わり《Q・E・D》」

「参りましたね」

崇は微笑みながら——何杯目だ？——ギムレットを美味しそうに飲んだ。そして、

「しかし」と友紀子を見る。「今回は『ヴァイオレット』の話といい、シャーロック・ホームズ来日の話といい、とても勉強になりました。ただ、事件はとても困りましたが」

でも、と友紀子は答える。

「桑原くんのおかげで、遼子さんの怨念も少しは鎮《しず》まったんじゃないかと思う……。あなたは最初から、彼女は自殺を試みたと考えていたんでしょう」

えっ、と驚く奈々の隣で、

「はい」と崇は答えた。「そう思っていました」

そうだったのか！

それなら、どうしてあんなに回りくどい話をしたのだ！　と尋ねようと思った奈々の機先を制するように、崇は言った。

「彼女が、そうなって欲しいと思っていたストーリーを展開させてあげたんです。それが、多少なりとも彼女の怨念を鎮めることになるのではないかと、勝手に考えたんです。人の思いや気持ちは、常に物語を作る。そこには、フィクションもノンフィクションもありません」

「当人にしてみれば、全て『現実』の話」

「そういうことです。今回も、遼子さんが果たして本当に白石さんに罠を仕掛けようとしたのか、それとも、ただ発作的に飛び降りてしまったのか、その点は俺にも分かりません。もしかしたら、本人にも分からないかも知れない。でも、確実に『怨念』はあったでしょう。だから、それを鎮めなくてはと考えたんです」

「そんなところだろうと思った」友紀子は苦笑した。「桑原くんならば、そんなこともやりかねない」

それに、と崇は冗談とも本気とも取れぬ口調でつけ加えた。

「『紫』は、もともと人を惑わす色だ。だから、少

し刑事さんたちにも惑ってもらおうかと思いまして」

「酷い男ね」友紀子は笑う。「でもね、ヴァイオレット——スミレの花言葉は素敵なのよ」

へえ、と崇はあからさまに興味がないという態度で尋ねた。

「それは？」

「それはね——」

友紀子は微笑む。

「花は『誠実』『貞節』『真実の恋』。そして、ヴァイオレット——色は『愛』と『悲しみ』」

なるほど、と崇が頷くと、

「じゃあ、私は」と言って、友紀子は席を立った。「今日はこれで失礼します。色々とご心配をおかけしてしまって、申し訳ありませんでした。またいずれ、どこかで改めてお礼します」

「いえ！」奈々も慌てて立ち上がる。「こちらこそ」

伝票を手に背中を向けた友紀子を追って、奈々も階段を降りる。しかし友紀子は、勝手に会計を済ませた。そしてそれが終わると、

「じゃあ、またね」と奈々に向かって微笑んだ。「お幸せに」

その言葉に、またしても虚を突かれてしまった奈々に向かって友紀子は軽く手を挙げると、馬車道の人混みの中に消えて行ってしまった。

奈々は、その後ろ姿を呆然と見送る。

まるで、今までのこと全てが夢の中——フィクションであったかのように……。

奈々は、ゆっくりと十番館の階段を登りながら考える。

確かに、奈々たちの生きている「現実」など、『源氏物語』五十四帖や、ホームズ物語六十編の世界と、何の違いがあるというのだろう。まさに、フィクションとノンフィクションの境目など、どこにもありはしないのではないか。

きっと遼子も、そんな狭間《はざま》に生きていたのかも知れない。だからあんな、ヒステリックにも思える行

動を取ってしまった——。

先ほど奈々は、ふと思った。

誰も指摘しなかったが、今回の事件は『シャーロック・ホームズの事件簿』に出てくる「ソア橋」と同じだったのではないか。

友紀子たちも言っていたように、今年は「ソア橋」事件の百周年だという。それならば、きっと遼子の頭の中にも——潜在意識の中にでも、「ソア橋」のストーリーがトレースされていた、そう考えられないか。だから、あんな行動を取ってしまったのだ……。

そんなことを思いながらテーブルに戻ると、

「カウンターに移ろうか」と崇は言う。

つまり——飲み直そうということだ。

奈々は頷くと、バーテンダーに頼んで席を移してもらい、二人はカウンターに並んで腰を下ろした。

「何かお作りしましょうか」

と尋ねてくるバーテンダーを見ながら奈々は、久しぶりにブルー・ムーンを飲んでみたくなった。淡い紫色のカクテル。

このオーダーに、崇はどんな顔をするだろう。

奈々はまるで、いたずらを仕掛けようとする女の子のように、崇の横顔を見て微笑んだ。

《エピローグ》

どうして飛び降りたのか……。

遼子は、かすかに残った意識の中で思った。

館に戻って来た時、瀬室とゆかりが、ベランダで抱き合っている姿を目撃してしまったからか。

おそらくそうだ。一瞬、息が止まってしまって足も震えた。

あれから完全に頭がボーッとしてしまって、自分でも何をしていたのか余り覚えていないほどだ。

遼子に対する瀬室の態度は、ずっと父親のようだったが、遼子本人の気持ちは違っていた。

きっと、愛していたのだ――と思う。

その大切な瀬室を奪われたと確信した。しかも、夫のいるゆかりに。酷い。余りに酷い。

その時ふと、シャーロック・ホームズの「ソア橋」を思い出した。

あんなふうに遼子が死んでしまえば、ゆかりが疑われないか。いずれ嫌疑が晴れたとしても、瀬室との関係は、白日の下にさらされるのではないか。あの女性の性格では、絶対に隠し通すことはできない。

そもそも、あんな恥ずべき行為は許されるべきではない。「メアリ」たちのように、重い罰を受けるべきだ。そう思ったのだ。

視界がぼやけてゆく――。

その時遼子の目の前で、スミレの花が揺れた。

暮れてゆくフラワーガーデンの片隅、ぼやけてゆく視界の中に、紫色のスミレの花が見えた。まるでそれは――。

〝あっ〟

遼子の頭の中で、何かが弾けた。それと同時に、ずっと頭の奥にしまわれていた風景が、遼子の目の前に開ける。二十年以上も前の景色が、鮮明な映像となって遼子に押し寄せてきた。

そうだ。幼い頃、この景色をいつも見ていたのだ。とても幸せに。

どこで？

母――幸子の乳房に！

幸子の胸に抱かれて。

幸子の胸には、紫色のスミレの花のような、大きなあざがあった。そして遼子は母乳をもらうたび、その「スミレの花」を、すぐ目の前にしていた。

母の大きな愛情に包まれながら。

だから――。

遼子にとって、紫のスミレの花は幸せの象徴。

そしておそらく、幸子はそのあざが嫌いだった。瀬室が帰った後、入浴時などにじっと自分の胸を見つめていたことが何度もあった。そんな悲しそうな顔をしないで。遼子はいつも思った。

それを心の中に封印していた――。

こんな状況で、その封印が解かれるとは！

〝母さん……〟

遼子は弱々しく微笑むと、紫のスミレに向かって思わず手を伸ばした。

主要参考文献

『**源氏物語**』石田穣二・清水好子校注／新潮社

『**源氏物語**』円地文子訳／新潮社

『**宮内庁書陵部蔵　青表紙本　源氏物語**』山岸徳平・今井源衛監修／新典社

『**源氏物語　湖月抄**』北村季吟著・有川武彦校訂／講談社

『**紫式部日記**』宮崎荘平全訳注／講談社

『**枕草子**』石田穣二訳注／角川学芸出版

『**新 日本古典文学大系　土佐日記　蜻蛉日記　紫式部日記　更級日記**』長谷川政春・今西祐一郎・伊藤博・吉岡曠校注／岩波書店

『**雨月物語**』上田秋成／高田衛・稲田篤信校注／筑摩書房

『**源氏の女君**』清水好子／塙書房

『**源氏物語図典**』秋山虔・小町谷照彦編／小学館

『**別冊太陽　日本のこころ140　王朝の雅　源氏物語の世界**』鈴木日出男監修・執筆／平凡社

『**万葉集　全訳注原文付**』中西進／講談社

『**古今和歌集**』小町谷照彦訳注／旺文社

『**輝く日の宮**』丸谷才一／講談社

『源氏物語はなぜ書かれたのか』井沢元彦／角川書店

『ＮＨＫ歴史発見【９】』「『源氏物語』成立の謎」瀬戸内寂聴／ＮＨＫ歴史発見取材班編／角川書店

『日本薬草全書』水野瑞夫監修・田中俊弘編／新日本法規出版

『増補　原色日本のスミレ』浜栄助／誠文堂新光社

『日本伝統色　色名事典』社団法人日本流行色協会監修／日本色研事業

『シャーロック・ホームズの冒険』コナン・ドイル／阿部知二訳／東京創元社

『回想のシャーロック・ホームズ』コナン・ドイル／阿部知二訳／東京創元社

『シャーロック・ホームズの生還』コナン・ドイル／阿部知二訳／東京創元社

『シャーロック・ホームズの復活』コナン・ドイル／深町眞理子訳／東京創元社

『シャーロック・ホームズの最後のあいさつ』コナン・ドイル／阿部知二訳／東京創元社

『シャーロック・ホームズの事件簿』コナン・ドイル／延原謙訳／新潮社

『シャーロック・ホームズの事件簿』コナン・ドイル／深町眞理子訳／東京創元社

『緋色の研究』コナン・ドイル／阿部知二訳／東京創元社

『四人の署名』コナン・ドイル／阿部知二訳／東京創元社

『バスカヴィル家の犬』コナン・ドイル／阿部知二訳／東京創元社

『恐怖の谷』コナン・ドイル／阿部知二訳／東京創元社

『シャーロック・ホームズ健在なり』長沼弘毅／番町書房

『シャーロック・ホウムズ読本——ガス灯に浮かぶ横顔——』エドガー・W・スミス編／鈴木幸夫訳／研究出版社

『シャーロック・ホームズ氏の素敵な冒険』故J・H・ワトスン博士著、ニコラス・メイヤー編／田中融二訳／立風書房

『シャーロック・ホームズ百科事典』マシュー・バンソン編著／日暮雅通監訳／原書房

『コナン・ドイル伝』ダニエル・スタシャワー／日暮雅通訳／東洋書林

『シャーロック・ホームズ——ガス燈に浮かぶその生涯——』W・S・ベアリング＝グールド／小林司・東山あかね訳／河出書房新社

『シャーロック・ホームズ17の愉しみ』J・E・ホルロイド編／小林司・東山あかね訳／河出書房新社

『裏読みシャーロック・ホームズ　ドイルの暗号』小林司・東山あかね／原書房

『シャーロック・ホームズの醜聞』小林司・東山あかね／晶文社

『名探偵読本Ⅰ　シャーロック・ホームズ』小林司・東山あかね編／西武タイム

『シャーロック・ホームズ賛歌』小林司・東山あかね編／立風書房

『シャーロック・ホームズ大事典』小林司・東山あかね編／東京堂出版

『**シャーロック・ホームズは生きている　面白推理学講座**』田中喜芳／NOVA出版
『**シャーロッキアンの優雅な週末**』田中喜芳／中央公論社
『**改訂版　スターク・マンローからの手紙**』アーサー・コナン・ドイル／田中喜芳訳／言視舎
「**ホームズとパイプ**」（田中喜芳／「ぱいぷ」65号）／日本パイプクラブ連盟編集局
『**パイプ　七つの楽しみ**』梅田晴夫／平凡社
『**THE　TOBACCO　たばこ博物誌**』梅田晴夫／エルム
『**父岡倉天心**』岡倉一雄／中央公論社
『**岡倉天心をめぐる人びと**』岡倉一雄／中央公論美術出版
『**日本の名著39　岡倉天心**』色川大吉責任編集／中央公論社
『**永遠の天心**』茂木光春／文芸社
『**ホック氏の異郷の冒険**』加納一朗／双葉社
『**図説　シャーロック・ホームズ**』小林司・東山あかね／河出書房新社
『**図説　ヴィクトリア朝百貨事典**』谷田博幸／河出書房新社
『**図説　イギリスの歴史**』指昭博／河出書房新社
『**図説　横浜外国人居留地**』横浜開港資料館編／有隣堂
『**横浜　歴史と文化**』横浜市ふるさと歴史財団編／高村直助監修／有隣堂

『**横浜・歴史の街かど**』横浜開港資料館編／神奈川新聞社
『**よこはま史話1　開港場横浜ものがたり　1859－1899**』横浜開港資料館・横浜市歴史博物館編集発行
『**横浜謎とき散歩**』谷内英伸／廣済堂出版
『**ホームズ船長の冒険**』横浜開港資料館編／H・ボールハチェット、杉山伸也訳／有隣堂
『**資料がかたる　横浜の157年**』横浜開港資料館編／横浜市ふるさと歴史財団
『**明治ニュース事典Ⅳ**』明治ニュース事典編纂委員会・毎日コミュニケーションズ出版部編／毎日コミュニケーションズ
『**名探偵シャーロック・ホームズ　DVD　BOOK**』アーサー・コナン・ドイル／宝島社
「**シャーロック・ホームズとライヴァルたち**」（「ミステリマガジン」2000年12月号）／早川書房

この本の執筆にあたり、大変お世話になりました、
講談社文芸図書第三出版部部長、栗城浩美氏。
過酷なスケジュールの中、必死に駆け抜けて（？）いただきました、
担当編集者、河北壮平氏。
大学のお仕事がお忙しいにもかかわらず、お時間を頂戴しました、
日本を代表するシャーロキアン、田中喜芳博士。
この場を借りて、心より感謝申し上げます。
ありがとうございました。

なお、本書に登場します「シャーロック・ホームズ」関連の事項に関しては、
全て田中喜芳博士に監修していただきました。重ねて御礼申し上げます。

高田崇史公認ファンサイト『**club TAKATAKAT**』
URL：http://takatakat.com/　管理人：Megurigami
twitter:「takatakat@clubtakatakat」

この作品は完全なるフィクションであり、
実在する個人名・団体名・地名等が登場することに関し、
それら個人等について論考する意図は全くないことを
ここにお断り申し上げます。

「QEDパーフェクトガイドブック」前口上

平成十年（一九九八）の『QED　百人一首の呪《しゅ》』から始まった「QEDシリーズ」も、平成二十三年（二〇一一）の『QED　伊勢の曙光《あけぼの》』を以て完結しました。もう全て書き尽くした、これでようやく肩の荷が下りたと思っていたのですが、実は「シャーロック・ホームズ＋『源氏物語』」ネタ（この本です）が一つ、そしてまた違うネタがもう一つ残っていたのです。さてどうしよう……。

そんなことを思っていた時、「QEDシリーズ」完結記念として「QEDパーフェクトガイドブック」という、それまで桑原崇や棚旗奈々たちがまわった場所の地図はもちろん、事件年表から、簡単な解説と一口メモ、そして「目次」の解読（！）まで収載された、至れり尽くせりのガイドブックを制作していただきました。

本来であれば希望される方々、全員のお手元に届けたかったのですが、何と空前絶後（多分）の八十ページオールカラーという超豪華装丁になってしまったため、抽選で二百名の方にしかお届けすることができませんでした。そのため「代金を支払っても欲しい」というお声をたくさんいただき、ついには「何とか方策を考えたらどうなんだ！」という、実にありがたいお叱りの声までたくさん届きました。

それならば、その「シャーロック・ホームズ＋『源氏物語』」の作品と一緒に一冊の本にして上梓《じょうし》したらどうか、という提案を編集部よりいただきました。確かにホームズネタに関しては、シャーロキアン多しといえど、こんな（破天荒な）説を唱えたのは高田崇史だけだ、というお墨付きを「ベイカー・ストリート・イレギュラーズ」正会員の田中喜芳博士よりいただいておりました（『源氏物語』に関しては恐しくて（？）誰にも話していませんでしたが……）ので、あとはそれを文字——小説にするだけです。

となれば、やはり主人公は桑原崇・棚旗奈々しか思いつきません。しかし「ＱＥＤ」は完結していますし、本編の続編を書くつもりは全くありません。そこで「外伝」として「ｖｅｎｔｕｓ」か「ｆｌｕｍｅｎ」で、という話になりました。

ただそうなると、すでにガイドブックを手元に持っていらっしゃる二百名の方々は、改めて余分なお金を支払ってこの本を購入しなくてはならないという余りにも悲しい事態に陥ってしまいます。そこで今回のガイドブックには、ダイジェストだった「歴代担当者座談会」を全文掲載し、本文や『二次会は「カル・デ・サック」』にもかなり手を入れ、誤字・脱字もこっそり直しました。

全ページカラーの「パーフェクトガイドブック」は、もう在庫がありませんので、抽選で当たった方は、ぜひ大切になさってください。一方、抽選に外れてしまった方は、白黒ではありますが、このような形でやっとお手元にお届けすることができましたことを、ぼくたちと一緒に喜んでいただければ幸いです。

そして「ＱＥＤシリーズ」に関しては、また遠い将来、何かの機会にこのような形でみなさまにお届けできたらと思っています。その時はきっと登場人物たちそれぞれ、色々な人生を歩んでいることでしょう。作者としても、少し楽しみな気がしています。

高田崇史

【QED】
quod erat
demonstrandum
by Takada Takafumi

◉シリーズ完結記念

【QED パーフェクトガイドブック】

QED perfect guidebook

講談
NOVEL

C O N T E N T S

QEDパーフェクトガイドブック もくじ

証明終わり
【QED】
quod erat
demonstrandum

QED

QED quod erat demonstrandum 百人一首の呪《しゅ》

◉講談社ノベルス1998・12・5刊
◉講談社文庫2002・10・15刊

錆付《さびつ》いたブランコの揺れる小さな公園がある細い路地をしばらく行くと、白いマンションが見えた。その二階がレストラン・パブになっているらしく、暗い舗道にそこだけ暖かい明かりが漏れていた。（中略）その扉には「カル・デ・サック」とだけ金色の文字で品良く書かれている。——本文より

STORY

希代の天才・藤原定家が残した百人一首。
その一枚を握りしめて、会社社長は惨殺された。
残された札はダイイング・メッセージなのか？
関係者のアリバイは証明され、事件は不可能犯罪の様相を呈す。
だが、百人一首に封印された
華麗なる謎が解けたとき、事件は、
戦慄の真相を地上に現す！

●表参道（東京都港区・渋谷区）

本作冒頭で崇と奈々、そして小松崎が初めて語り合うレストラン・パブ「カル・デ・サック」がこの裏通りにある。明治神宮の参道として大正時代に完成。ケヤキ並木で知られる。

●祐天寺（東京都目黒区）

シリーズを通じて各作品のオープニングの舞台となった「ホワイト薬局」のある街。しかし、ここが祐天寺であることは、次作まで明らかにされていない。

テーマは「諸《しょ》法《ほう》無《む》我《が》」

平成10年（1998）この作品で第9回メフィスト賞をいただき、デビューした。しかし実は、この作品は第2作だった。賞に応募した際に「もう1作ありませんか」と尋ねられ、一所懸命に書いたのである。当時、車を運転していて信号待ちの時に天からの囁きがあり、その夜から百人一首並べを開始した。毎日2時間ずつ黙々と並べて、きっちり半年かかってしまった。しかしこれはジグソー・パズルにチャレンジしているようで、とても楽しい時間を過ごすことができた。

代々木公園裏には、大学生時代に住んでいたアパートがあった。懐かしく、ほろ苦い思い出の場所である。

目次は、5文字目を右から読むと、応募した当初の題名が浮かび上がる。

物語地図
STORY MAP
QED 百人一首の呪
埼玉県・三郷に真榊家の
次女・朱音が住む。
隅田川
荒川
江戸川
桑原崇の実家。
◉浅草寺・
浅草神社
◉亀戸天神
小松崎良平の
実家。
千葉県・船橋に真榊家
秘書の矢野廣が住む。
千葉県
東京湾

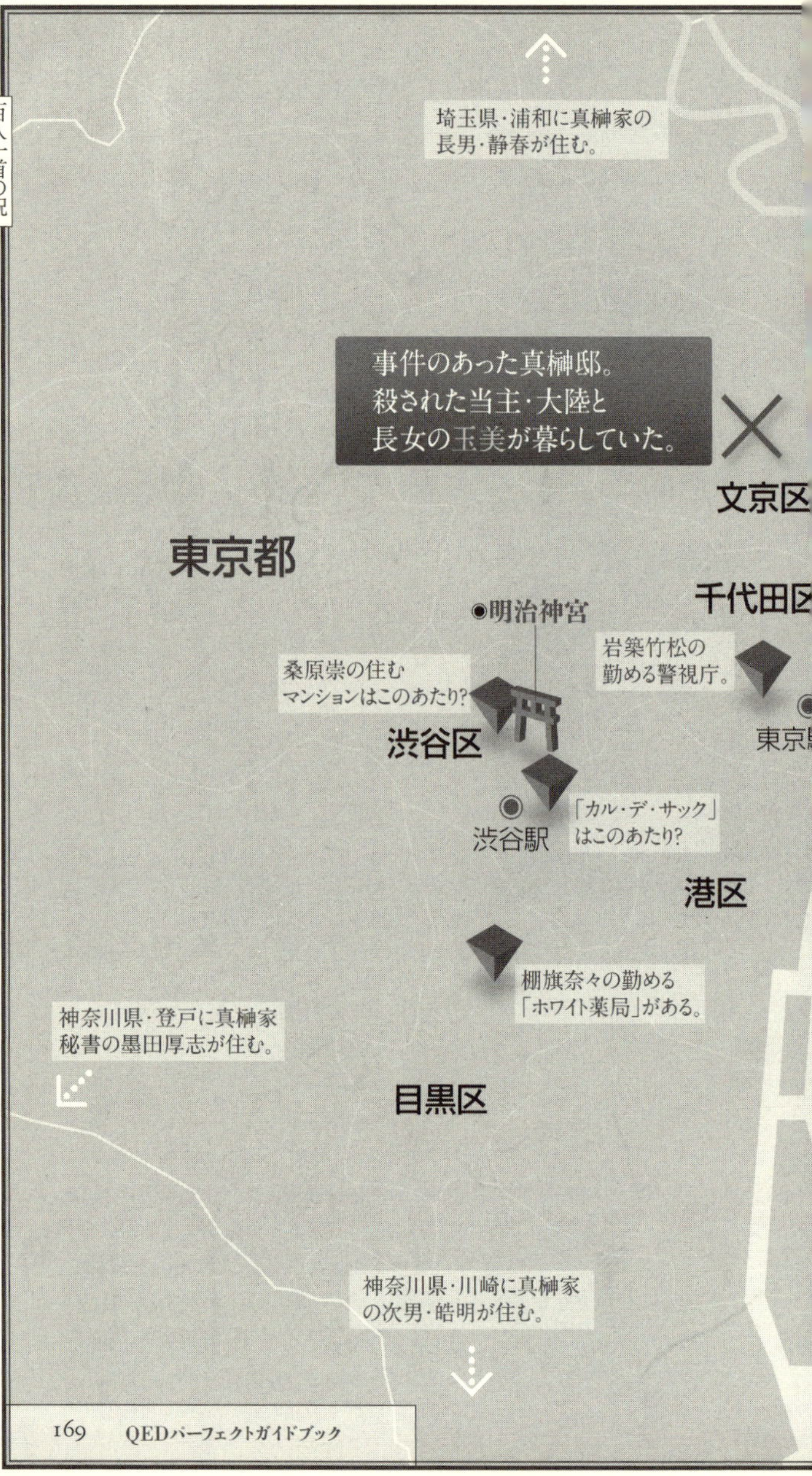
埼玉県・浦和に真榊家の
長男・静春が住む。
事件のあった真榊邸。
殺された当主・大陸と
長女の玉美が暮らしていた。
文京区
東京都
千代田区
明治神宮
岩築竹松の
勤める警視庁。
桑原崇の住む
マンションはこのあたり?
東京
渋谷区
「カル・デ・サック」
はこのあたり?
渋谷駅
港区
棚旗奈々の勤める
「ホワイト薬局」がある。
神奈川県・登戸に真榊家
秘書の墨田厚志が住む。
目黒区
神奈川県・川崎に真榊家
の次男・皓明が住む。

QED
quod erat demonstrandum

六歌仙の暗号

その仕草に、涼子は冷笑を浮かべて言う。
「継臣の話から想像するに――
私は、あなたのことを、
好青年だとばかり思っていました」
「――よく、勘違いされます」
「でも、こうして直接お話をしてみますと、
実に嫌味な男性ですね」
「――たまに、そう言われます」――本文より

●講談社ノベルス1999・5・5刊
●講談社文庫2003・3・15刊

STORY

「明邦大学・七福神の呪い」――
大学関係者を怯えさせる連続怪死事件は、
歴史の闇に隠されていた「呪い」を暴こうとする報いか!?
ご存じ、桑原崇が膨大な知識を駆使し、
誰も辿り着けなかった「七福神」と「六歌仙」の謎を解き明かす。
そして浮かび上がった事件の真相とは？

●赤山禅院（京都市左京区）

比叡山延暦寺の別院の一つである天台宗寺院。本尊は泰山府君（赤山大明神）。境内に祀られる福禄寿が日本最古といわれている七福神巡りの一つとされている。

●貴船神社（京都市左京区）

日本全国におよそ450ある貴船神社の総本社であり、古くから祈雨の神として信仰されてきた。呪詛の神としても知られ、丑の刻参りが行われていた。

テーマは「色即是空《しきそくぜくう》」

こちらが初めて講談社文芸図書第三出版部に送った作品である。というよりも、生まれて初めて書いた長編小説だった。中学校の夏休みの宿題以来、一度も小説を書いたことがなかったが25年ぶりに頑張った。それが運良く編集部の方々の目に留まり「ＱＥＤ」という題名までいただいてしまった。

このネタは、夢で見た。珍しく朝まで覚えていたので、それをどうにかこうにか文章にしてみた。「てにをは」も滅茶苦茶だったと思うが、とにかく「文芸第三メフィスト編集部」なる部署に送ってみたのは、実に怖い物知らずと言うべきだろう。しかしすぐに長い感想の書かれた手紙をいただき、それがきっかけとなってデビューした。今以て深く感謝している。

目次は、単純に「一」から「七」。

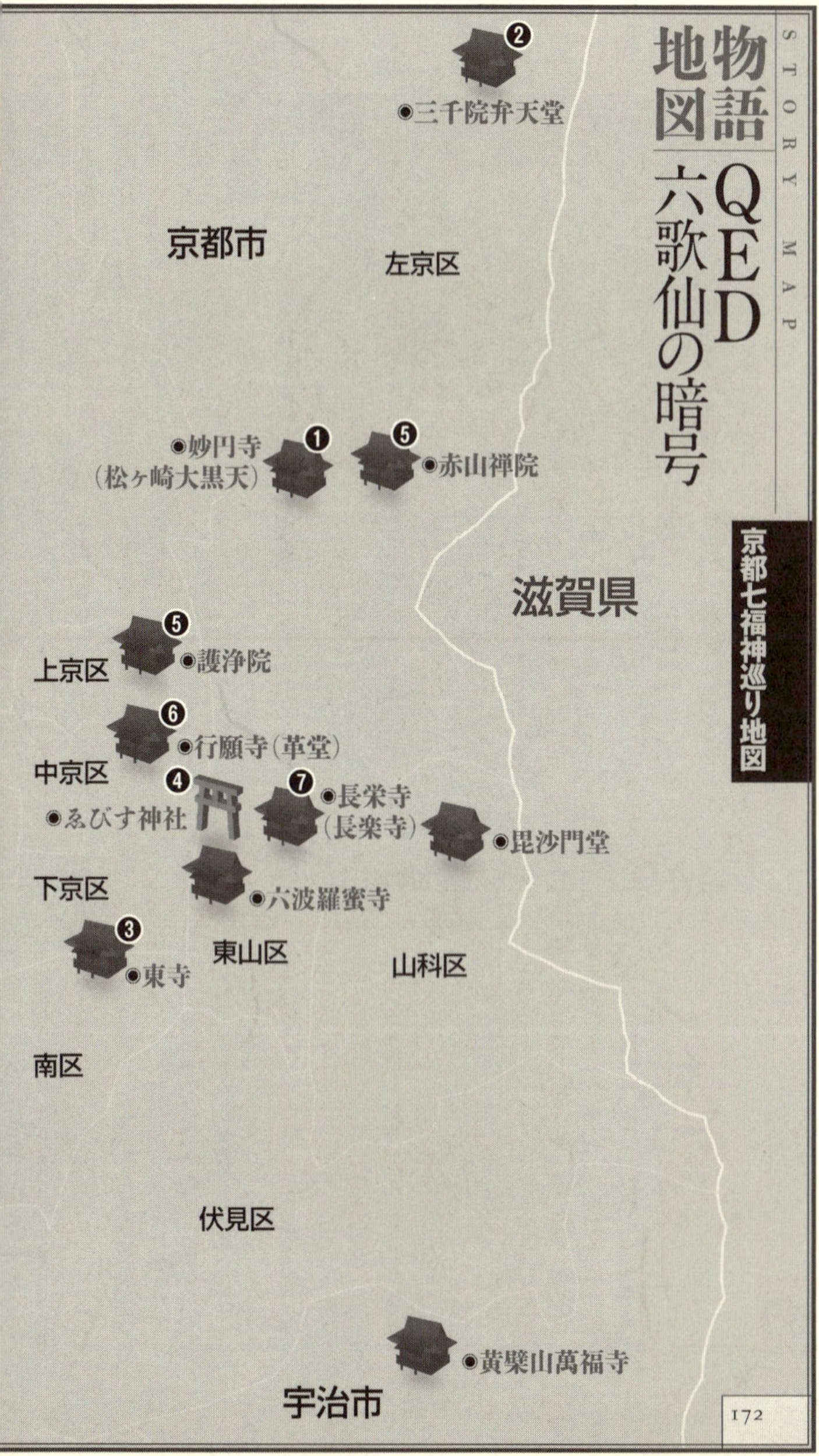
物語図
STORY MAP
QED
六歌仙の暗号
京都七福神巡り地図
❷
三千院弁天堂
京都市
左京区
❶
妙円寺
（松ヶ崎大黒天）
❺
赤山禅院
滋賀県
❺
護浄院
上京区
❻
行願寺（革堂）
中京区
❹
ゑびす神社
❼
長栄寺
（長楽寺）
毘沙門堂
下京区
六波羅蜜寺
❸
東寺
東山区
山科区
南区
伏見区
黄檗山萬福寺
宇治市

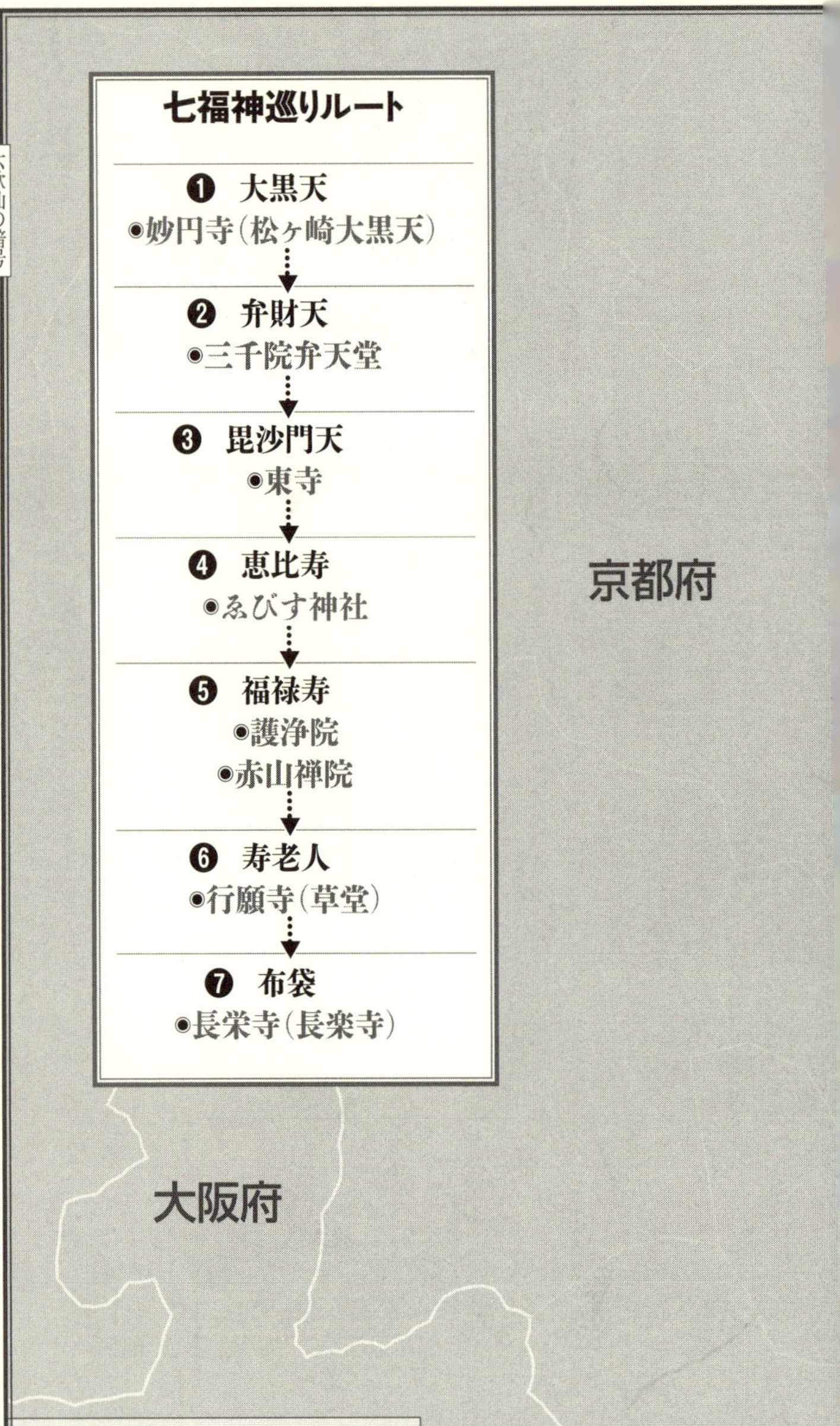

七福神巡りルート

❶ 大黒天
◉妙円寺(松ヶ崎大黒天)

❷ 弁財天
◉三千院弁天堂

❸ 毘沙門天
◉東寺

❹ 恵比寿
◉ゑびす神社

❺ 福禄寿
◉護浄院
◉赤山禅院

❻ 寿老人
◉行願寺(草堂)

❼ 布袋
◉長栄寺(長楽寺)

◉講談社ノベルス2000・1・5刊
◉講談社文庫2003・9・15刊

QED quod erat demonstrandum ベイカー街の問題

「（前略）ドイル、という人物は……」堀田は首を捻る。

「医業の傍《かたわ》らに『ロスト・ワールド』やら『毒ガス帯』やら『マラコット海淵』やらの、到底現実にありもしないような話を、ずらずらと書き綴《つづ》っていた心霊学者ですな。おお！　そうそう。一時期、シャーロック・ホームズ氏殺害未遂の疑いすら持たれていた危険人物です」――本文より

STORY

次々と惨殺されるシャーロキアン。
「ホームズ譚」の解釈を巡る諍いが動機なのか？
ダイイング・メッセージを読み解き犯人像に迫る、桑原崇の推理は？
ホームズに隠された驚くべき秘密を発見した時、
連続殺人犯が浮かび上がった！

●横浜港（神奈川県横浜市）

国際都市横浜の中心的施設で、横浜市の東京湾沿岸ほぼ全域を占める港。『九段坂の春』にもワンポイント登場する。

●シャーロック・ホームズ博物館（221b Baker Street, London）

小説中でホームズが暮らした住所にある建物内に作られた、ホームズとその時代の博物館。貴重な資料も数多く展示されている。

テーマは「一《いっ》切《さい》皆《かい》空《くう》」

このホームズネタは、中学生の時に思いついた。そして、怖い物知らずで長沼弘毅さんに手紙を出した。すると、話としては面白いがもっと本を読んで勉強してください、と親切にもお返事をいただいた。後に、やはり日本を代表するシャーロキアンの田中喜芳さんにお話ししたところ、とても驚かれた。長沼さんは、決してそういった手紙に返事を書かれないことで有名だったらしい。しかし一中学生の自分勝手な手紙に返事をくださった。今思うと夢のような話だが、その手紙を引越の際に紛失してしまったことが悔やまれてならない。

ちなみに、この題名は「ベイカー街 no problem」と読む。目次は「シャーロック・ホームズ」シリーズの題名そのまま。

物語地図 STORY MAP

QED ベイカー街の問題

オリジナルカクテル・レシピ

「シャーロック・ホームズ」
- ・ドライジン……………4/8
- ・スコッチ………………3/8
- ・ドランブイ……………1/8

シェイク（あるいはステア）して
カクテルグラスへ

「Dr. ワトスン」
- ・ラガヴーリン…………30ml
- ・アンゴスチュラ・
  ビターズ………………1 ダッシュ
- ・ソーダ…………………適量

冷やしたコリンズグラスへ
（氷は好みで）

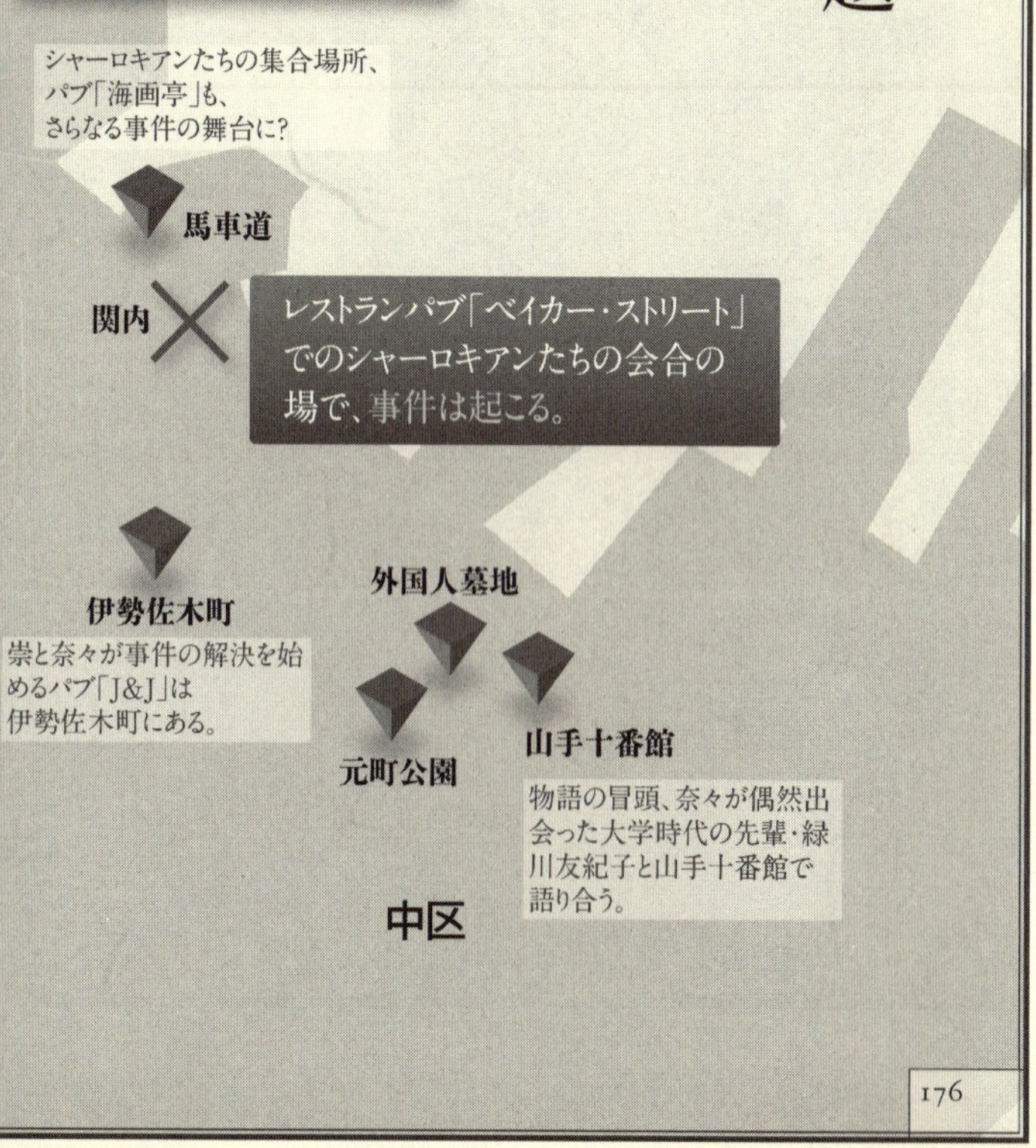
横浜港
シャーロキアンたちの集合場所、
パブ「海画亭」も、
さらなる事件の舞台に?
馬車道
関内
レストランパブ「ベイカー・ストリート」
でのシャーロキアンたちの会合の
場で、事件は起こる。
伊勢佐木町
崇と奈々が事件の解決を始
めるパブ「J&J」は
伊勢佐木町にある。
外国人墓地
元町公園
山手十番館
物語の冒頭、奈々が偶然出
会った大学時代の先輩・緑
川友紀子と山手十番館で
語り合う。
中区

事件年表

昭和	61年(1986)	4月	明邦大学学食にて、桑原崇と小松崎良平、出会う。
	62年(1987)	4月	棚旗奈々、明邦大学入学。
		12月	奈々「オカルト同好会」入会。崇と出会う。
平成	元年(1989)	1月	昭和天皇崩御。明仁親王即位。元号は「平成」に。
	2年(1990)	3月	崇、小松崎、卒業。崇は京都の漢方薬局へ。
	3年(1991)	1月	この頃「ベイカー・ストリート・スモーカーズ」結成される。
		3月	奈々、卒業。
		4月	奈々「ホワイト薬局」に就職。外嶋一郎と出会う。
	4年(1992)	1月	『百人一首の呪』事件。
	5年(1993)	5月	『六歌仙の暗号』事件。崇、奈々、京都七福神巡りに。
		12月	『ベイカー街の問題』事件。緑川友紀子と出会う。
	6年(1994)	4月	シャーロック・ホームズ『空家事件』100周年。
		9月	相原美緒「ホワイト薬局」へ。
			『東照宮の怨』事件。崇、奈々、小松崎、日光東照宮へ。
		10月	カルロス・クライバー来日。
	7年(1995)	1月	『式の密室』事件。奈々、崇たちから話を聞く。
		2月	外嶋、山中で死体発見。
		3月	崇、禁煙。
		7月	『竹取伝説』事件。奥多摩へ。
		11月	『龍馬暗殺』事件。高知へ。
	8年(1996)	4月	『鎌倉の闇』事件。奈々、沙織たち鎌倉・江の島へ。
		8月	『鬼の城伝説』事件。岡山へ。
		11月	『熊野の残照』事件。崇、奈々、神山禮子、学薬旅行で熊野へ。
			『神器封殺』事件。「毒草師」御名形史紋に出会う。
	9年(1997)	4月	『御霊将門』事件。千葉・成田山へ。神山禮子と再会。
		7月	『河童伝説』事件。福島・相馬野馬追祭へ。
		12月	御名形史紋、東京へ。
	10年(1998)	5月	『諏訪の神霊』事件。諏訪大社御柱祭。鴨志田翔一に会う。
	11年(1999)	4月	『出雲神伝説』事件。奈良へ。(9年後の平成20年に出雲大遷宮)
	12年(2000)	3月	『伊勢の曙光』事件。伊勢へ。五十嵐弥生に会う。
			崇、奈々、2人で明治神宮から「カル・デ・サック」へ。
		4月	沙織、結婚。
	15年(2003)	3月	沙織に長男「大地」誕生。

QED 東照宮の怨《えん》

quod erat demonstrandum

「下野国《しもつけのくに》一の宮の、二荒山《ふたらさん》神社は？」

「で、ですから、これから——」（中略）

「本宮《ほんぐう》神社と、四本竜寺《しほんりゅうじ》は？」

「？　なんですか——？」

「きみはまだ何も見ていないじゃないか」——本文より

◉講談社ノベルス2001・1・10刊
◉講談社文庫2004・3・15刊

S T O R Y

「日光東照宮陽明門」「山王権現」「三猿」「北極星」

「薬師如来」「摩多羅神」「北斗七星」

そして「三十六歌仙絵連続殺人事件」。

東照宮を中心軸とする膨大な謎は、一つの無駄もなく線でつながり、
時空を超えた巨大なミステリは、

「深秘」を知る崇によって見事に解き明かされる。

●日光東照宮・拝殿（栃木県日光市）

国宝の拝殿の室内、長押《なげし》の上には後水尾天皇から拝領したと伝えられる三十六歌仙絵が掲げられているが、本作冒頭ではこの絵に書かれた歌に祟が疑問を抱く。

●二荒山神社（栃木県日光市）

日光で古くから信仰されてきた男体山（二荒山）、女峰山、太郎山の3つの山の神を総称する二荒山大神を主祭神とする。山々は、古代から信仰の対象だったとされる。

テーマは「諸行無常《しょぎょうむじょう》」

幼かった姪っ子の発した「日光結構！」というたった一言から生まれた一冊。東照宮には何度も足を運んだが、一度は物凄い雹《ひょう》に見舞われて、境内で身動きが取れなくなってしまった。もしかして家康公に怒られているのかと思ったが、そういうことではなかったようで、初めてノベルスの売り上げベストテン入りを果たした。そのランキングを書店で見かけて、ぼく自身が一番驚いてしまった。

本文中に、新興宗教に勧誘されそうになった奈々を祟が救う場面があるが、これは半分事実で、駅前で立っていると昔はよく声をかけられた。そこで時間潰しのために論争したりしていたのだが、非常に物騒な事件が起こって以降中止した。

目次は、阿吽と「一」から「六」。

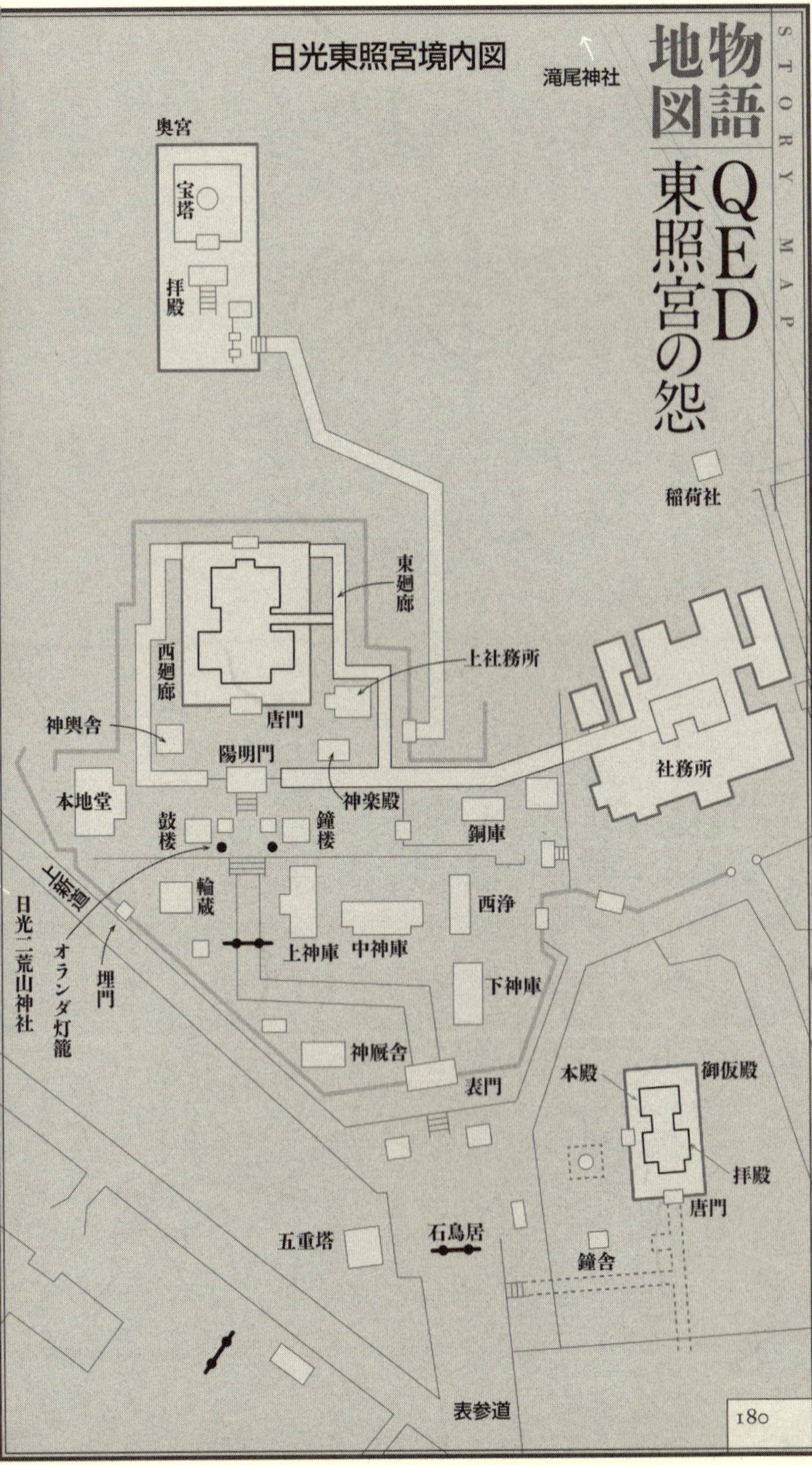
日光東照宮境内図
滝尾神社
奥宮
宝塔
拝殿
稲荷社
東廻廊
西廻廊
上社務所
唐門
神輿舎
陽明門
社務所
本地堂
神楽殿
鼓楼
鐘楼
銅庫
上新道
輪蔵
西浄
日光二荒山神社
オランダ灯籠
埋門
上神庫
中神庫
下神庫
神厩舎
表門
本殿
御仮殿
拝殿
唐門
五重塔
石鳥居
鐘舎
表参道

桑原崇
Takashi Kuwabara

●S42(1967)2月25日生まれ。(菅原道真の命日)
丁未。六白金星。うお座。O型。
長身、色白。ボサボサの髪。長いまつげ。
あだ名を「崇(タタル)」。
●職業　薬剤師。
●趣味　寺社巡りと墓参り。
●H2、明邦大学薬学部薬剤学科卒業。漢方学研究室。
4年次には「オカルト同好会」会長を務めた。
H4、目黒区杵築の「萬治漢方」に勤める。
実家は浅草。代々木駅徒歩6分のマンションの402号室に1人暮らし。
スポーツは一切しない。
尊敬する人物は、司馬遷。
座右の銘は「手酔ヒ足酔ヒ我酔ヒニケリ」(『袋草子』)

棚旗奈々
Nana Tanahata

●S43(1968)7月7日生まれ。
戊申。五黄土星。かに座。B型。
黒髪。ストレートのセミロング。笑うと右頬にえくぼ。
●職業　薬剤師。
●趣味　茶道(裏千家)
●H3、明邦大学薬学部薬剤学科卒業。物理化学研究室。
卒論「エマルジョン粒子の安定性に対する
アミノ酸溶液の影響について」。
卒業後、知人の紹介で目黒区祐天寺の「ホワイト薬局」に就職。
実家は北鎌倉。桜木町の2LDKマンションに、4歳年下の妹・沙織と
同居していたが、沙織は結婚することになり、部屋を出た。
尊敬する人物は、鈴木梅太郎(世界で初めてビタミンB_1を発見した人物)。
座右の銘は「花をのみ待つらむ人に山里の雪間の草の春を見せばや」
(藤原家隆)
携帯の着メロは「ロンドンデリーの歌」(クライスラー)

小松崎良平
Ryohei Komatsuzaki

●S41(1966)11月1日生まれ。
丙午。七赤金星。さそり座。AB型。
長身巨漢のため、あだ名は「熊つ崎」。
嘘アレルギーで、ひどい嘘をつかれるとくしゃみが止まらなくなる。
●職業　フリー・ジャーナリスト。
●趣味　空手。松濤館流三段。吾妻橋高校時代は、空手部副将。
●H2、明邦大学文学部社会学科卒業。
4年次には体育会空手部の主将を務めた。
東日本大会や、全国大会も出場。
1年次に語学を全部落として留年。そこで崇と出会う。
実家は東日本橋。
叔父に警視庁捜査一課・岩築竹松警部。
岩築の部下・堂本素直巡査部長も知人。
尊敬する人物は、ロバート・ケネディ。
座右の銘は「是非に及ばず」(織田信長)

QED
quod erat
demonstrandum

式の密室

「ああ……。つまり、
都の人たちの恐怖心が、
暗闇の中に『怪しきモノ』の姿を
見てしまったというんですね。
数々の怨霊や、物の怪や――」
「全く違うね」――本文より

◉講談社ノベルス2002・1・10刊
◉講談社文庫2005・3・15刊

STORY

密室で、遺体となって見つかった「陰陽師の末裔」。
〝式神〟を信じる孫の弓削和哉は他殺説を唱えるが……。
果たして、崇の推理は事件を謎解くばかりか、時空を超えて
〝安倍晴明伝説〟の闇を照らし、〝式神〟の真を射貫き、
さらには〝鬼の起源〟までをも炙り出す。

●旧・一条戻橋（京都市上京区）

平安京造営時に堀川にかけられた。現在の橋は平成期のものだが場所は同じ。平安時代には洛中と洛外を分ける橋だった。晴明神社に以前の部材を使った橋がある。

●信太森葛葉稲荷神社（大阪府和泉市）

平安時代に晴明の父親がこの地で猟師に追われた白狐をかくまい、その化身と結ばれたことにより晴明が生まれたという伝説をもつが、その話を崇が論理的に解明する。

テーマは「有形無形《ゆうけいむけい》」

講談社ノベルス20周年記念密室本としての作品。

初回配本作品だったおかげで、袋とじの袋の色が自由に選べた。同時発売の森博嗣さんが黒だったため、ぼくは赤にした。いわゆる「赤と黒」である（？）。

このネタも、車を運転していて信号待ちのときに突如閃いた。まさに天から降ってきたわけなのだが、その場所まで今もしっかりと覚えている。

シリーズ中で最も文字数が少ないが、資料の多さでは他の「QED」作品と遜色ない。色々な意味で「QED」のターニングポイントになった作品。

ノベルスの表紙に使われている「雷《いかずち》」の能面は、福山元誠さんの作品をお借りしたもの。

目次は、カクテル名を勝手に5色で日本語訳した。

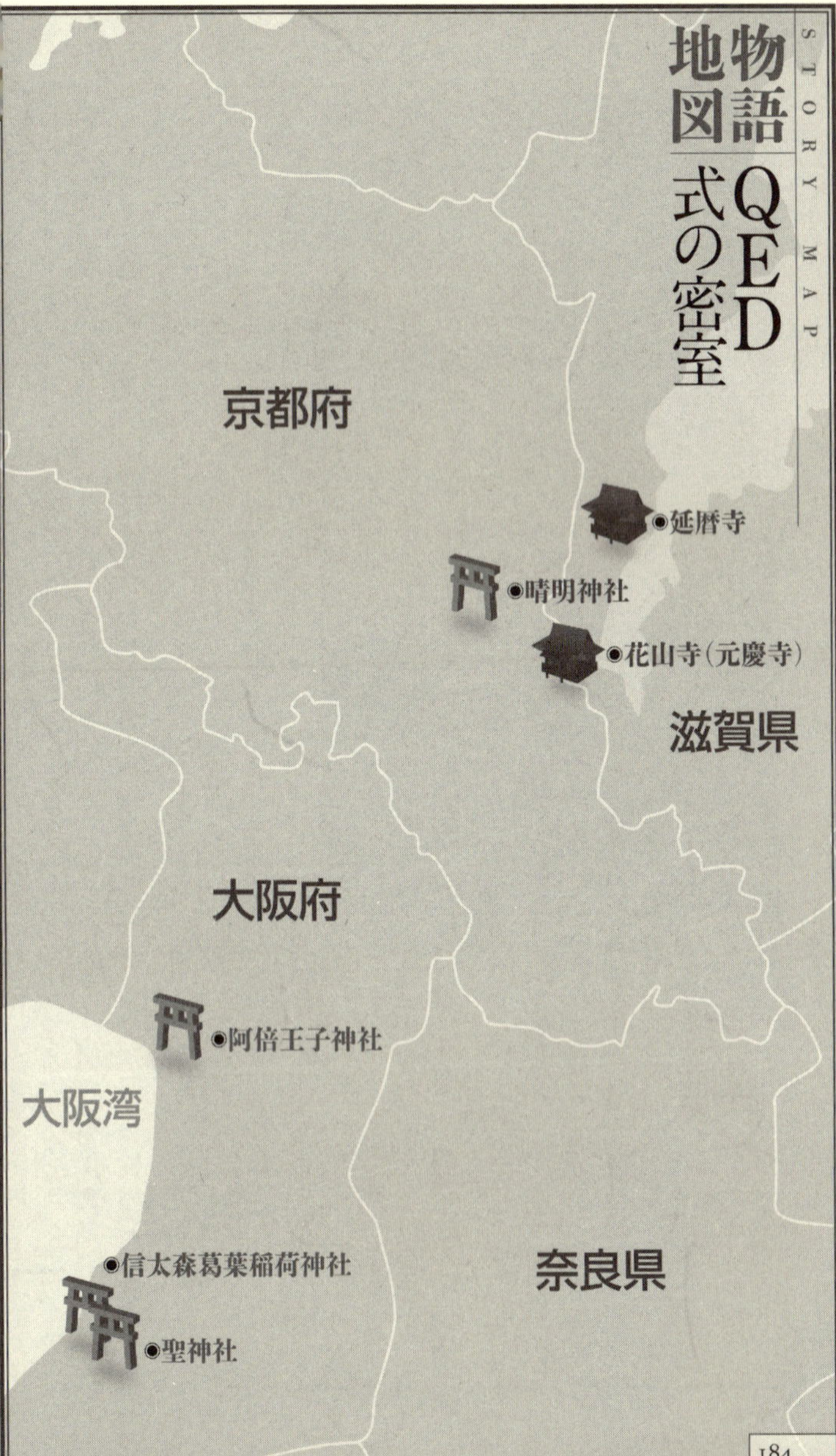
物語地図
STORY MAP
QED 式の密室
京都府
延暦寺
晴明神社
花山寺(元慶寺)
滋賀県
大阪府
阿倍王子神社
大阪湾
信太森葛葉稲荷神社
聖神社
奈良県

外嶋一郎 Ichiro Sotojima

◉S27(1952)6月6日生まれ。

壬辰。三碧木星。ふたご座。A型。

眼鏡をかけたモアイ像のような顔。

アルコールが全くダメ。分解酵素を持っていない。

酷い花粉症。

◉職業　薬剤師。

◉趣味　オペラ鑑賞。冬山散策。

◉S51、明邦大学薬学部薬剤学科卒業。定量分析化学研究室。

S60、「ホワイト薬局」勤務。

H1、同薬局店長になる。

実家は横浜。祐天寺のマンションに1人暮らし。

姉の駒子は、某病院勤務。遠い親戚に、相原美緒（祖父同士が兄弟）。

尊敬する人物は、カルロス・クライバー。

座右の銘は「遅寝、遅起き、お掃除嫌い」（おそ松くん）

御名形史紋 Shimon Minakata

◉S42(1967)5月12日生まれ。
丁未。六白金星。おうし座。AB型。
能面のような無表情の白面。肩までの黒髪。無愛想。経歴不明。
◉職業　毒草師
◉趣味　毒草いじり。
実家は和歌山県那智。母親はイギリス人。
座右の銘は「わが国特有の天然風景は、わが国の曼荼羅ならん」（南方熊楠）

神山禮子 Reiko Miwayama

◉S45(1970)9月3日生まれ。

庚戌。三碧木星。おとめ座。A型。

エキゾチックな顔立ち。背中までの黒髪。額にホクロが3つあるが、前髪で隠している。

◉職業　薬剤師。

◉趣味　なし。

◉H5、星北薬科大学薬学部卒業。

実家は和歌山県那智。

14歳の時に和歌山を出て、東京にある神山家の養女になった。

座右の銘は「流れのままに」

QED

quod erat
demonstrandum

竹取伝説

●講談社ノベルス2003・1・10刊
●講談社文庫2006・3・15刊

「最初から——最後まで？」
首を傾げる奈々に崇は、
「ああ」と頷いた。
「だから、もしも奈々くんが、
かぐや姫の話をロマンティックなものと
思っていたいんだったら、ここで止《や》めておくよ。
夢を壊すのも忍びないからね」——本文より

STORY

〝鷹群山の笹姫様は……滑って転んで裏庭の、
竹の林で右目を突いて、橋のたもとに捨てられた〟。
不吉な〝手毬唄〟が残る、奥多摩は織部村。
この村で、まるで唄をなぞったような殺人事件が発生。
崇は事件の本質を解き明かすべく、
「竹取物語」の真実から、「かぐや姫」の正体にまで迫る。

●奥多摩（東京都西多摩郡ほか）

東京都西部を中心に秩父多摩甲斐国立公園の東に位置する地域。東京都の最高峰となる雲取山から連なる山々の一つ、鷹群山のふもとが本作の事件の舞台となる。

●富士山本宮浅間大社（静岡県富士宮市、富士山頂）

竹取物語の結末では富士山が登場する。山頂には浅間大社の奥宮が鎮座し、その縁起には、竹取物語と類似する話が伝わる（写真は富士宮市の本宮）。

テーマは「草木悉皆仏性《そうもくしっかいぶっしょう》」

実はこの本には、桃太郎や出雲大社の話など「ＱＥＤ」後半で重要になるポイントを何気なく書いてしまってある。また日本の風習に関しても、たくさん書いた。つまり我々は殆どが「鬼」の子孫であるという、今となれば当たり前のお話。ぼくらは、その本質を知らないまま慣習の中で暮らしているということになる。

この作品で一番苦労したのが「目次」と「笹姫手毬唄」の創作で、これができた時、今回この物語はすべてできあがったも同然と感じた。

目次は、右上から左下に向かって斜めに一文字ずつ（1行目は1文字目、2行目は2文字目……というように）読む。もちろん時間軸に沿って並べた。実にバカである。

物語地図　STORY MAP
QED 竹取伝説

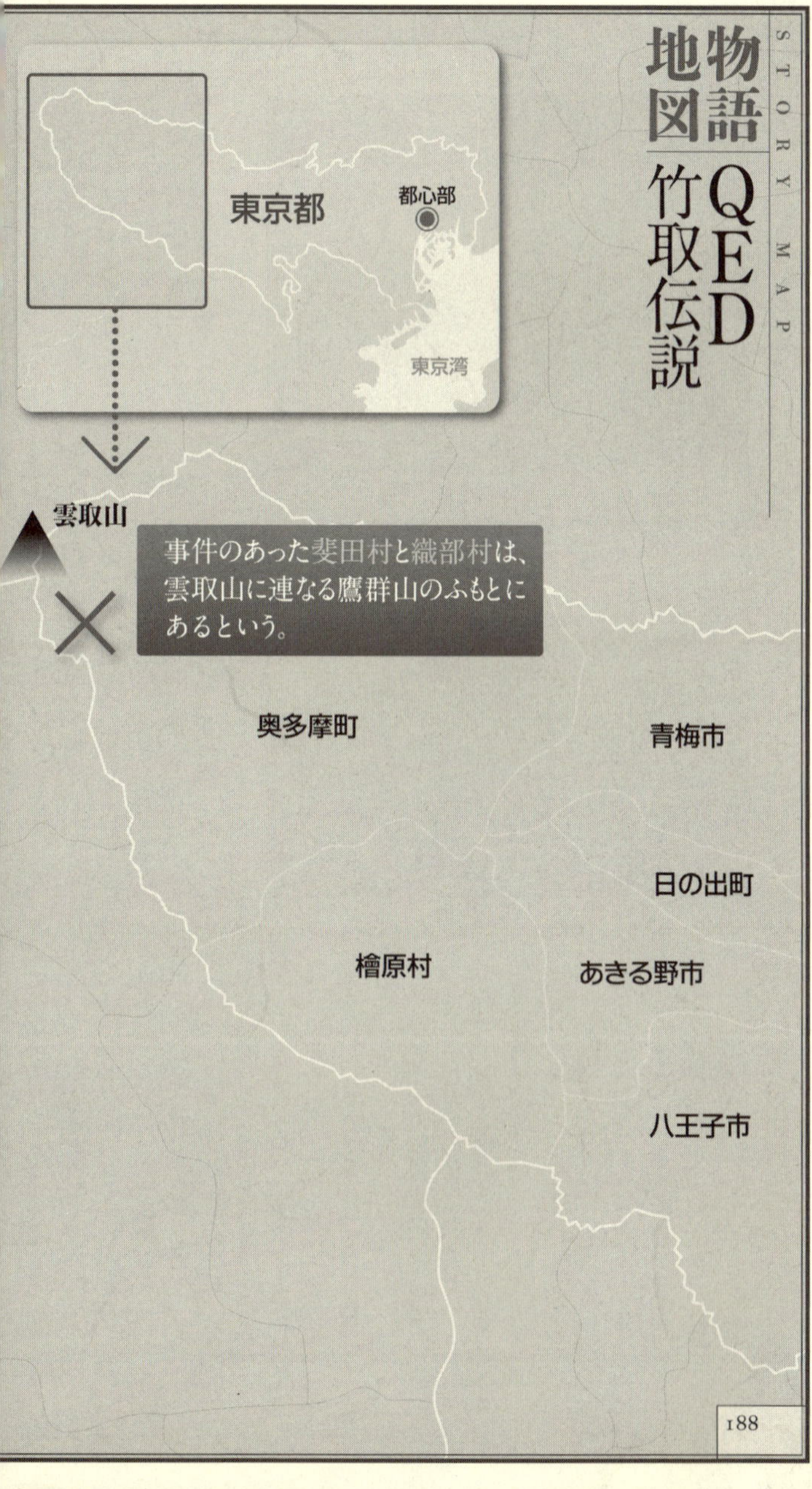

「笹姫手毬唄」

鷹群山の笹姫様は
十と三つでお嫁に行って
夜明け前から竈の支度
朱い紅差して
白い粉塗って
四日三晩で炊きあげる
一息吹くたび　お米が炊けて
炊けたお米にゃ　大判小判
ざんざざんざと湧き出した
それをトンビに盗まれて
トンビ追いかけ姫様は
滑って転んで裏庭の
竹の林で右目を突いて
橋のたもとに
捨てられた

鵲の橋の笹姫様は
十と三つでお嫁に行って
陽が沈んでも機織り仕事
青い糸巻いて
白い糸張って
四日三晩で織り上げる
織ったその布　川面で洗う
洗うそばから　大判小判
ざんぶざんぶと湧き出した
それをカラスに盗まれて
カラス追いかけ姫様は
滑って転んで捕まって
雨でもないのに簑つけられて
橋の真中に
吊された

QED
quod erat
demonstrandum
龍馬暗殺

そして百数十年前、同じような晴天の空の下を龍馬が、
そして明治維新の若者たちが駆け抜けていった。
彼らは、そういった古い因習全てを壊したかったのだ——
と奈々は思いたかった。

——本文より

●講談社ノベルス2004・1・10刊
●講談社文庫2007・3・15刊

S T O R Y

人の住んでいる家は四軒しかない、
高知の山奥にある蝶ヶ谷村。嵐による土砂崩れで、
麓への一本道が塞がれる中、
殺人と自殺の連鎖が十人の村人たちを襲う。
村を訪れていた崇、奈々たちは否応なく事件に巻き込まれるが、
その最中、龍馬暗殺の黒幕を決定づける
手紙の存在を知り……。

◉桂浜（高知県高知市）

高知県を代表する名所。竜王岬と竜頭岬に挟まれて、弓形の砂浜が延びている。坂本龍馬像が太平洋に向かって立つ。また、坂本龍馬記念館が近くにある。

◉寺田屋（京都市伏見区）

幕末の数々の動乱の舞台となった旅館（現在の建物は後の再建）。文久2年（1862）の薩摩藩粛清事件と、慶応2年（1866）の坂本龍馬襲撃事件で知られる。

テーマは「天命直受《てんめいじきじゅ》」

高知県・桂浜まで取材に行った。行ったのは良いが、西澤保彦さんと一緒に過ごしていた時間が、滞在時間の半分ほどを占めていたのではないかと思えるほど、美味しい鰹とお酒を堪能した。

その後は、京都へ取材に行った。こちらは真夏だったので、京都の恐ろしいまでの暑さを思い知ってしまった。しかし、そんな暑さの中を幕末の志士たちも実際に歩いていたのかと思うと、また違った感慨に襲われた。

文庫化にあたって解説をお願いした加来耕三さんとお会いした時「絶対に続編を書かなくてはならない」と（お酒を飲みながら）言われたので、いつか改めて何かの形で著したいと思っている。

目次は右から「子丑寅卯辰（龍）」。

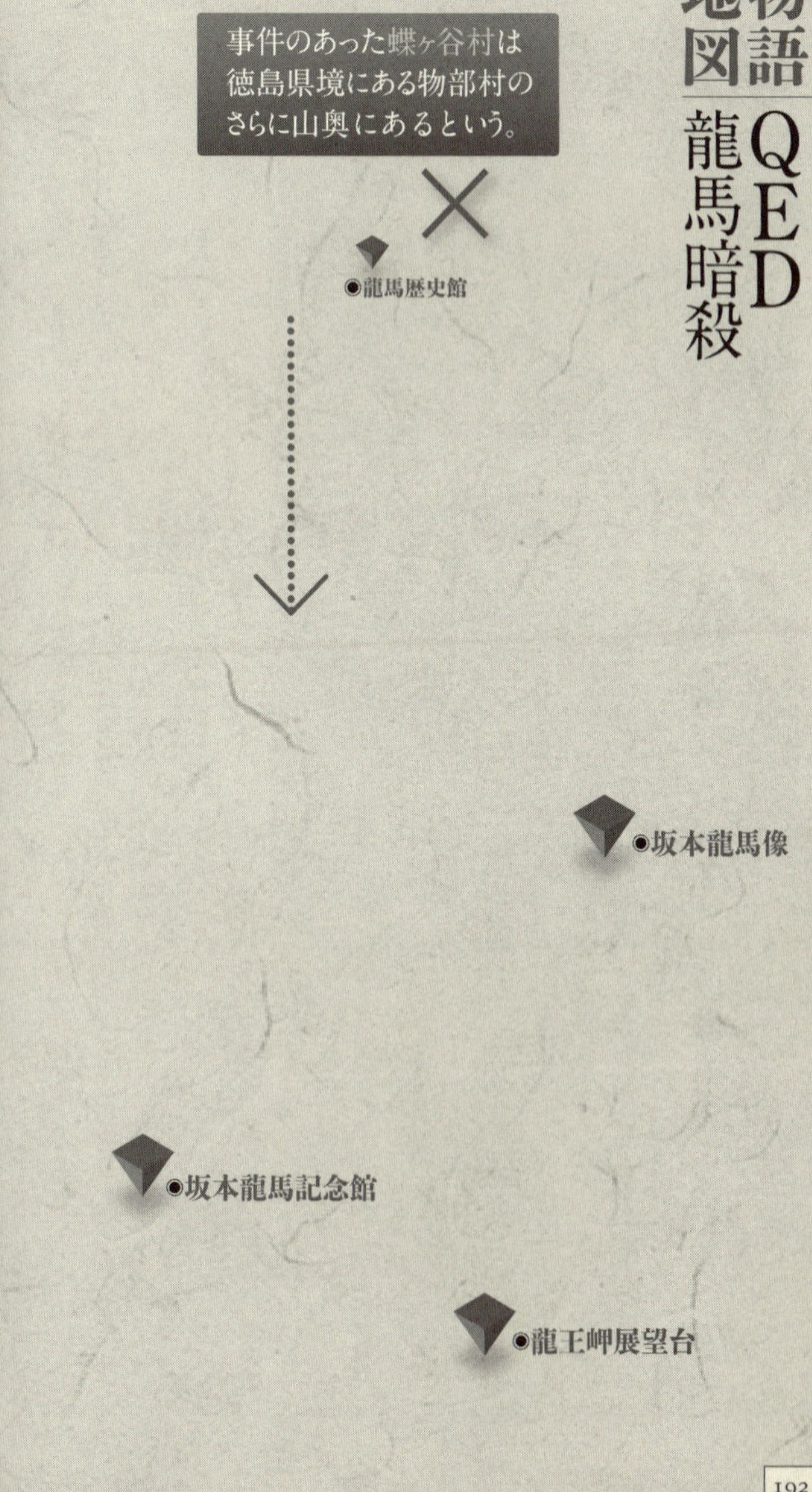
事件のあった蝶ヶ谷村は
徳島県境にある物部村の
さらに山奥にあるという。
◉龍馬歴史館
◉坂本龍馬像
◉坂本龍馬記念館
◉龍王岬展望台

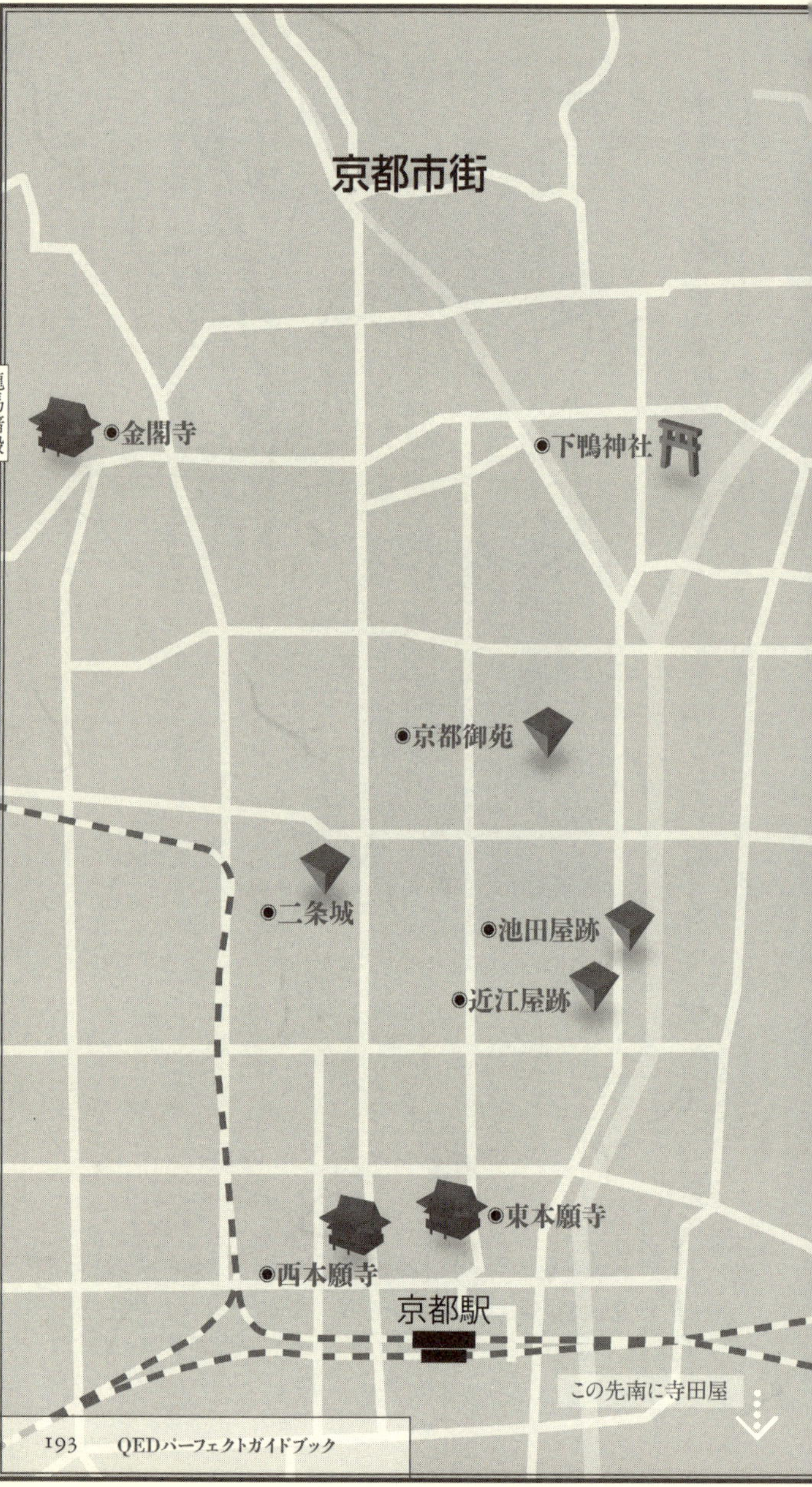
京都市街
金閣寺
下鴨神社
京都御苑
二条城
池田屋跡
近江屋跡
東本願寺
西本願寺
京都駅
この先南に寺田屋

QED ~ventus~ 鎌倉の闇《くらやみ》

quod erat demonstrandum

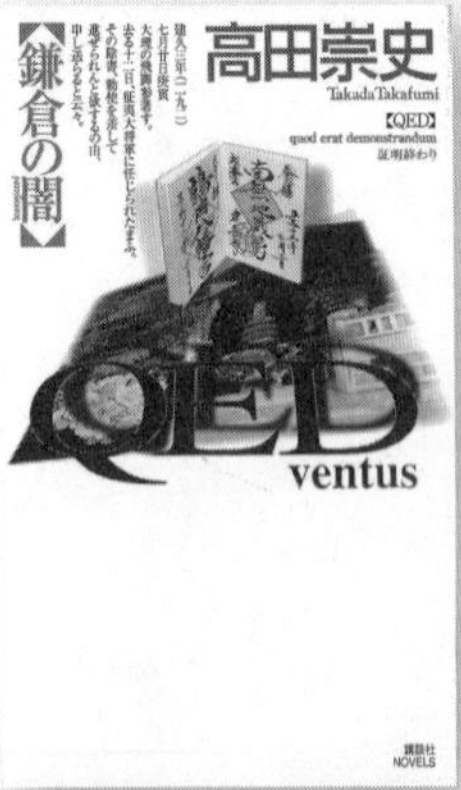

◉講談社ノベルス2004・8・5刊
◉講談社文庫2007・9・14刊

すると、その言葉に崇は立ち止まる。そしてゆっくりと二人を振り返った。

「ちょっと訊くけれど、きみたちは……本当の鎌倉を知っているのか？」

——本文より

S T O R Y

「〝神〟は三種類に分類される……まず第一が、大自然。
次は祖霊。最後は、時の朝廷に対して戦い、
恨みを呑んで亡くなっていった人々」
銭洗弁天、鶴岡八幡宮、御霊神社……鎌倉をそぞろ歩く
奈々、沙織の棚旗姉妹に、桑原崇が説く「鎌倉＝屍倉《かばねくら》」の真実が、
闇の中に白く浮かび立つ‼

◉鶴岡八幡宮（神奈川県鎌倉市）

奥州を平定した源頼義が、京都の石清水八幡宮を由比ケ浜付近に鶴岡若宮として勧請。その後源頼朝が現在の地に遷し、鎌倉幕府の中心として発展させた。

◉段《だん》葛《かずら》（神奈川県鎌倉市）

鶴岡八幡宮の参道。二の鳥居から鶴岡八幡宮までの車道より一段高い歩道をいう。崇によれば、道のぬかるみを防ぐための措置だったという。桜の名所として名高い。

テーマは「虚《きょ》々《きょ》実《じつ》々《じつ》」

少し軽めの「QED」を書いてみましょうよと言われてチャレンジしてみた。この本を片手に旅行できるガイドブックのつもりで、題名もラテン語で「ventus――風」にして、非常に実用的な地図を挟んでもらった。ところが書いてみると、なかなか普通のガイドブックとはいかず、しかも旅程も、現実にまわってみると濃密過ぎる結果となってしまった。この本の通り実際にまわられたという読者の方々には、非常に申し訳なく思っている。

刊行に合わせて、ファンクラブ主催による「『鎌倉の闇』ハイキング」が行われた。円覚寺では色々なお話を聞き、御霊神社の面掛行列も間近で見学し、終了後は皆でお酒を飲んだ。実に充実した会であった。

目次は、「地水火風空」を「夢」で挟んだ。

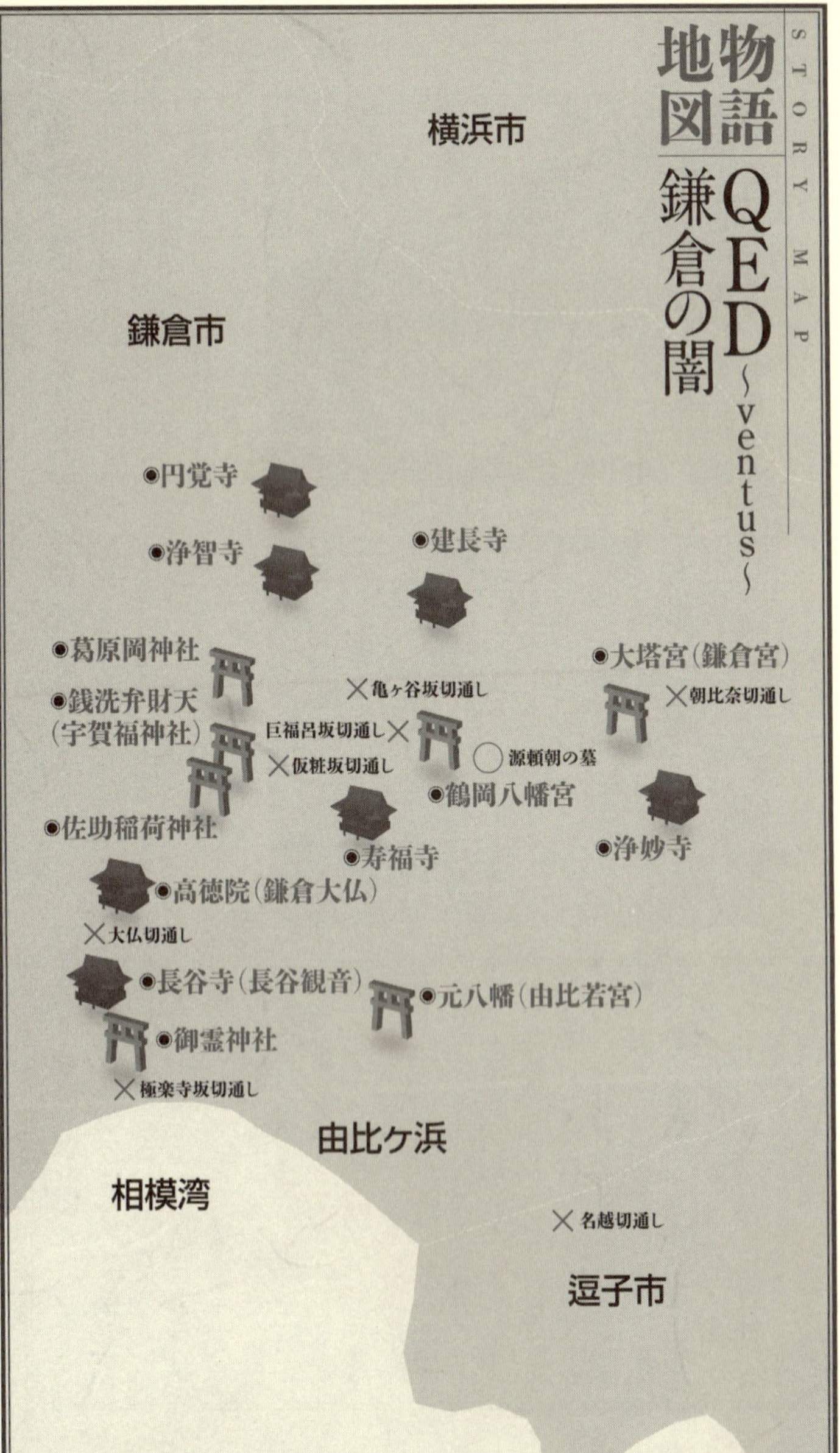
物語地図
STORY MAP
QED ～ventus～ 鎌倉の闇
横浜市
鎌倉市
円覚寺
浄智寺
建長寺
葛原岡神社
銭洗弁財天
(宇賀福神社)
大塔宮(鎌倉宮)
亀ヶ谷坂切通し
朝比奈切通し
巨福呂坂切通し
仮粧坂切通し
源頼朝の墓
鶴岡八幡宮
佐助稲荷神社
浄妙寺
寿福寺
高徳院(鎌倉大仏)
大仏切通し
長谷寺(長谷観音)
元八幡(由比若宮)
御霊神社
極楽寺坂切通し
由比ヶ浜
相模湾
名越切通し
逗子市

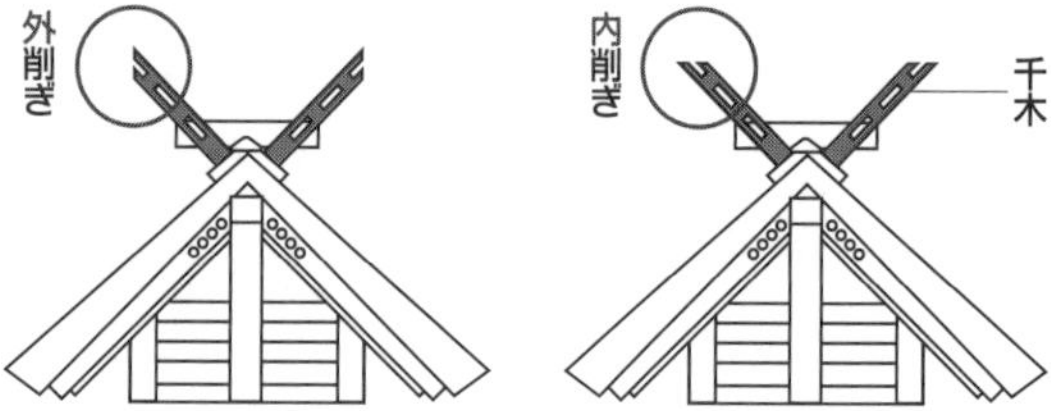

神社トリビア

①千木《ちぎ》で男神か女神か見分けられる？

千木は、神殿の屋根両端に立ち上がり、それぞれ2本の木材が交差する装飾品。俗説に、内削ぎの千木は女神、外削ぎは男神を祀る神社、といわれることがある（異なる場合もあり）。

千木とは？

神社の屋根にある、交差している2本の板木。

もともとは屋根を支えるための大切な構造材だったが、現在ではほとんどの神社の千木が一種の装飾的な意味合いの強いものになっている。

②参道の中央は歩かないようにする

鳥居をくぐり抜けると、社殿まで続く道があり、この道を「参道」という（ちなみに有名な東京の「表参道」も、明治神宮の参道）。鳥居をくぐる時には軽くお辞儀を。参道の中央は「正中」と言われ、神様の通り道とされるので、神様への礼儀として、そこをなるべく歩かないようにするのがよい、とされる。

QED
quod erat
demonstrandum

鬼の城伝説

◉講談社ノベルス2005・1・10刊
◉講談社文庫2008・3・14刊

「では、初めて桃太郎の話を聞かされた時、
なぜ桃太郎の行為に疑問を
挟まなかったんでしょうか」
「疑問も何も……そういうもんだと思った」
「でも、今のあなたならば――」崇は笑った。
「逮捕しなくてはいけないと感じるのは、
当然、桃太郎の方でしょう」

――本文より

S T O R Y

岡山、吉備津神社に伝わる、占卜「鳴釜神事」。
大和朝廷によって退治され、土中深く埋められた鬼神――
温羅《うら》の首が、釜を唸らせて人の吉凶を告げるという。
一方、これとは逆に総社市の外れ、
鬼野辺家に先祖代々伝わる大きな釜には、
鳴ると凶――主が死ぬという言い伝えがあった。
そして、不吉の釜が鳴り、土蔵に長男・健爾の生首が⁉

●吉備津神社（岡山市北区）

吉備中山の北西のふもとに鎮座する、備中国一宮および吉備総鎮守。主祭神は大吉備津彦命。境内に御釜殿をもち、奈々も受けた、吉凶占いの「鳴釜神事」が有名。

●吉備津彦神社（岡山市北区）

吉備中山の北東のふもとにある、備前国一宮。主祭神は大吉備津彦命。社伝では推古天皇の時代に創建されたと伝わる。五穀豊穣を祈願する「御田植祭」で知られる。

テーマは「鬼哭啾啾《きこくしゅうしゅう》」

取材で岡山まで行き、吉備津神社の「鳴釜神事」を体験した。地元のファンの方々に案内していただいたのだが、なかなか貴重な体験だった。

もちろん鬼ノ城も見学したが復元最中で、当時はおそらくこんな感じだったでしょう、という程度だった。しかし、総社市街が遥か眼下に見渡せて感動した。

ここで取り上げた「桃太郎」の話は、小学生相手に今もしている。ぼくの根本テーマの一つだ。そして「犬・雉・猿」は「鬼——丑寅」の反対の方角を表している、という説は正確ではないのだと確信した。昔の権威ある人の意見というものは、こうして殆ど検証されることもなく伝えられていくのだなあ、としみじみ思った。

目次は、「ATCGU」で遺伝子。

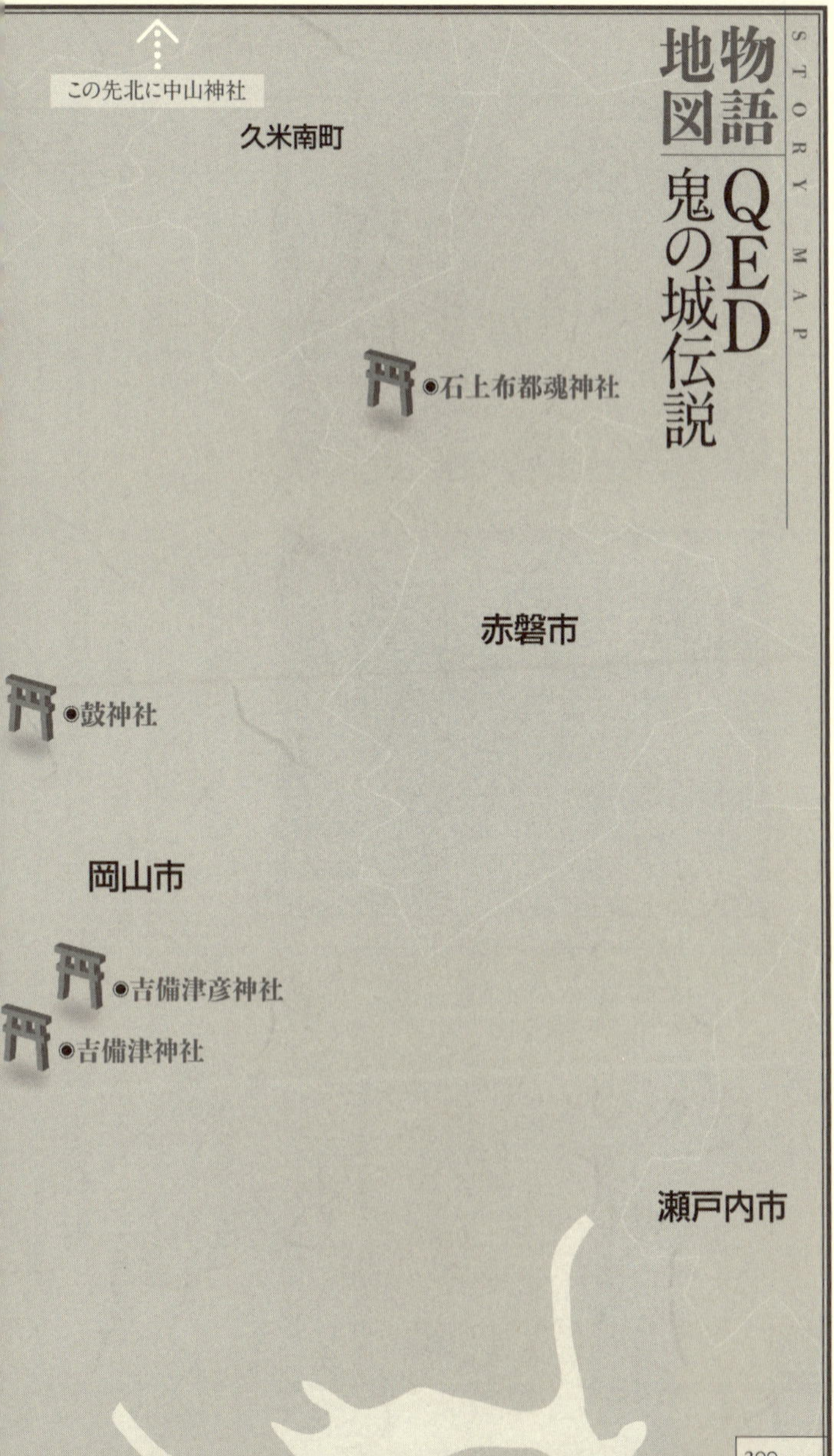
物語地図
STORY MAP
QED 鬼の城伝説
この先北に中山神社
久米南町
石上布都魂神社
赤磐市
鼓神社
岡山市
吉備津彦神社
吉備津神社
瀬戸内市

●鬼ノ城（岡山県総社市）

桃太郎伝説の基になった温羅伝説の舞台と伝わる古代山城の遺跡。昭和46年（1971）に城壁の基礎となる列石が発見された。鬼ノ城の東麓には日本最古級の製鉄遺跡がある。

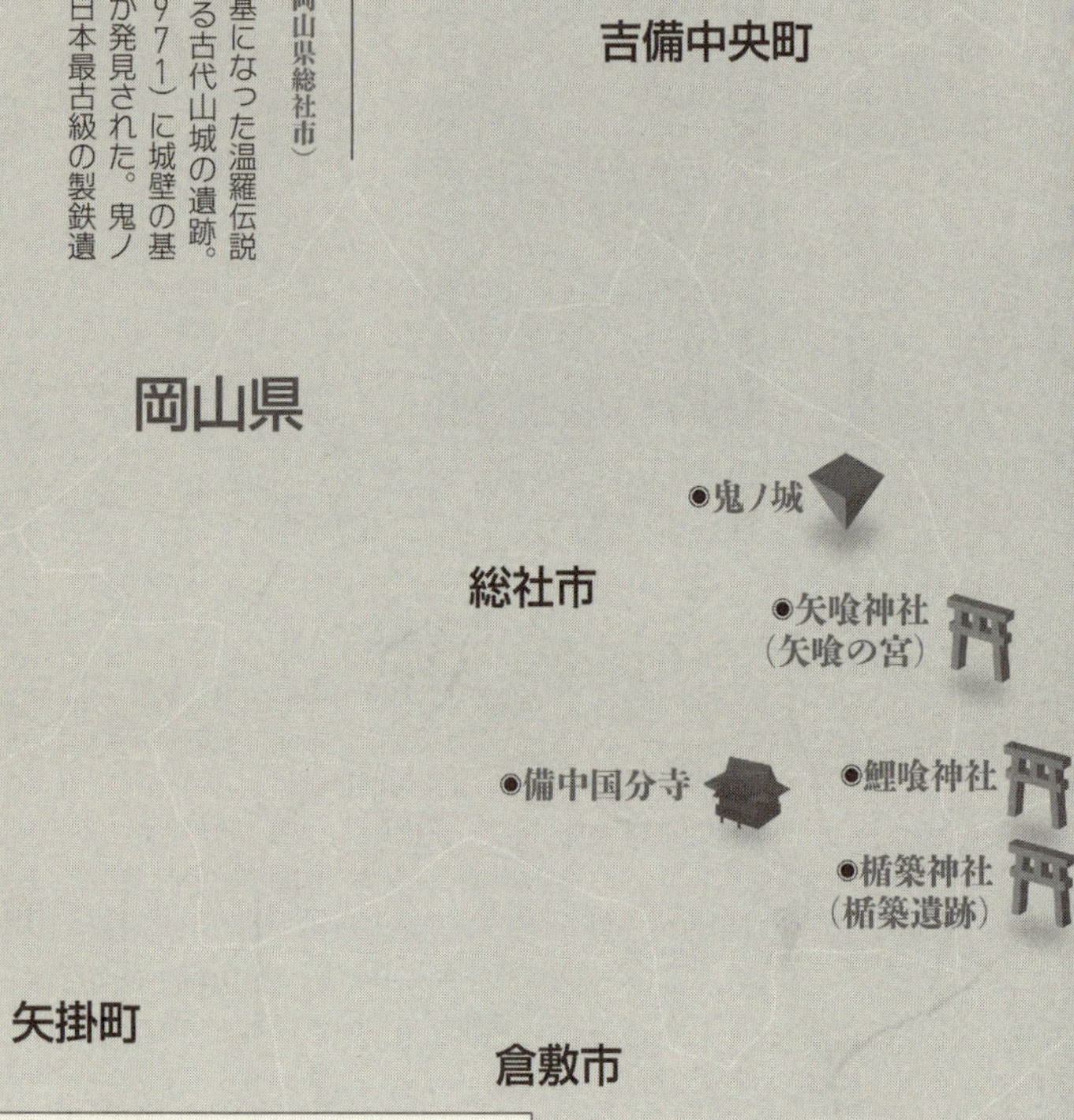

QED 〜ventus〜

quod erat
demonstrandum

熊野の残照

◉講談社ノベルス2005・8・4刊
◉講談社文庫2008・10・15刊

S T O R Y

紀伊半島・和歌山県に位置する、
古くからの信仰深い土地〝熊野〞。
浄不浄を嫌わず、黄泉の国との謂れもある熊野三山
——熊野本宮大社、熊野速玉大社、熊野那智大社——
の神々には意外な逸話が隠されていた。
伝承にまつわる一寸の「?」から歴史を辿る崇と奈々の旅路は、
故郷を捨てた運命を生きる神山禮子《みわやまれいこ》と共に、
熊野が孕む深遠な謎へと迫っていく!!

「(前略)全国の崇拝・崇敬を受けていた熊野本宮が、何故あんな場所——中州に鎮座させられなくてはならなかったんだろう。
そして、どうして長い間誰もそのことを疑問に思わなかったんだろう。どう思う?」——本文より

●那《な》智《ちの》瀧《たき》（和歌山県東牟婁郡）

『九段坂の春』の一編、「那智瀧の冬」でも登場する。御名形史紋、神山禮子の二人も行った。

●神倉神社・ゴトビキ岩（和歌山県新宮市）

熊野速玉大社の摂社。神倉山に鎮座し、山上へは急勾配の538段の石段を登ることになる。山上には拝殿とともにゴトビキ岩という巨岩がご神体として祀られている。

テーマは「大《だい》悲《ひ》擁《おう》護《ご》」

取材で熊野に二度行った。

本宮大社のあったという大斎原の三角州に驚き、神倉神社の石段に唖然とし、那《な》智《ちの》瀧《たき》に感動し、補陀洛山寺で見た補陀落渡海舟の頼りなさに息を呑んだ。その後、小栗判官の「つぼ湯」にも行き熊野の歴史を堪能した。

そして、ちょうどその頃から伊勢についても書かなくてはと考え始めた。何となく、日本の形が分かってきたような気がしたからだ。今まで目や耳にしてきた所とは違う場所に「日本国」の本質があるように思えた。きっとそれも、熊野の神様がこっそりと囁いてくれたのだと思う。

目次は、三つの大社を順番に飾った。

QED quod erat demonstrandum 神器封殺

◉講談社ノベルス2006・1・11刊
◉講談社文庫2009・5・15刊

「思った通り、賢明な男だ」

御名形は微かに、しかし今日初めて微笑んだ。

「最近は、理解もできないくせにやたらと関わり合おうとしてくる輩が多い。

そしてよく喋る。彼らは沈黙という美徳を全く知らない」——本文より

STORY

和歌山での滞在を延ばした崇たち一行。
そこで待ち受けていたのは、奇妙な殺人事件と、
自らを「毒草師」と称す男・御《み》名《な》形《かた》史《し》紋《もん》だった。
和歌山を舞台に起きる数々の奇妙な事件の謎、
崇と史紋が突き当たった重大な歴史の謎。
古の神々と三種の神器に隠された真実とは⁉

●伊《い》太《た》祁《き》曾《そ》神社（和歌山県和歌山市）

崇と奈々が巡る紀伊国一宮の神社。日本で最古とされる神社の一つである。

●伊《い》弉《ざ》諾《なぎ》神宮（兵庫県淡路市）

淡路国一宮。国産み・神産みを終えた伊弉諾尊が、最初に生んだ淡路島多賀の地に幽宮を構えそこに鎮まったと古事記・日本書紀にあり、その幽宮が起源とされる。

テーマは「百花《ひゃっか》繚乱《りょうらん》」

三種の神器に関して調べつつ、それに伴って日本地図を眺めていたら、とんでもない（と思われる）事実に気がついたので、そんなことを書いてみた。果たしてこれが真実なのか、それとも単なる偶然なのか、文字通り神のみぞ知るところだ。

密室本を除いて、唯一袋とじになっている。これは袋の部分にも書いたが、パラパラとめくっている時に、最終結論が目に入ってしまわないようにするためだけで、それほど深い意味はない。しかし結論に到達するであろう手がかりは、その時点までで全て提出されているので「読者への挑戦状」と受け取っていただいても差し支えない。楽しんでいただければ、どちらでも構わないというシステムになっている。

目次は、山伏たちの呪文。

物語地図 STORY MAP

QED ~ventus~ 熊野の残照＋神器封殺

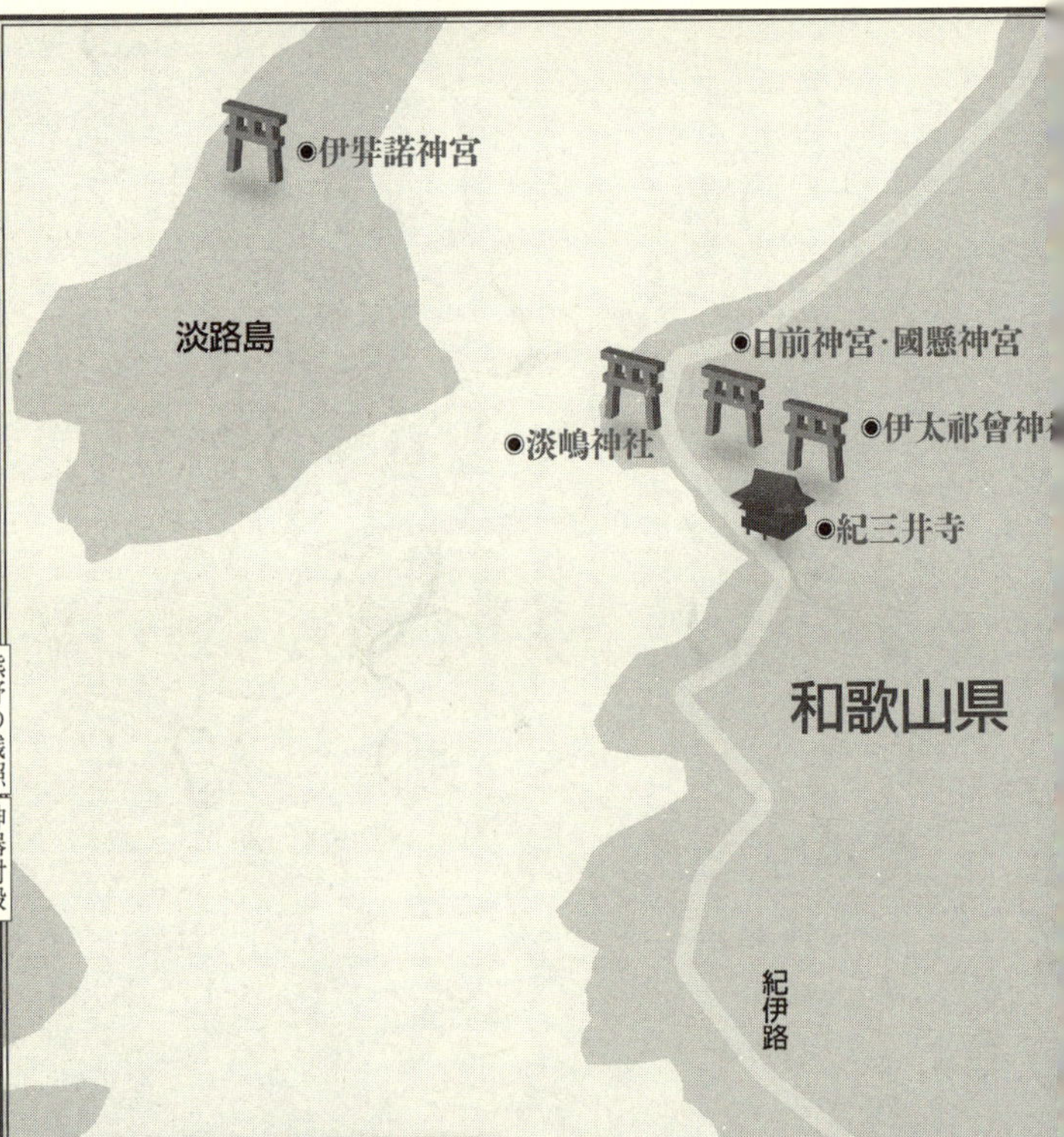

お酒一口メモ

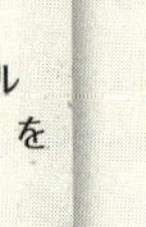

ここで崇たちが愛飲したのは、
奈良県・吉野、北岡本店の
「八咫烏」純米酒。
名前からして意味深だ。
とてもこくがあるが、
料理の妨げにはならないという
旨いお酒である。
『神器封殺』で崇は、
珍しくウオッカとコーヒーリキュール
のカクテル「ブラック・ルシアン」を
飲んでいる。何か思うところが
あったのだろうか。

QEDの真実

歴代担当者座談会

〈覆面出席者〉

D♂。デビュー前の高田さんの応募作『六歌仙の暗号』、『百人一首の呪』を読む。

F初代担当。♂。担当作品は『百人一首の呪』から『東照宮の怨』までの4作。

K2代目担当。♂。担当作品は『東照宮の怨』から『〜ventus〜熊野の残照』までの7作。

T3代目担当。♀。担当作品は『神器封殺』から『〜flumen〜九段坂の春』までの4作。

W4代目担当。♀。担当作品は『〜flumen〜九段坂の春』から『伊勢の曙光』までの4作。

卯5代目担当。♂。担当作品は『伊勢の曙光』。

ζ《ゼータ》　本日は高田崇史さんの歴代担当の皆さんと、高田さんのデビュー前に応募原稿を読んだというDさんに集まっていただきました。13年間にわたったシリーズの完結を記念して……。

K　13年ですか。ひゅーっ！

一同　お疲れ様でした。

高田　ありがとうございました。

ζ　……高田さんと皆で『QED』の思い出を存分に語っていこうと思います。さらに！　高田さんからは来年や今後に向けての構想など、力強い宣言も是非いただきたいですね。

W　なるほど。それが座談会の真の目的なんですね。

高田　なんか恐ろしいなー、この会は……。

「高田さん、文章の最低限のルールは守りましょう」と。

高田　今日はこんなものを持ってきたんですよ。

K　なんですか、これ？　手紙ですか？

D　Kさん、そんなの読まなくていいよ。恥ずかしい！

ζ　これは、初めての応募作だった『六歌《ろっか》仙《せん》の暗《あん》号《ごう》』をDさんが読んだときに送った手紙ですね？

F　高田さんの応募って、早かったんですよね。

W　『六歌仙の暗号』の枚数が多すぎて、小説現代推理新人賞に受け付けてもらえなかったんでしたっけ？

高田　規定の枚数より多くなったから、小説現代編集部に電話をしたんですよ。そうしたら「それでは受け付けられません」と。「でも、メフィストという雑誌がありますので、そちらに応募してはいかがですか？」と言われたんです。

K　高田さん、メフィスト読んでいたんですか？

高田　いや。それから読んだというか、読まされたというか。応募したときにはまだメフィスト賞は無くて、「いつでも募集していますよ」ということでした。

D　メフィスト賞ができる前に原稿を送ってくれた方は、ほんとうに少しだけでしたねー。

高田　とりあえず送ってみたら、このようにDさんから丁寧な手紙をいただきまして。

F　これは1995年のはずです。なぜかというと、この年に僕が文三（註　講談社文芸図書第三出版部）に異動してきたから。95年の8月ぐらいですよ。

高田　えっ？　そこからデビューまで3年も経っていたんだ。そんな記憶は全然なかったなー。

D　僕が『六歌仙の暗号』を最初に読んだとき、梅《うめ》原猛《はらたけし》さんの『隠《かく》された十字《じゅうじ》架《か》』以来の衝撃を受けたんです。日本の歴史ミステリーの最高峰は、僕はあの作品だと思っていたんですよ。ところが『六歌仙の暗号』は、『隠された十字架』に匹敵するレベルの謎と、謎解きだった。

高田　でも、最初は文章がメチャクチャでした（笑）。

K　生まれて初めて小説を書いたので。

それまでは全然書いていなかったんですか？

高田　全く。Dさんからの手紙には「高田さん、文章の最低限のルールだけは守ってください」って（笑）。改行とか、てにをはとかも。そして書き直しました。

F　僕は、文三に来たばっかりで、それまでミステリーを読んだことがなかったんです。でも、これは「〝大雑把《おおざっぱ》〟に（言って）おもしろい！」と思いましたね。

一同　（爆笑）

F　僕にはわからない小説も多かったんですよ。だから、当時の文三部長のAさんやDさんが「すごい」って言っている作品であっても、僕はけっこう批判もしていたから。ところが、高田さんの小説は〝大雑把〟に（言って）おもしろくてね。おもしろいってことは商品性もあるわけでしょう。

D　『六歌仙の暗号』を書こうと思ったのはなぜですか？

高田　夢の中でアイディアを思いついたんです。それを朝まで覚えていたので、書き始めてみました。

W　それまでにも神社巡りなどされてたんですか？

高田　神社に行っても、そこで何かを調べるというわけでもなかったし。

D　『QED』というシリーズタイトルは、Aさんが付けたんですよね。

F　『百人一首《ひゃくにんいっしゅ》の呪《しゅ》』を刊行するときに高田さんと悩んでいたら、Aさんが『QED』でいこうよって。

高田　みんなで「え——!?」って言ったんですよ（笑）。

D　和風テイストのこの作品の、シリーズタイトルを『QED』にするという発想が、全く無かったんですね。だから驚いた。当時Aさんは「コレはまさしくQEDって感じなんですよ」って言っていました。

W　決めゼリフの「証明終わり《Q.E.D.》」も、このときに生まれたんですか？

高田　本文に使ってはいたんですけど、シリーズタイトルが決定してから、決めゼリフにしました。

『式の密室』が『QED』のターニングポイントでした。

ζ　このあたりから、1作ずつ振り返ってみましょうか。

D　第1作の『百人一首の呪』はですね。正直「コレ（註　作品の謎を明かす大判のとじ込み図版）は作れないよなー」と焦《あせ》っていたことが、思い出されます。

高田　そこにFさんが登場するんですよね。

F　僕は雑誌やマンガを経験していたから、「こう作れば付けられる」って方法論を知っていたんですね。

T　応募原稿が第2作になる『六歌仙の暗号』だったのに、受賞作が『百人一首の呪』なのは？

高田　『六歌仙の暗号』を送った後にDさんから「もう一つ、何かありませんか？」って言われて。ちょうどその頃に百人一首の札を並べて遊んでいたので、だったらこれを本にしてみようか、と考えました。

F　こっちを先に出そうとした理由は忘れたけど、僕も百人一首をほぼ暗記できていたし……。

K　えーっ!?　それはすごい！

T　フフ。私も百首覚えていますよ。だから『百人一首の呪』にはグッときて。ワクワクしつつ読みました。

高田　Kさんは百首覚えてないんだ。

W　あの……私もです。すみません。

ζ　僕もすみません。

D　僕も百人一首は十首も覚えていない……。

高田　これを書いたときには、文系の人って誰もが百人一首を覚えているものだと信じていたんですよ。理系の人は周期律表を覚えるでしょ？　文系の人にとっては百人一首がそれと同じじゃないかって。

D　いやいやいやいや……。

高田　だから、意外と知らない人が多くてビックリして。

F　たしかに、文学部の人なら覚えていてもいいのかもしれませんよね。

D　ちなみに僕は文学部卒なんですけどね。

K・ζ　僕も……。

ζ　第3作の『ベイカー街《がい》の問題《もんだい》』はタイトルからも特殊な印象を抱くのですが、誕生のきっかけなどは？

高田　きっかけは単純です（笑）。『百人一首の呪』と『六歌仙の暗号』のあとに、自分の趣味的な部分を書いてみようかな、と思ったんですよ。じつは、もともとのネタは中学生のときに思いついたものなんです。

ζ　第4作は『東照宮《とうしょうぐう》の怨《えん》』です。僕はすごくおもしろく読ませていただいたんですけど……。

K　高田さんの小説って、入稿するのが大変なんですよねー。ルビをふる量がとてつもなく多いから。

高田　それが感想なの？（笑）『東照宮の怨』は、幼かった姪《めい》っ子の発した「日光結構！」という一言から生まれた1冊です。東照宮には、何度も取材に行きました。そして取材旅行といえばKさんです。

D　みんなの担当期間を見ると、Kさんが圧倒的に長いね。で、取材に遅刻したのはいつのときだっけ？

高田　全てですよ、す・べ・て。

K　それは濡れ衣ですよ、ぬ・れ・ぎ・ぬ！

W　あら？　ここからは暴露大会ですか（笑）。

ζ　えー……。第5作は『式《しき》の密室《みっしつ》』です。

高田　講談社ノベルス20周年記念の密室本として書いた作品です。全てのページが袋とじになっているという型破りな企画でした。

D　Kさんは『式の密室』には興奮していました！

K　って、なぜ僕がKさんの内面を語っているんだ？『QED』は、現実の謎と歴史上の謎が並行して進むじゃない。『式の密室』は両方が同時に解き明かされる場面が、とりわけ美しかったんですよ。

F　僕も『式の密室』はすごくよかった。

K　小説を読まないFさんが感心したのも、素晴らしい！

高田　Kさんって、一言多いよね（笑）。それはさておき、『式の密室』は『QED』のターニングポイントになったような気がしています。

T　それはなぜですか？

高田　『式の密室』を書いて『QED』はこの路線で行こう」と方向性が定まったんですよ。普通に言われている歴史の謎だけではなく、日本の昔からの風習にも謎が多い、ということに気がつきました。

D　だから、ここからの『QED』はジャンルとしても完全な高田オリジナルになっていくんですよね。

高田　第6作の『竹取伝説《たけとりでんせつ》』には、『QED』の後期に重要になってくる桃太郎や出雲大社の話などを何気なく書いています。それはつまり、僕たちの祖先は誰かっていうことについてのお話です。

K　でも、第7作『龍《りょう》馬《ま》暗殺《あんさつ》』になると、テーマの選び方というか時代が大きく変わりましたよね？

高田　これはですね……個人的に描きたいテーマだったんです。

ζ　龍馬がお好きだったんですか？

高田　というか、顔が似ていると言われたので。

T・W　え？

高田　だから龍馬の写真に僕が……。

K　え？　え？　誰に？　どこで？

高田　昔から色々なところで言われてたのっ！

K　わははは（笑）。でも、実在する歴史的な図版資料を使って綺麗に謎を証明していて、このお話もほんとうに凄かったですよ。

誰の取材なのか、わかりませんでしたよ（笑）。

高田　第8作は軽いお話にしようと『～ventus～鎌倉《かまくら》の闇《くらやみ》』を書きました。ventusとは、ラテン語で風のことです。だけど本の厚みは薄くなったものの、お話は軽くならなかったなあ……。

K　高田さん流のトラベル・ミステリーになるといいな、という思いもあって、地図も付けたんですよね。

高田　第9作『鬼《おに》の城伝説《しろでんせつ》』の頃からは、取材の思い出が多くなりますね。このお話では岡山県に取材に行きました。

K　一見地味な場所にもよく行きましたよね。でも、どこも絶対に見ておくべきところだから。

高田　ローカル電車に1時間くらい乗って。さらに駅からタクシーで1時間くらい走ってもらった場所にある神社とかに行ったね。一期一会だと思いましたよ。

T　第10作の『～ventus～熊野《くまの》の残照《ざんしょう》』の取材は伝説ですよね！　私も知っていますもん。

高田　Kさんが1日に2本しかない飛行機に羽田で乗り遅れたんです（笑）。

W　取材が終わった夕食時から合流したと聞きました。

K　古びたいい宿で、お湯も素晴らしかったですね。

とろけるような。秘湯という言葉は熊野のためにある。
一同　（爆笑）
K　でも、2日目はちゃんと取材しましたよー。
高田　僕は、初日に取材したところを翌日にもう1回付き合わされて……。
K　ね？　2回行って、より理解が深まったでしょ。
高田　誰の取材なのかよくわかりませんでしたよ（笑）。
D　すごいなー。この本末転倒ぶり。
高田　でも、取材地はほんとうに素晴らしいところで。那智の滝や神倉神社だけでなく、熊野の歴史を堪能することができました。
ζ　ここで担当がTさんに替わるんですね。
T　第11作の『神器《じんぎ》封殺《ふうさつ》』ですね。この本にも袋とじがありました。でも、ページ運びも袋とじの部分に合わせなくちゃいけなかったので、高田さんにもずいぶん協力していただいて……。

D　「何ページ分削ってください」とかですね？
高田　ひどいことを言われましたよ……（笑）。
D　これぱっかりは、どうにもならないんですよー。
ζ　第12作は『～ｖｅｎｔｕｓ～御霊《ごりょう》将門《まさかど》』です。大怨霊である平将門《たいらのまさかど》を取り上げるのは覚悟が必要だったのでは？　と思ったのですが、いかがでしたか？
T　高田さんが執筆中、ことあるごとにお参りに行っていましたよね？
高田　平将門が実際にはどんな人物かを書いてみたかったんですよ。ここに書いたことは正しいと思っています。読者の方々とのバスツアーもできたし、楽しかった。そして、この流れから第13作『河童《かっぱ》伝説《でんせつ》』が生まれました。理解されにくいんだけど、『御霊将門』と『河童伝説』は同じ流れの話なんですよ。
T　遠野とかにも行きましたよね。河童を探しに。私は、高田さんとは東北地方を多く取材しました。『QED』の取材では、高田さんの担当じゃなければ一生行かないだろうってところによく行ったなー。

W　おもしろくて貴重な体験をさせていただきました。

高田　相馬《そうま》野《の》馬追《うまおい》祭《まつり》にも行きました。東北は今とても大変だけど、何とか復興してほしいと願っています。

ζ　第14作は異色作と言ってもいいでしょう。『～ｆｌｕｍｅｎ～九《く》段坂《だんざか》の春《はる》』です。

T　これは、高田さんが「恋物語も書きたい」とおっしゃって……。ほのかな初恋の物語です。

高田　ちょっと気分を変えたかった、というのはありましたね。将門関連が二つ続いたし。

W　桑原崇《タタル》の人間らしさが、ようやく見えてきましたよね。過去も明かされましたし。

高田　ここで、それぞれのキャラクターを描いてみたくなった、という部分もありました。

T　ふだんは書かれないところを、と進めていって、途中でWさんに担当をバトンタッチしたんです。

「わかりません」という答えは非常に「あり」なんです。

ζ　うって変わって第15作『諏訪《すわ》の神霊《しんれい》』と第16作『出雲《いずも》神伝説《しんでんせつ》』は、どちらも「話がデッカイなー」と思いました。担当されたWさんはいかがでした？

W　『諏訪の神霊』は、残虐ともいえる神事が多くて、校閲担当に「諏訪の人に怒られるかもしれませんよ」と言われたのが、何より思い出深くて……。

D　怒られるようなことではないですよ。神事ですから。

高田　でもね。僕はDさんに『諏訪の神霊』を書きたいと相談して、「どうでしょうか」って聞いたんですよ。そしたら「いいんじゃないですか？

高田さんが諏訪に入れなくなるだけです」って言われました。

W　『出雲神伝説』は、出雲のお話なのに奈良から始まるという、『QED』ならではの構成です。なんといっても元出雲の話というのが……。かなり濃い、日本史の闇のようなものがいっぱいあって。

高田　書いちゃっていいの？　と思ったりしましたね。

W　現在でも形を変えて伝えられていますからね。取材では伝承のリアルさに圧倒されました！

高田　伝えられていることは正しいんだよね。勉強になりました。取材の行程も凄まじかった。1泊2日で40社くらい回ったんですよ、寺社を。しかも、普通は入れない×××とかも……。地元の方に「平気ですよ」とか案内されて。

D　それは足を踏み入れると呪われる、といった場所なんですか？

W　塚を覆い隠すように藪が繁っていて。「どんな虐《いじ》めですか？」という雰囲気でした。

ζ　×××って、入ってはいけないところなんですよね？

高田　出てはいけないところなんです。でも、入っちゃいけないとは書いてないので。

K　ほんとうなの、それ？

ζ　そして『出雲神伝説』には短編が一作、収録されています。

W　第17作にあたる『～flumen～出雲《いずも》大遷《だいせん》宮《ぐう》』です。じつは、短編にまとめてしまったのがもったいないくらい『QED』的な要素が濃い作品なんですよ。メフィストのために書いていただいた作品でしたが、出雲の大遷宮を取材して八雲《やくも》の図を見たからこそ、大国主命《おおくにぬしのみこと》と八雲の図の関係がきれいに解き明かされたんです。

高田　僕はそのときに、出雲大社の神職の方に「これこれこういう理由じゃないんですか？」と訊《たず》ねたんです。そうしたら「よくわかりません」と。でも「わからない」と答えてくれることは、こちら的には、非常に「あり」なんですよ。「じゃあ、僕が考えましょう」となれますから。さあ。いよいよ最後だ。『伊勢《いせ》の曙光《あけぼの》』はキミでしょう?

ζ　ええ。でも、はじめはWさんが担当されていました。

W　取材にも行きましたからね。真珠島も満喫したし(笑)。その時も、伊勢のおかげ横丁にある資料館がすごくおもしろくて。

ζ　完結作『伊勢の曙光』は、今読まれている方や、これから読もうという方も多いでしょうから……。それにしても、壮大だなー。18作ですもんね。

高田　僕はFさんに「1作書ければ7作書けます」って呪をかけられたんです。

K　1作で7作？　そのココロは？

F　一般論であったでしょ？　7作までは誰でも書けるっていうのが。

D　そんな一般論、誰からも聞いたことないですよ！

高田　僕は10作くらいをめどに、と何となく思っていましたね、ほんとうに。

D　これだけ高いレベルで歴史の謎を解いていったら10作以上は無理じゃないかと、僕も思っていました。

K　歴史上の謎を見つけてくるだけでも……ね。

高田　そういう意味でも、やっぱり『式の密室』がポイントだったのかもしれませんね。

ζ　『伊勢の曙光』には、18作の全貌がわかる『QEDパーフェクトガイドブック』のプレゼント企画もありますから、是非お早めにお求めください。

W　それでは、いよいよ高田さんの決意表明ですね！

高田　何の？

W　「何の？」じゃないですって（笑）。

F　「○○○は△△だ」っていう話を前にしてくれたじゃないですか？

高田　それはね……言ってもいいのかなー。

D　いや。さすがにここでネタを話すわけには……。

W　じゃあ、来年は5冊書きますとか！

高田　来年は、ちょっとお休みしよ……。

D　いやいや。休まないほうがいいですよ、高田さん！

F　僕もそう思いますよ。走ってくださいって。

高田　え――っ!?

T　みんなそう思っていますから！

高田　ひどいなー。

K　倒れるまで走ってください。

高田　そうですか……。

ζ　ということで、来年も全力で走っていただけそうな高田さんでした。

高田　……じゃあ話の続きは2次会でね。

ζ　2次会じゃありません！　今までは飲み会じゃなくて座談会だったんですから!!

高田　あれ？　飲み会じゃなかったの？

T・W　もうっ……でも、なにはともあれ……。

一同　13年間ほんとうにお疲れ様でした！

QED ～ventus～ 御霊将門

quod erat demonstrandum

●講談社ノベルス2006・10・5刊
●講談社文庫2009・11・13刊

「（前略）それでも、結果的に成田山は、将門を裏切ったということは間違いないんですね」

いいや、と崇は首を横に振った。

「俺は、むしろ逆じゃないかと思ってる」

——本文より

S T O R Y

暖かい春の日差しのなか出掛けた崇と
奈々、沙織の棚旗姉妹のお花見は、いつしか日本三大怨霊として
畏怖され続ける平将門の名所行脚へと一転。
「神田明神」「将門首塚」からはじまり、
茨城県そして成田山までを巡りながら、
崇によって少しずつ解き明かされていく歴史の謎。
「繋馬」の家紋が示唆する驚愕の真実とは⁉

◉神田明神（東京都千代田区）

社伝では創建は天平2年（730）。その後、10世紀に乱を起こして敗死した平将門が14世紀初頭に相殿神となった。現在は三之宮に平将門命として祀られる。

◉國王神社（茨城県坂東市）

平将門ゆかりの神社。将門が死亡したと き出家していた三女が、将門の三十三回忌にあたる年にこの地付近で霊木を得て、将門の像を刻んで祀ったのが始まりと伝わる。

テーマは「寛《かん》仁《じん》大《たい》度《ど》」

「平将門が怨霊でなければ、一体誰が怨霊なのか」といわれるほどの大怨霊・将門は、実際にどんな人物だったのかを書こうと思った。そして調べていくうちに、将門には怨霊となる要素が、全くと言って良いほど見当たらないことに気づいた。では、なぜ彼が大怨霊といわれるようになってしまったのか。そこには、ある意図的な政治力が働いているように思えた。そこで改めて、将門を本来の将門としてお祀りできたらと思って書いた。

刊行時には「御霊将門ツアー」が都内で開催された。とても素敵なパンフレットまで作っていただき、ファンの方々と一緒に楽しい一日を過ごすことができた。

目次は、1文字目が左から「神田明神」。6文字目が同じく「御霊将門」。

地図物語 STORY MAP QED 御霊将門 〜ventus〜

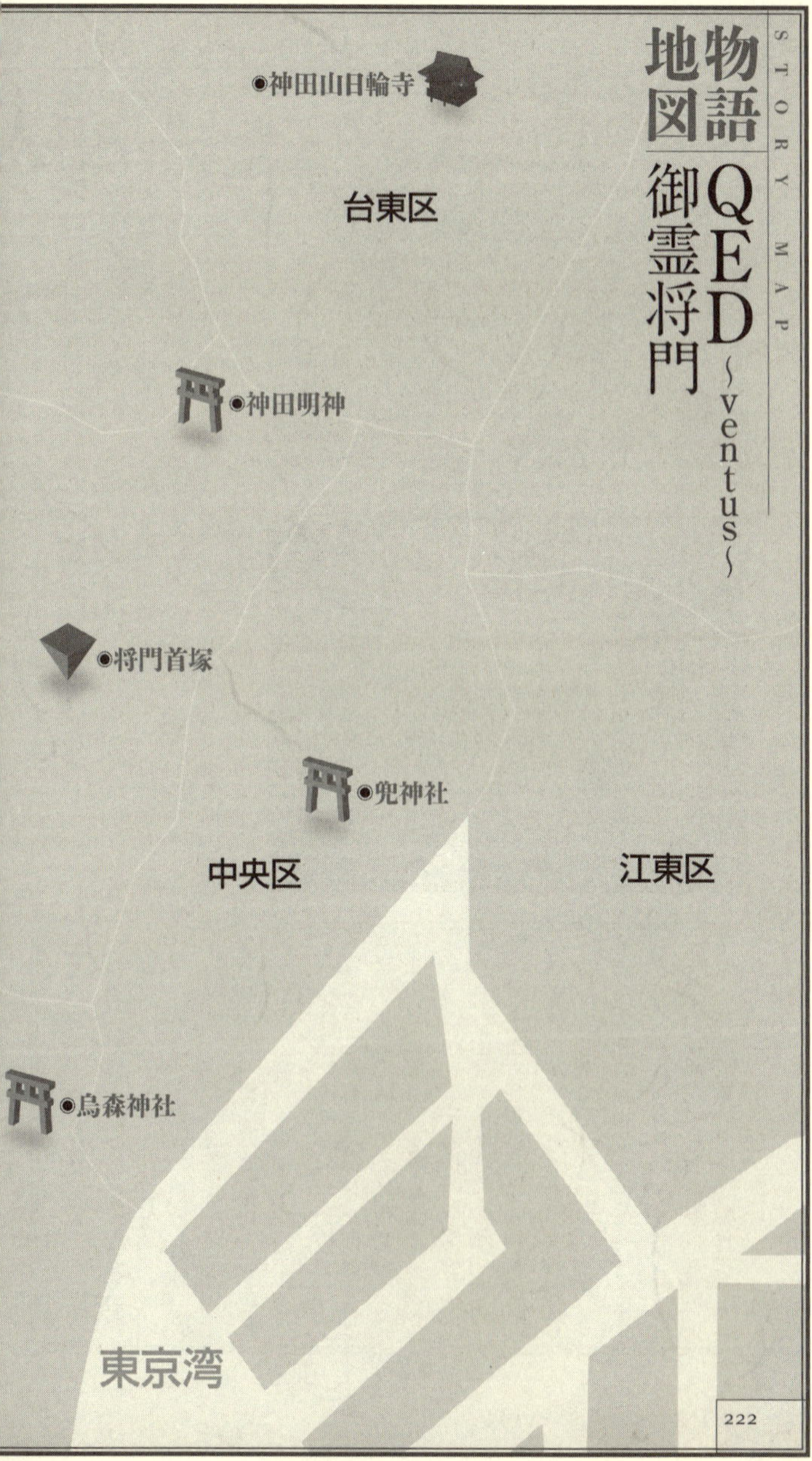

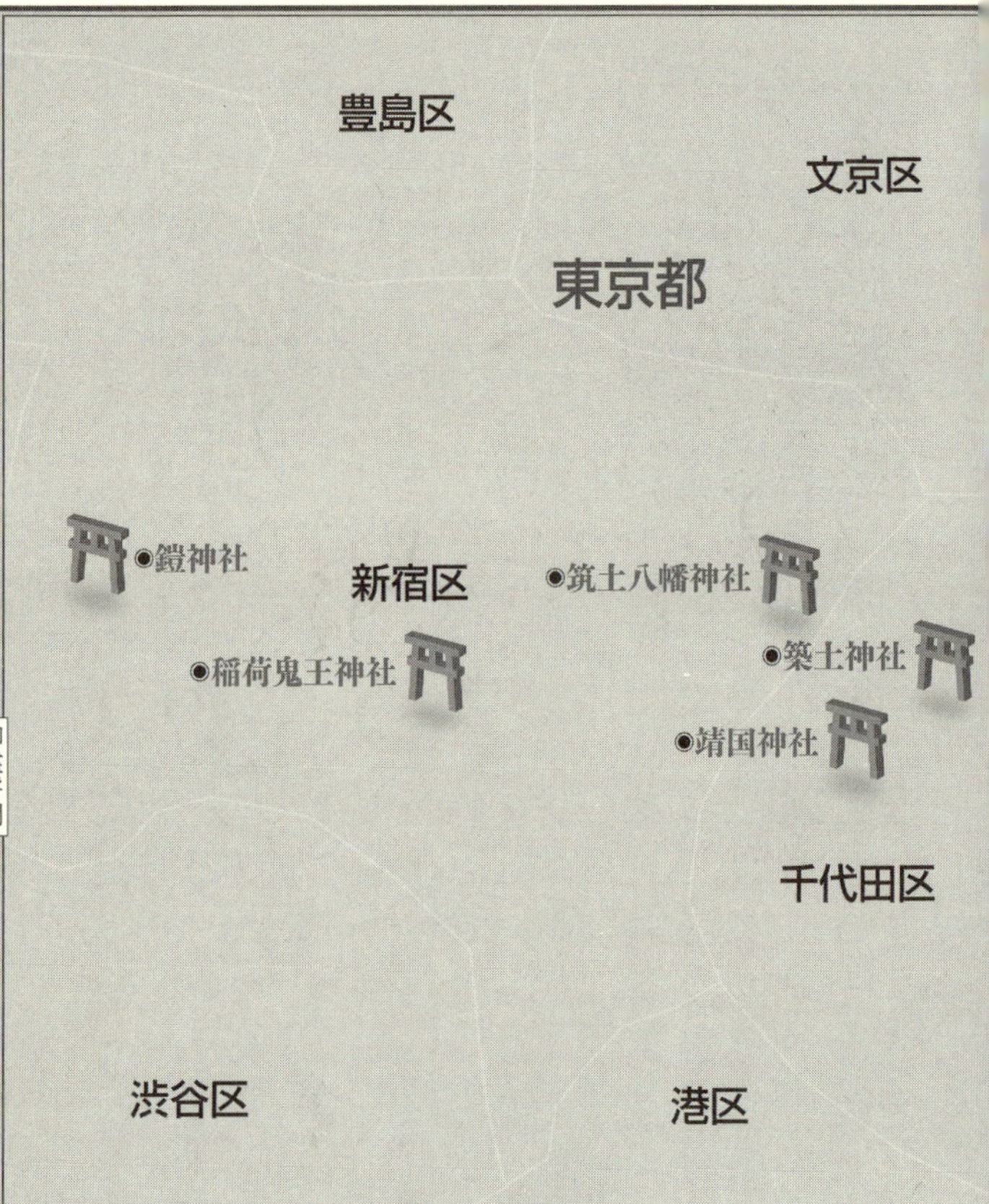

●将門首塚（東京都千代田区）

承平5年（935）に平将門の乱を起こして敗れた平将門の首が、京から持ち去られてこの地に葬られたと伝わる。奈々と沙織たちもしっかりとお参りした。

◉講談社ノベルス2007・2・6刊
◉講談社文庫2010・3・12刊

QED quod erat demonstrandum 河童伝説

「ここにゃあ今、河童はいないな。
いや、いるんだが誰もそれを見ようとしていない。
あんたは、河童を見たことがあるかね」
「いえ、残念ながら」
「ほう……」口を開けて笑う。
「そりゃあ淋しい人生を送ってるな」――本文より

STORY

河童が住むといわれる川で、
手首を切り落とされた遺体が発見される。
さらに片腕を切り落とされた別の遺体が川に浮かび、
連続殺人事件の様相を呈してくる。
同じ頃、相馬野馬追祭に来ていた奈々一行は、
一人河童の里、遠野まで足を延ばしていた崇と合流。
事件の真相が明らかになると同時に、
河童に隠された悲しい事実も
解き明かされていく……。

◉遠野（岩手県遠野市）

四方を山に囲まれた町で、柳田國男の『遠野物語』をはじめ、河童や座敷童子などが登場する「遠野民話」で知られる。市街の北側には河童伝説のあるカッパ淵が流れる。

◉相馬野馬追祭（福島県南相馬市ほか）

国の重要無形民俗文化財。江戸時代に相馬藩の統治下に入っていた地区で7月に開催される。

テーマは「魑《ち》魅《み》魍《もう》魎《りょう》」

数多の妖怪たちの中でも、最も身近とも思える「河童」について余りにも知らなすぎたのではないかと反省し、贖罪＆鎮魂のつもりで書いた。

将門関連で、相馬野馬追祭も取材に行った。勇壮なその景色に、すっかり見とれてしまった記憶がある。その後、もう一度見に行く予定でいたのだが、東日本大震災と原発事故の影響で、昔のような規模での開催が非常に困難になってしまっていると聞いた。完全なる再現は不可能だろうが、いつかまたの復活を心から祈っている。

文中で「『蜻蛉日記』によれば平安時代、天照大神は河童と同一視されていた」（『蜻蛉日記』より）と書いたら反響があった。それに関しての詳細は、改めて『伊勢の曙光』に詳しく書いたので、そちらをご覧頂きたい。

目次は、全て河童の異名。

物語地図 STORY MAP

QED 河童伝説

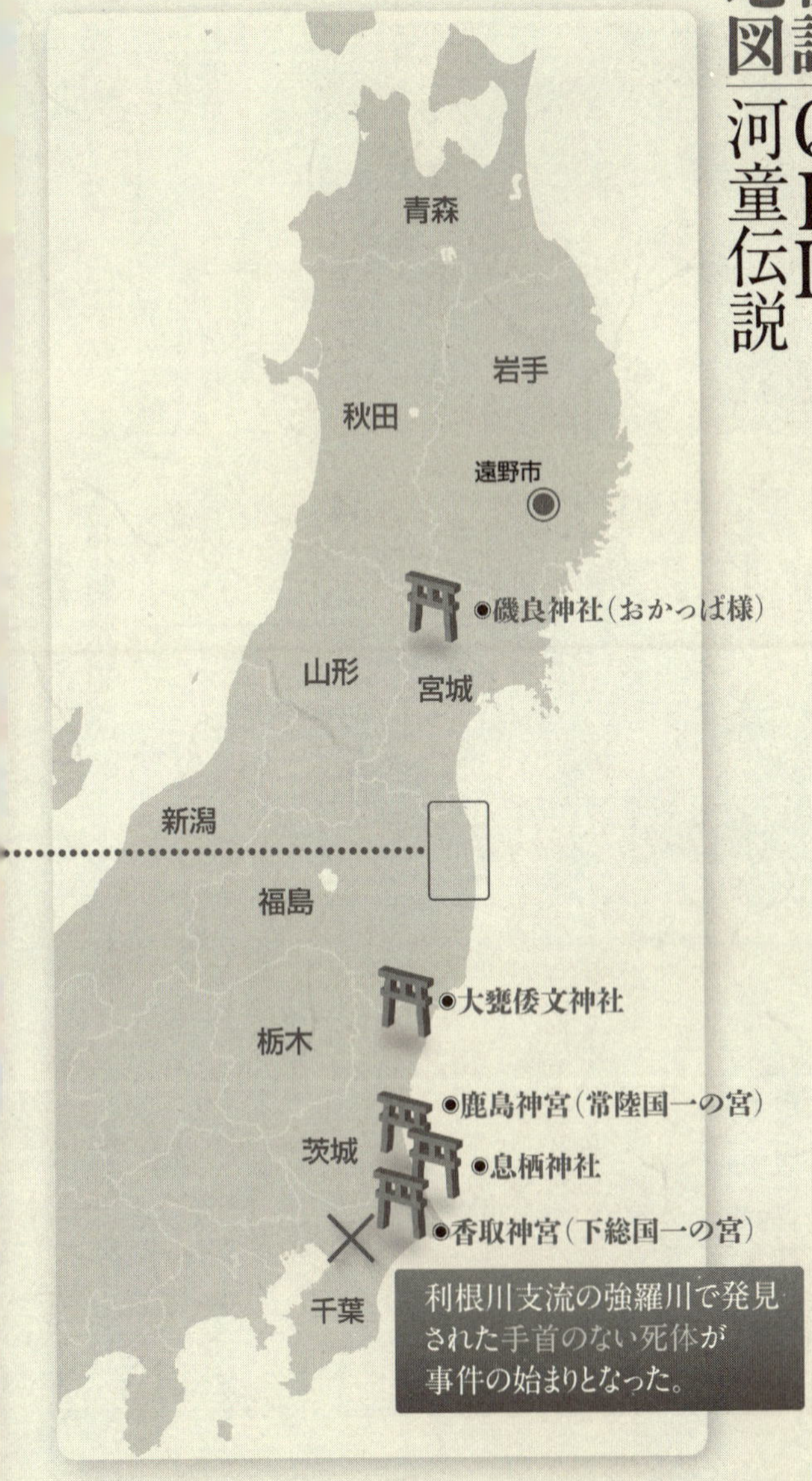

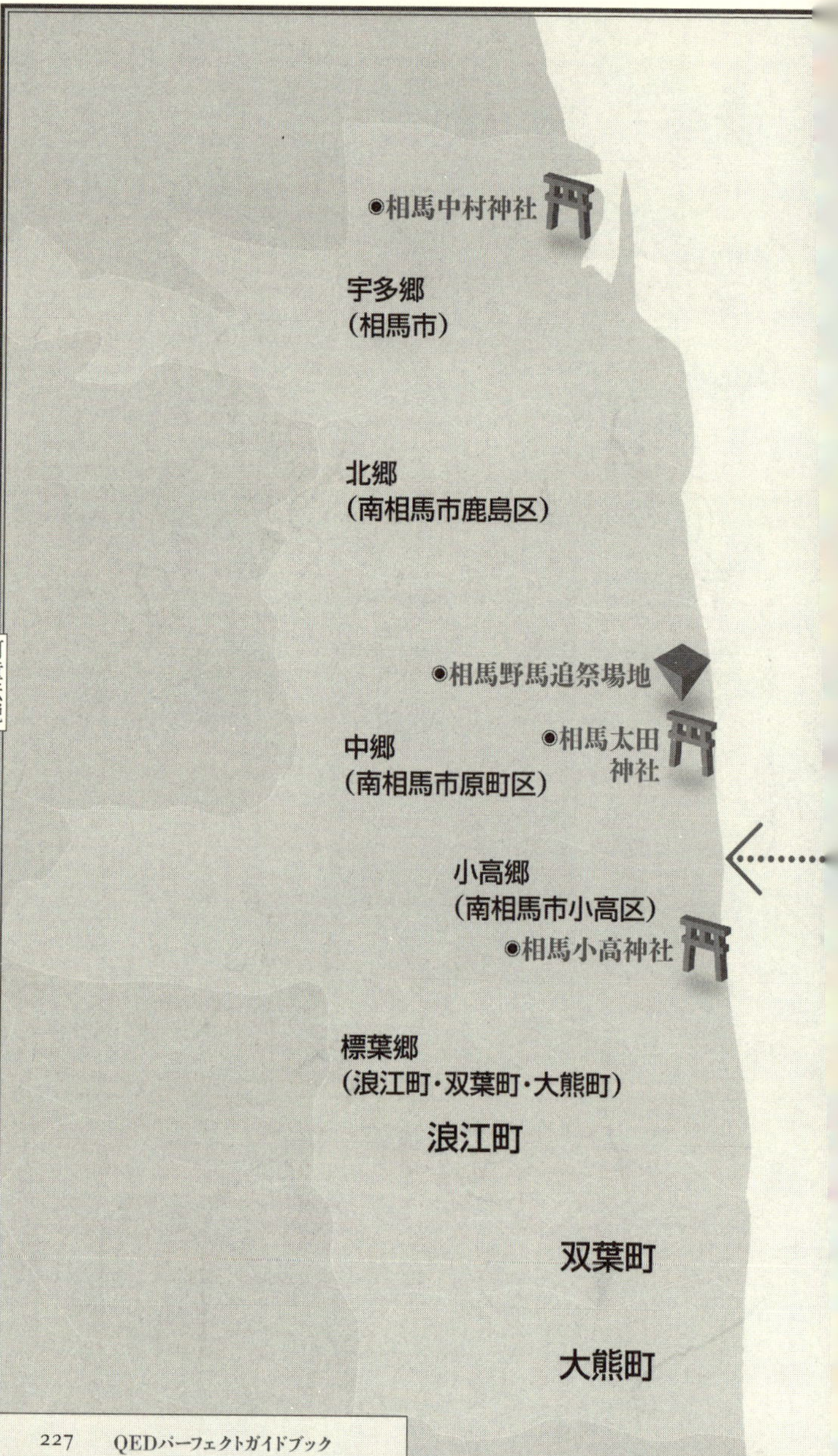
●相馬中村神社
宇多郷
（相馬市）
北郷
（南相馬市鹿島区）
●相馬野馬追祭場地
中郷
（南相馬市原町区）
●相馬太田神社
小高郷
（南相馬市小高区）
●相馬小高神社
標葉郷
（浪江町・双葉町・大熊町）
浪江町
双葉町
大熊町

QED ～flumen～

quod erat demonstrandum

九段坂の春

●講談社ノベルス2007・8・6刊
●講談社文庫2011・4・15刊

「そんな顔しないで。そのうち必ずきみの心を動かすような女性が現れる。縁というのは人知を超えているからね。例えば……」

弥生が手を離すと、崇の頬の上をすきま風が通り抜けた。

「今、あそこを歩いて行く女の子がそうかも知れない。あの可愛い子」——本文より

STORY

千鳥ヶ淵の桜の下、花弁を握り締めて男が死んだ——。
中学生の崇は、聡明な女教師・五十嵐弥生に思いを寄せるが、
ほろ苦い思い出を残して彼女は消え、
崇の胸には一つの疑問が残った。
それぞれの青春を過ごしていた奈々や
史紋の周囲でも起こる怪事件。
すべての糸は、一本に美しくつながる。

◉千鳥ケ淵（東京都千代田区）

皇居の北西側にあるお堀。桜の名所として有名であり、開花期間中は桜のライトアップが行われ昼夜を問わず多くの人でにぎわう。崇と弥生が歩きながら会話を交わした。

◉鎌倉宮（神奈川県鎌倉市）

祭神は後醍醐天皇の皇子、護良親王。父とともに鎌倉幕府と戦ったが足利氏と対立しこの地で殺された。倒幕を称えた明治天皇により、親王を祀る神社として造営された。

テーマは「我《が》逢《ほう》人《じん》」または「縁《えん》」

　三島由紀夫の名作『豊饒の海』へのオマージュとして書いた。もちろん内容的には原作に遥か及ぶべくもないが、色々な気持ちを込めた。この作品は、ぼくにしては珍しく、さまざまな小技を駆使している。季節はもちろん、陰陽五行、風水、四柱推命などを、作品に盛り込んでみた。その具体的な話に関しては、名インタビュアー田端しづかさんによる文庫本解説を、ぜひお読みください。

　この作品中の歴史の謎が完全解決していないという指摘を受けるが、それは当然で、彼らがまだ若いからである。読者の方々も、彼らと一緒になって考えて欲しいと思う。もしかすると、読者の方々の方が桑原崇たちよりも、素晴らしい解答を引き出されるかも知れない。

　目次は、「陰陽五行説」その他。

物語地図
STORY MAP
QED 九段坂の春 ~flumen~
浅草寺
雷門
仲見世通り
浅草神社
吾妻橋
浅草寺の裏手で、男女は抱き合って死んでいた。
待乳山聖天
言問橋
浅草寺の秋
隅田川
桜橋
飛瀧神社
那智大滝
那智瀧の冬
青岸渡寺
熊野那智大社
阿弥陀寺
補陀洛山寺
熊野三所大神社
那智湾
熊野灘に浮かんでいたボートに男の死体があった。
紀伊勝浦駅

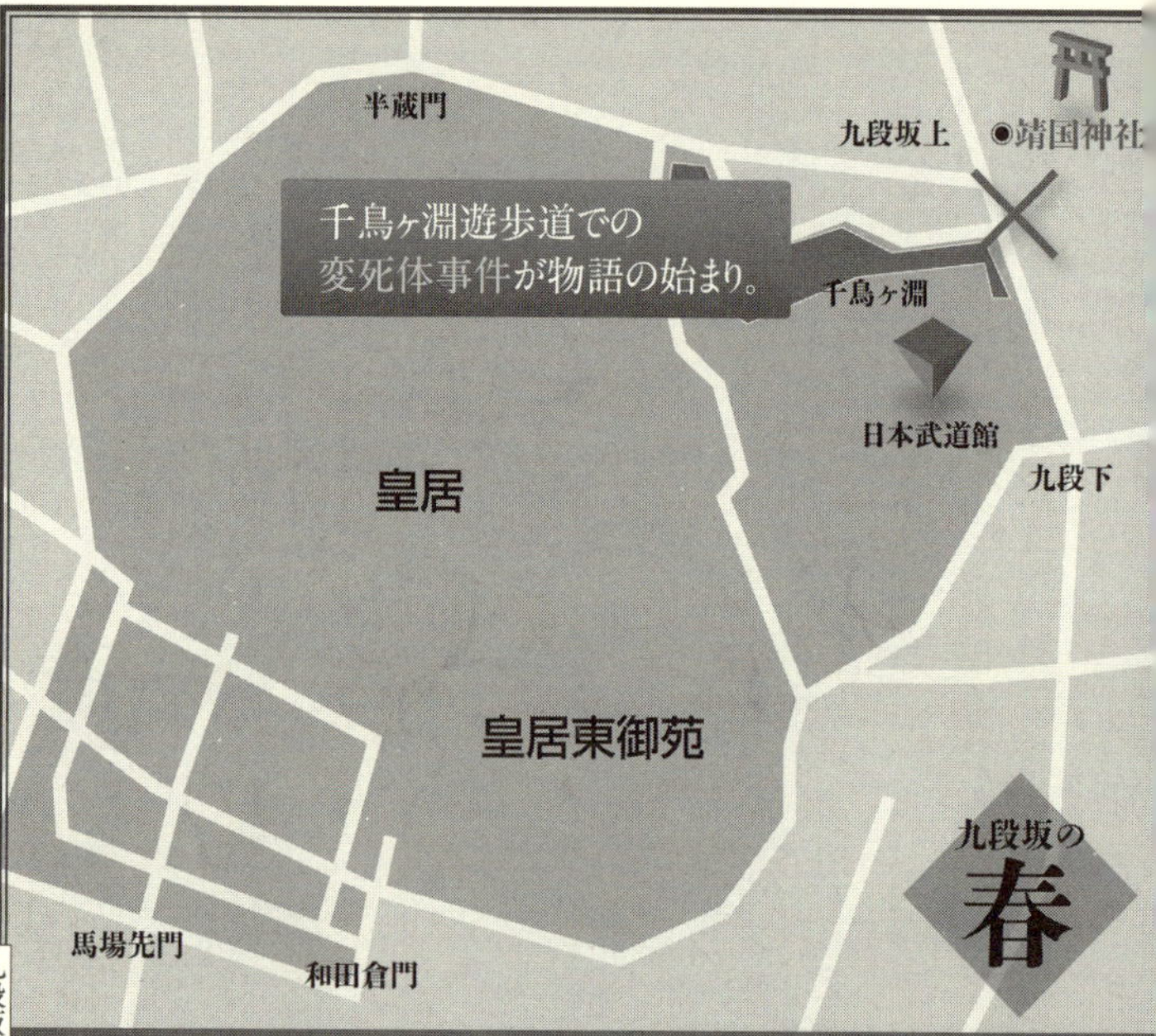
九段坂の
春
千鳥ヶ淵遊歩道での
変死体事件が物語の始まり。
半蔵門
九段坂上
◉靖国神社
千鳥ヶ淵
日本武道館
九段下
皇居
皇居東御苑
馬場先門
和田倉門

北鎌倉の
夏
「鎌倉宮に幽霊がでる」
という噂が怪事件を招く。
◉建長寺
◉法華堂跡
(源頼朝の墓)
◉荏柄天神社
◉鎌倉宮
◉鶴岡八幡宮

QED
quod erat
demonstrandum

諏訪の神霊

「ほう……」

外嶋一郎《そとじまいちろう》が、調剤室に掛かった
カレンダーに目をやって、何気なく呟《つぶや》いた。

「奈々《なな》くんは、この薬局に勤め始めて今年でもう七年になるのか」

——本文より

●講談社ノベルス2008・1・10刊
●講談社文庫2011・8・12刊

S T O R Y

長野県・御柱祭の最大の見せ場である木落坂で、
うねり暴れる御柱から振り落とされ、一人の男が亡くなった。
一ヵ月後、諏訪大社の血生臭い神事を調べるため
同地を訪れた崇と奈々は奇妙な連続殺人に遭遇する。
「御柱祭」とともに千二百年続く「御頭祭」の意味とは⁉
一連の事件を結ぶ恐るべき因縁が明らかにされる。

●諏訪大社（長野県諏訪市ほか）

信濃国一之宮で諏訪湖の周辺に4カ所の境内を持つ。今も行われる御柱祭、御頭祭など特徴的な神事や祭祀は、土着的な信仰に由来するものだといわれる。

●ミシャグチ神（長野県茅野市）

守矢家敷地内には、御頭御社宮司総社という、ミシャグチ神を祀る神社がある。諏訪神社の原始信仰として、神長官が祀る神とされている。

テーマは「生生《せいせい》流転《るてん》」

こちらも何度も取材に行き、DVDを飽きるほど見た。個人的には物凄く人が集まる御柱祭よりも、むしろ神長官や御頭祭（こちらも大勢の人出だったが）の方が興味深く感じた。

その後も何回か諏訪に行っているが、必ずミシャグチ神からお参りするようにしている。但しこちらの社は、諏訪大社上社の本宮と前宮のちょうど中間に位置しているために、全てまわるためには本宮・前宮を行ったり来たりしなくてはならず、時間と距離を浪費する。そのためタクシーの運転手さんから、どうしてそんなまわり方をするのかと必ず尋ねられる。現在そういうまわり方をする人は、少なくなってしまっているのだろうか。

目次は、2文字目が「神霊・神霊・神霊」。

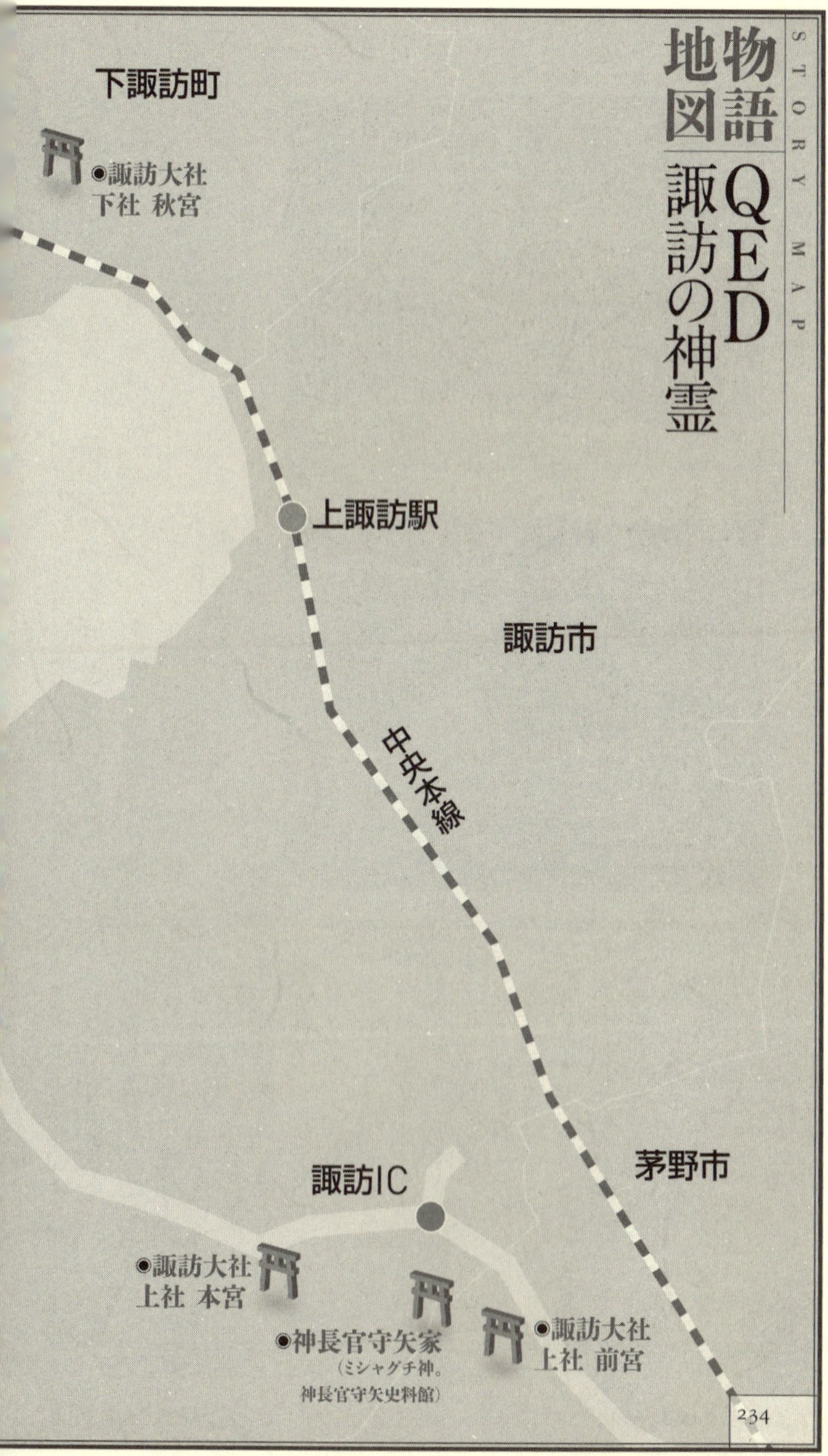
物語地図
STORY MAP
QED 諏訪の神霊
下諏訪町
●諏訪大社
下社 秋宮
上諏訪駅
諏訪市
中央本線
茅野市
諏訪IC
●諏訪大社
上社 本宮
●神長官守矢家
(ミシャグチ神。
神長官守矢史料館)
●諏訪大社
上社 前宮

お酒一口メモ

ここでも崇たちは相変わらず
良く飲んだ。
地酒でいえばやはり「真澄」の
原酒になるだろうが、その他にも
「岳龍」という、昭和天皇も
愛飲されたというとても美味しい
お酒がある。あと変わったところ
では、御柱にちなんで
「モミの木のリキュール」の
「リキュールドサパン」がある。
こちらも、とても爽やかな
リキュールである。

QED
quod erat
demonstrandum

出雲神伝説

●講談社ノベルス2009・10・21刊

「いいえ」と崇は答える。

「出雲の話です」

「出雲のだと。誰のアリバイだ」

「相撲の始祖――野見宿禰《のみのすくね》です」

崇は微笑んだ。

――本文より

STORY

奈良のマンション内、
独身 OL が出雲刀で惨殺された。
密室殺人の手がかりは、壁に残された奇妙な紋様のみ。
二週間前に起きたひき逃げ事件の現場にも、同じ紋様が。
遥か昔に実在したという忍び集団「出雲神流」との
関連が疑われるなか、崇と奈々は現場を訪れた。
古代出雲にまつわる忌まわしき真実が明らかにされる！

◉出雲大神宮（京都府亀岡市）

社伝によると和銅2年（709）の創建とされ、島根県の出雲大社が明治時代になるまで別の名を称していたため、ここは「元出雲」とも呼ばれる。背後に神体の山がある。

◉大神《おおみわ》神社（奈良県桜井市）

三輪神社とも呼ばれる。三輪山を神体とする神社である——といわれているが、拝殿が山頂を向いていないいため、崇と弥生はその説を否定している。本殿はない。大和朝廷創始の頃から存在し、日本最古の神社とされている。

テーマは「雲取山岳青《くもおさまってさんがくあおし》」

この取材のために、何度も奈良に足を運んだ。

特に新担当になられたI川さんは、大変な思いをされたことと思う。その時は1泊2日の取材で、40以上の寺社をまわることになってしまったのだ。しかも地元の方の案内があったとはいえ、某「禁足地」にまで足を踏み入れてしまったりもした。またその後個人的にも、取材を兼ねて妻と2人で20以上の寺社をまわった。だから取材旅行という言葉を聞くと、今でも奈良の地が条件反射的に頭に浮かんでしまう。現在では巻向などの発掘もかなり進んだようだが、根本的にはこの本に書いたようなことだと思っている。

目次は雲の名前だが、1文字目を右から読むと半分ネタバレになる。

出雲大遷宮

QED ~flumen~

quod erat demonstrandum

「……余計なことをしやがって。
そういうのを、
男のおせっかいっていうんだ」
「おせっかいにもなるさ」
崇はギムレットを傾ける。
「二十二年一ヵ月も付き合っていればな」 ——本文より

◉講談社ノベルス『QED 出雲神伝説』
(2009・10・21 刊)収

S T O R Y

六十年から七十年に一度という、
出雲大社大遷宮・御本殿特別拝観にやってきた桑原崇たち。
本殿に隠された二つの謎とは……?
出雲大社の秘密が解き明かされる!

◉出雲大社（島根県出雲市）

出雲国一之宮で、祭神は大国主大神。60年から70年に一度の式年遷宮の際に、本殿の内部及び大屋根が公開される。現在も、皇室関係者でも本殿には入れないしきたりがある。

◉熊野大社（島根県松江市）

出雲大社とともに出雲国一之宮で、火の発祥の神社としても知られる。加《か》夫《ふ》呂《ろ》伎《ぎ》熊《くま》野《のの》大《おお》神《かみ》 櫛《くし》御《み》気《け》野《ぬの》命《みこと》を主祭神とするが、これは素戔嗚尊の別名といわれる。

テーマは「一《いち》期《ご》一《いち》会《え》」

出雲大社大遷宮に際しての「御本殿特別拝観」に行った。しかも5月と8月と、二度も行ってしまった。60年から70年に一度という特別拝観で、本殿に昇れるという話だったので、この機会を逃したら一生ないだろうと思い足を運んだが、予想を超える物凄い人出だった。しかし本殿天井の八雲の図は、実際に自分の目で見ておいて良かったと感じた。想像していた物より遥かに大きく美しかった。また神職の方たちも大勢いらして、色々なお話を聞くことができた。ちなみにこういう場合は、こちらの質問に対する神職の方々のお答えが「さあ……それはちょっと分かりません」というものであっても、それはそれで非常に有用な回答になる。

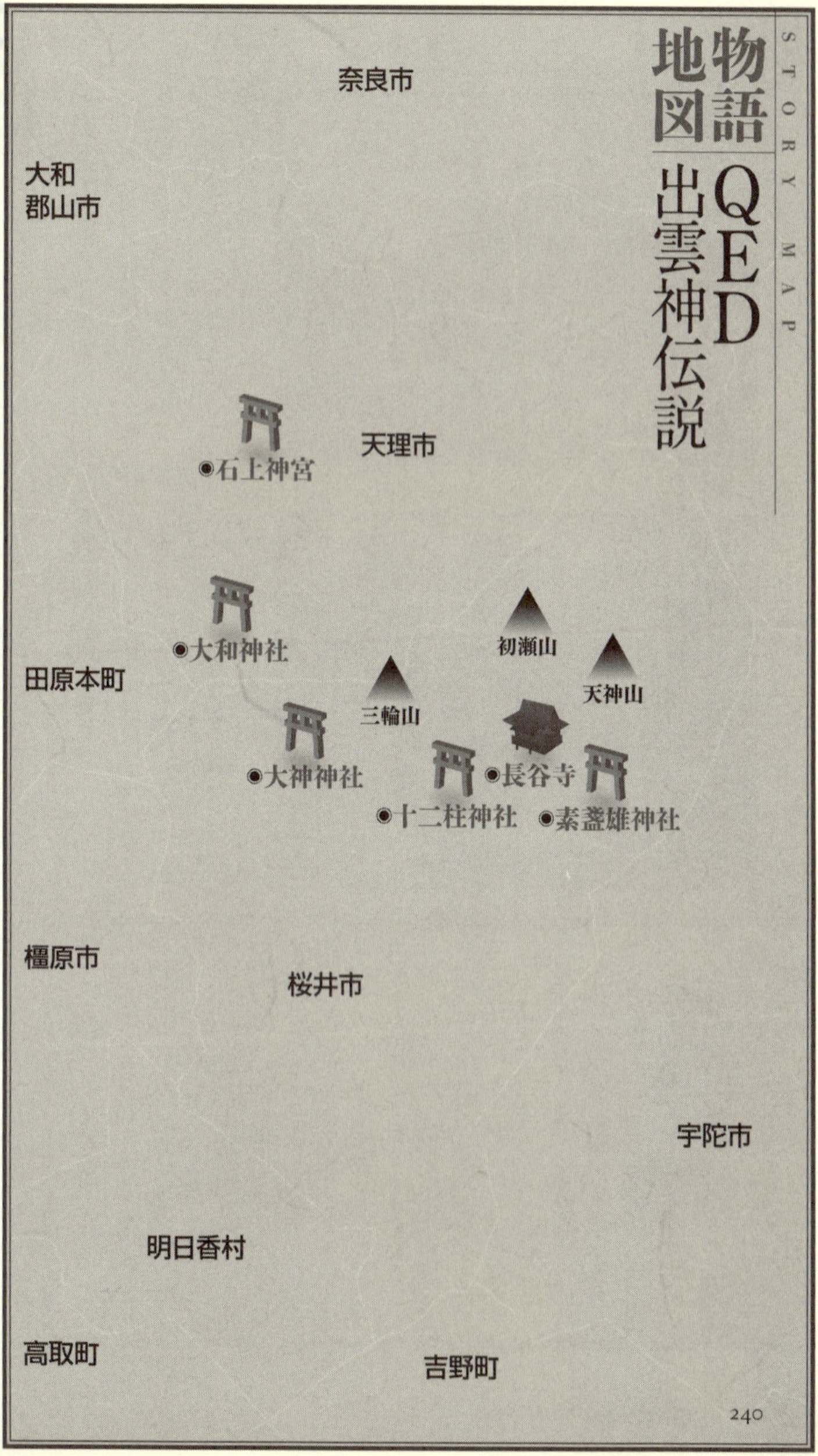
物語地図
STORY MAP
QED
出雲神伝説
奈良市
大和
郡山市
天理市
石上神宮
大和神社
田原本町
初瀬山
天神山
三輪山
大神神社
長谷寺
十二柱神社
素盞雄神社
橿原市
桜井市
宇陀市
明日香村
高取町
吉野町

物語地図
STORY MAP
QED ～flumen～ 出雲大遷宮

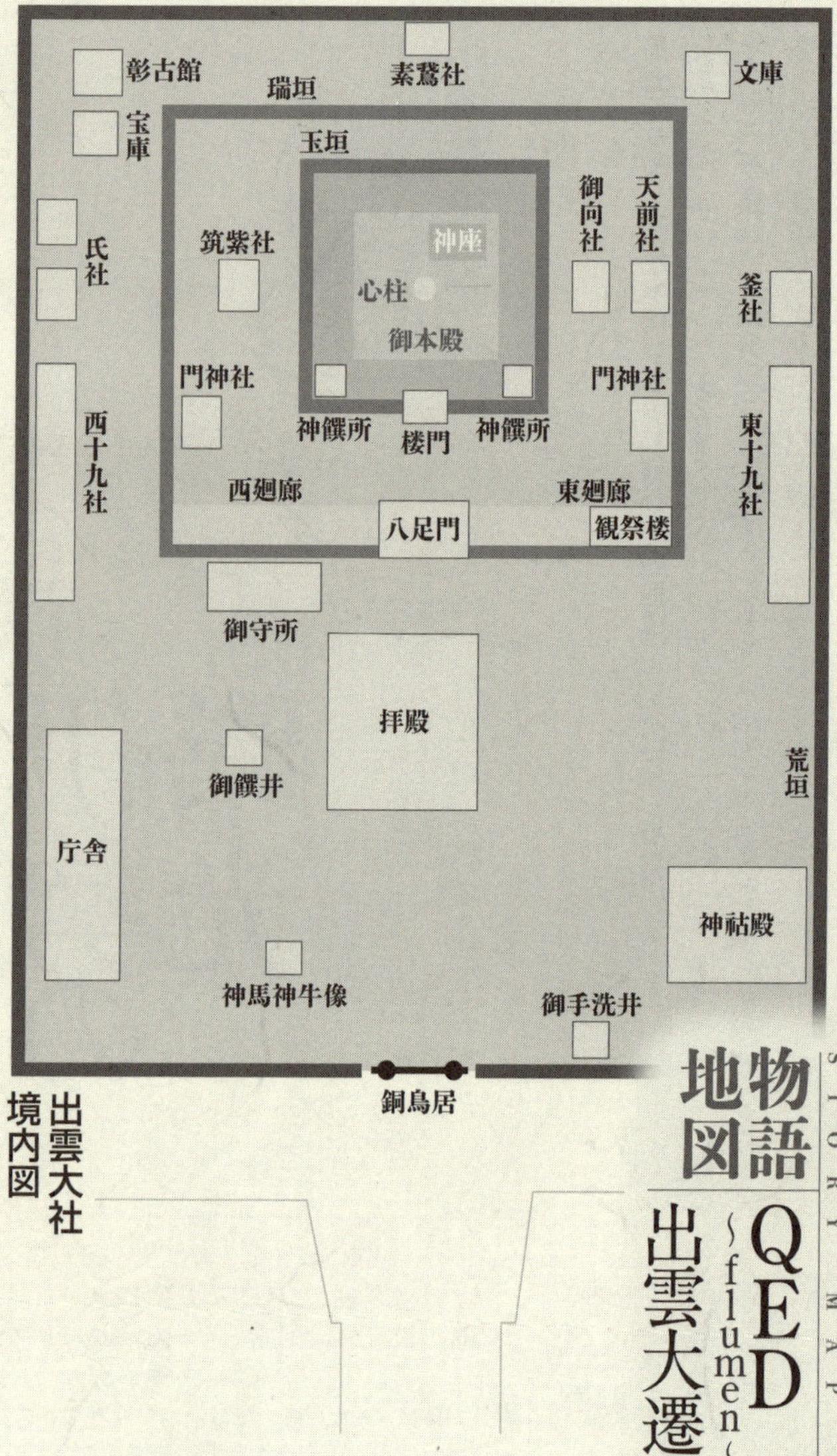

QED quod erat demonstrandum 伊勢の曙光《あけぼの》

【伊勢の曙光】
証明終わり
【QED】
quod erat
demonstrandum
時に天照大神、
倭姫命に誨へて曰はく、
「是の神風の伊勢国は、
常世の浪の重浪帰する国なり。
傍国の可怜し国なり。
是の国に居らむと欲ふ」
とのたまふ。
Takada Takafumi
高田崇史
講談社
NOVELS

●講談社ノベルス2011・10・5刊

都会の喧噪《けんそう》と灰色の夜空を少し外れた路地に、二人は迷い込む。

「カル・デ・サック」は、もうそこだ。

そうだ。今夜は、ブルー・ムーンを注文しよう。「パルフェ・タムール」を使ってもらって。

奈々は、今度はしっかりと崇の左腕をつかまえた。

――本文より

STORY

秘宝の鮑真珠「海《あま》の雫」を携えて
三重県から上京していた神職が、不審な墜落死を遂げた。
崇は小松崎から事件解決への協力を頼まれ、
奈々とともに伊勢へと向かう。
二人が伊勢神宮の真実に迫る一方で、東京では新たな被害者が。
さらには崇と奈々までもが命の危険に晒されてしまう！

◉伊勢神宮（三重県伊勢市）

太陽を神格化した天照大神を祀る皇大神宮（内宮）と、衣食住の神、豊受大御神を祀る豊受大神宮（外宮）の二つの正宮が離れた場所に鎮座する。神社本庁の本宗。

◉二見興玉神社（三重県伊勢市）

境内の磯合にある夫婦岩で広く知られる。夫婦岩は太陽（天照大神）と、沖合いおよそ700mの海中に沈む興玉神石を拝むための鳥居の役目を果たしている。

テーマは「遍《へん》界《かい》不曾《かつて》蔵《かくさず》」

伊勢も出雲大社同様に、遷宮に伴う御垣内参拝にも行くことができた。まったくの偶然だったのだが、おごそかに参拝させていただいた。きっとこれも、伊勢の神様が憐れんでくださったおかげだろうと思う。

この作品は、結局構想5年になってしまった。謎を追えば追うほど混沌として、解決しないまま終わるのではないかと内心危惧していた。ところがある時、突然閃いた。そして閃くと同時に、伊勢にまつわる全ての謎が、ドミノ倒しのように氷解していった。

シリーズ完結編ということで、普段の3倍（3冊分）の情報をつぎ込んである。ぜひ細部までお目通しください。

目次は、1文字目が「いろは」。同時に最後の文字が、そのままあとがきへと続いている。そしてあとがきは、上から何文字目かを左から読む。

物語地図 STORY MAP

QED 伊勢の曙光

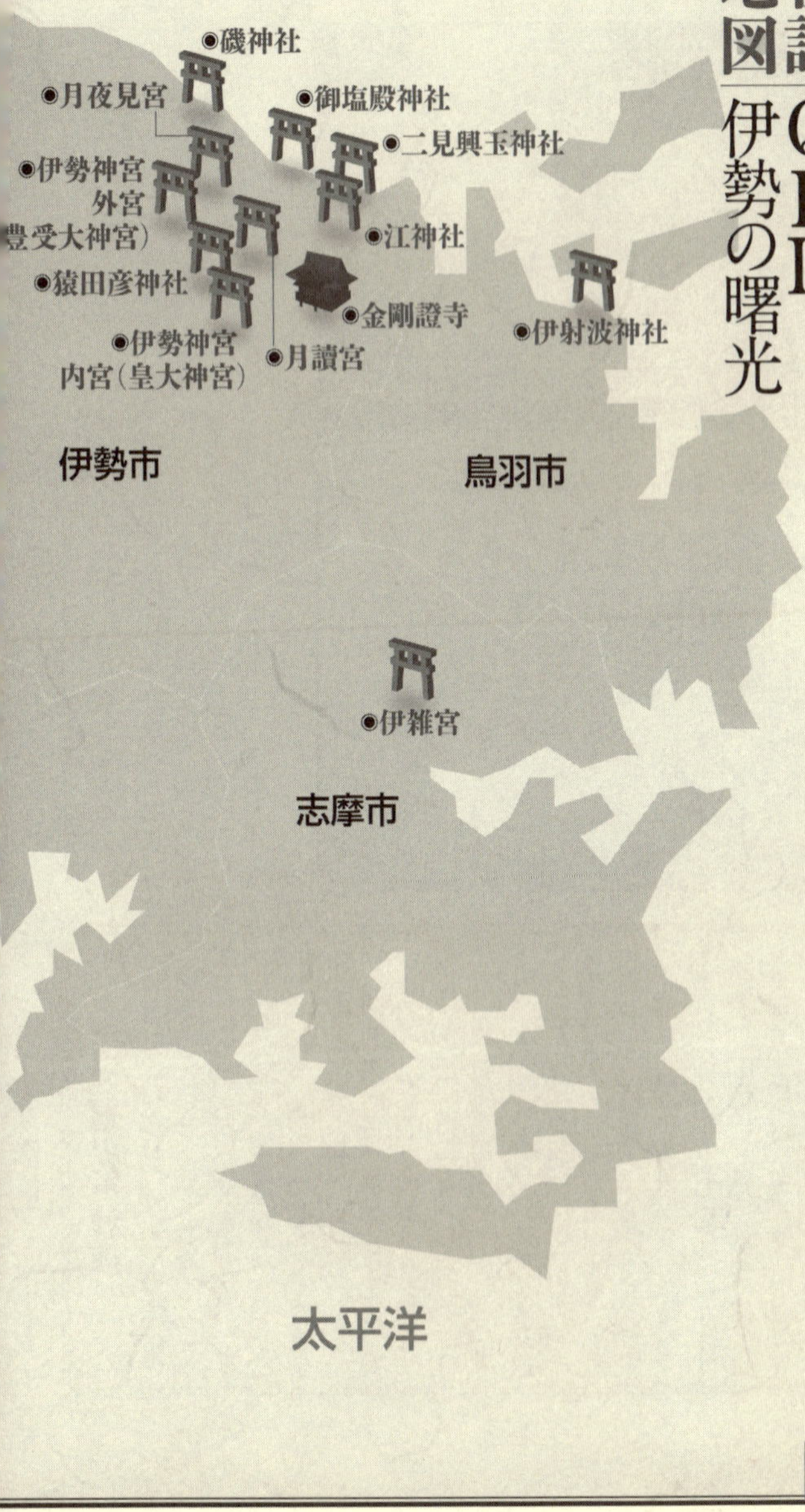

お酒一口メモ

伊勢はやはり「伊勢うどん」と
「てこね寿司」を食べながら
地ビール・地酒で、文句なし。
崇たちも散々飲み食いしている。
極太のやわらかいうどんと
真っ黒の濃厚なタレの
「伊勢うどん」は、昔から
お伊勢参りの人たちへ供する
料理なので、これらに加えて
地酒があれば、伊勢の話をつまみに
朝まで飲めるかもしれない。

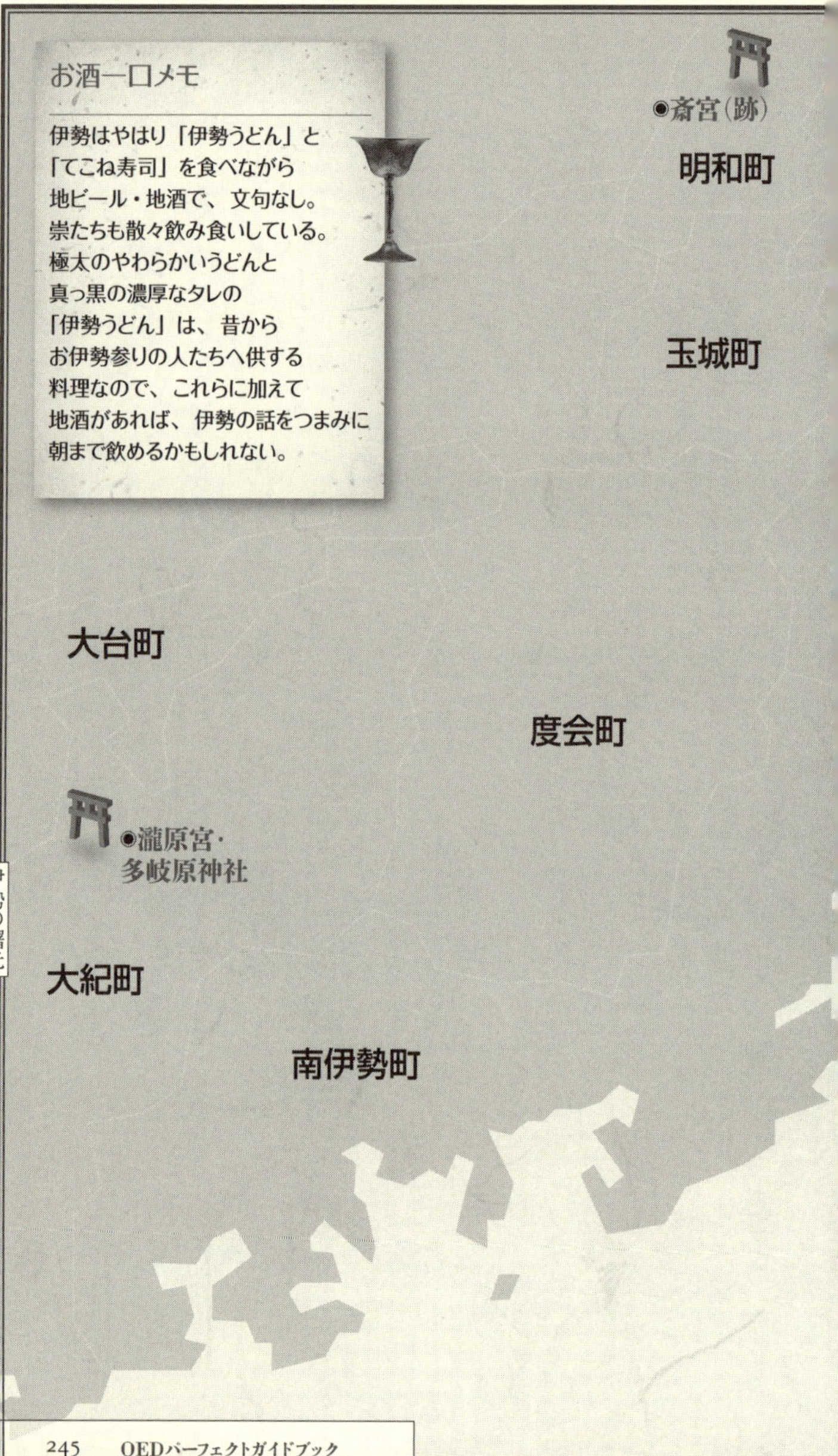

特別書き下ろし

『二次会はカル・デ・サック』

平成十二年（二〇〇〇）四月九日、日曜日。

まだ宵《よい》早い、東京・表《おもて》参道《さんどう》のバー。

「いやいや、しかし」

小松崎《こまつざき》良平《りょうへい》は、一息で生ビールを半分ほど空けた。

「沙織《さおり》ちゃんは綺麗だったな、いつもに増して。良い花嫁だった」

「本当にありがとうございました」

棚旗奈々《たなはたなな》は、小松崎と桑原崇《くわばらたかし》に向かって頭を下げる。二人は奈々の母校・明邦《めいほう》大学の一年先輩である。

但《ただ》し、崇は奈々と同様に薬学部薬剤学科卒だが、小松崎は文学部社会学科卒だ。だから現在、崇と奈々は薬剤師。そして小松崎は、フリーのジャーナリストになっている。

奈々は改めて二人にお礼を言う。

「今日はわざわざ、妹のために」

「何を言ってるんだよ。水臭《みずくせ》えな」小松崎は笑った。

「でも、今日は日も良かったみたいだし、本当におめでたかった」

「本人たちは『大安』を希望していたらしいんですけど、さすがに来週の大安は、どこの式場も一杯だったようです。だから今日になったって」

「『先勝』ならば問題ねえよ」

「いいや」

崇は言うと、ギムレットを傾けた。アルコール度数の高い乳白色の液体が、スポットライトの下で、物憂げにゆらりと揺れる。

「むしろ今日の方が日が良かった。何しろ『房』で『神吉《かみよし》』だからな」

「何だそりゃあ」

「神前結婚だったようだしな。それならば、神仏参拝などの神事は大吉だ」

「迷信じゃねえのか」

「大安や仏滅などの六曜《ろくよう》こそ、つい最近——江戸時代にできた迷信だ。こっちは二十八宿《にじゅうはっしゅく》だ。八世紀初頭の貴人の墓といわれている高松塚《たかまつづか》古墳の天井にも描かれてる」

そうかね、と小松崎は呆れ顔で崇を見た。そしてビールを一口飲むと、奈々に尋ねる。

「それより奈々ちゃんは、二次会に顔を出さなくていいのか。花嫁のお姉さんが、ここで俺たちと一緒に飲んでいて」

「ええ」と奈々は笑って答える。「二次会は友人たちが主催で、朝まで大騒ぎするらしいんです。だから、かえって身内の人間がいない方が良いですよ。気を遣うでしょうから」

それに、崇と小松崎が二人して（個人的二次会と称して）ここで飲むことにしたという話を聞いてしまった以上——本音を言ってしまえば——当然こちらの会の方が、肩も凝《こ》らずに楽しい。

そこで三人揃って、披露宴終了後に、こうして表参道まで出て「カル・デ・サック」へやって来た。

相変わらず適度に照明の落とされた店内には、スローなジャズがゆったりと流れ、鉢植えの大きなポトスたちの葉も、涼しげに奈々たちを迎えてくれる。さっきまでの豪華《ごうか》絢爛《けんらん》なパーティ会場での喧騒《けんそう》が、遥か遠い昔の出来事のように思えてしまうほど、静かで落ち着いた別世界だ。

崇と二人の時は、決まってカウンターに座るが、今日は三人でテーブル席に座った。締め慣れないネクタイを思い切りくつろげた崇と、珍しくシルクのポケットチーフを胸ポケットに入れている小松崎は、向かい合って腰を下ろす。そして奈々は、いつも通り崇の左側に坐った。

「それで……」

崇はギムレットに口をつける。

「熊《くま》つ崎《ざき》は、これからどうするんだって」

崇はいつも、小松崎のことをそう呼ぶ。確かに空手三段の体は、熊のようにがっちりしていた。

「ああ」小松崎はナッツを口に放り込むと、カリッと噛んだ。

「さっきも言ったように、一、二年、外国に行く」

「え」奈々は初耳だった。「海外へ?」

「おう。少し見聞を広めないとな」

「傷心旅行か」

「ばっ」小松崎は、今口に入れたばかりのナッツを吹き出しそうになる。「ばかを言ってるんじゃねえよ! 勉強を兼ねた仕事だ。第一、誰の心が傷ついてるってんだ」

「おまえの心だろう。少女のように」

「どういう意味だ」

「そ、それで」奈々があわてて間に入る。「どこに行かれる予定なんですか」

「イギリスとフランスだ。あと、スイスやオランダにも」

「学生時代に語学を全部落としたおまえが、英語圏に留まらず、無謀なことにその他の国にも行くのか」

「なんだと」

「す、素敵ですね、とても!」

奈々はテーブルの下で、崇の腿をつねった。

「私も、ロンドンには凄く興味があります。いつか行ってみたい国の一つです」

「ああ。時間があれば、遊びに来るといい。落ち着いたら、必ず連絡するから」

「ぜひ」

奈々はホワイトレディを一口飲んだ。爽《さわ》やかなレモンの香りが、鼻腔に弾ける。

「ロンドンといえば……」奈々は二人を見た。「緑《みどり》川《かわ》友紀子《ゆきこ》さんが、日本に戻って来られているそうです。近いうちに会いましょうって、連絡がありました」

「明邦大の先輩で、狂信的なシャーロキアンの女性だな」小松崎は苦笑いした。「入れ違いで助かった。

奈々ちゃん、適当によろしく伝えておいてくれ」

　以前――十年近く前に横浜で起こった事件で、卒業以来初めて顔を合わせたのだ。そしてその事件が収束して以降、友紀子はロンドンに渡っていた。

　小松崎はジョッキを空けて、今度はバーボンのロックを注文する。それに乗じて、崇はギムレットのお代わりを頼んだ。相変わらず良く飲む。披露宴会場でも赤ワインを、おそらく……一人一本ずつほど飲んでいたくせに。

「でも……。小松崎さんがいなくなってしまうと淋しいですね」そういう奈々も、ホワイトレディをお代わりする。「それでも、たまには日本に戻って来られるんでしょう」

「心配するな」小松崎はカラリとグラスを傾ける。「きみたちの結婚式には列席させてもらうから」

「えっ。私たちの――」

「とぼけるなよ」小松崎は笑う。「さっき、沙織ちゃんが言ってたぞ。次は近いうちに姉なので、どうかよろしくってな。良い子だねえ」

「ま、またあの子は、そんなことを！　一体何の根拠があって」

「ふん。見てりゃ分かるよ、そんなことは」小松崎はからかうように奈々を見た。「テーブルの下で、手でも握っていそうな雰囲気だぞ」

「握ってません」

　奈々は両手の指を揃えて、テーブルの上を軽く叩いた。

「小松崎こそ、どうなんだ」一方、崇は静かにギムレットを傾ける。「例の、神山禮子《みわやまれいこ》さんは」

「は？　どこからそんな話になるんだ」小松崎は苦笑する。「残念ながら、ちょっとタイプが違うな。あの子は、毒草師《どくそうし》に任せておこう」

「御名形史紋《みなかたしもん》か。あの、世間常識の範疇《はんちゅう》に微塵《みじん》も収まらない男だな」

　他人のことを言えないような男が言う。

「そういえば御名形さん、ずっと東京にいらっしゃるんでしょう。この頃は、すっかり連絡がありませんけど」

「いいじゃねえか。奴とは余りお近づきにならない方が良い」

「どうしてですか」

「油断してると、毒の効果を試すために、こっそり一服《いっぷく》盛られる」

「そんなわけないでしょう！」

「しかし……神山さんは確かに美人だが」小松崎は首を捻《ひね》った。「いかんせん暗すぎるな。知らない間に自殺していてもおかしくないほどだ」

「またそういうことを！」

奈々は小声で叱《しか》ったが……「自殺」というキーワードに、胸がチクリと痛んだ。伊勢で崇が思わず告白した、昔に自殺を試みた事件というのは、一体何だったのだろう。

そのうちこっそりと訊いてみようか。

でも……止めておいた方が良いか。長い間をかけて少しずつ尋ねてみる？

それとも忘れた方が良いのか。

いや、やはり自然に任せよう。どちらにしても、時間という溶媒の中で、ゆっくりと薄れて行く話だ。神山禮子の言葉ではないが「流れのままに」――。

「しかし」崇が真面目な顔でいきなり口を開いた。「沙織くんの結婚相手が、熊つ崎ではなくて本当に良かったな、奈々くん。危うくこの男が、きみの義理の弟になってしまうところだった」

「何だと、タタル！ ずいぶん失敬なことを言うじゃねえか。そうなるわけもないが、たとえそうなったところで何が悪いんだ」

「俺は、奈々くんが危うく難《なん》を逃れたという事実を述べているだけだ」

「そうやって喧嘩《けんか》を売るつもりなら、日本を離れる前に一暴れするぞ」

「言っている意味が分からないな。相変わらず論理的ではない」

「どうも気に入らねえな。大体おまえは十五年前の大学の学食の時から――」

「十四年前だな」

「そういうところもだ！」

「静かに喧嘩してくださいね」

奈々は小声で笑いながら、二人をたしなめる。

そしてその忠告通り、素直に小さな声で言い争い始めた二人を横目で見ながら、奈々は小さなえくぼを浮かべると、テーブルの下でそっと崇の膝の上に自分の右手のひらを添《そ》えた。

そして左手でグラスを取ると、ホワイトレディをサラリと空ける。

何か先が思いやられるような気もするが……今までこうだったように、これからもきっとこのままなのだろう。いっそのこと自分の座右の銘も、禮子のように「流れのままに」に変えてしまおうか。

奈々はこっそり微笑んだ。

窓ガラスの向こうで、夜はまた一つ更けてゆく。

静かなジャズのナンバーが、相変わらず緩やかに「カル・デ・サック」の空気を揺らし、そして奈々たち三人を優しく包み込んでいた。

●著者注

「カル・デ・サック」は、三十年ほど前に東京、原宿・神宮前に実在していた「cul de sac」というパブ・レストランがモデルです。当時のお店では、いわゆる大人のミュージシャンの方々をよくお見かけしました(YMOの方々とか)。そして、このお店の地階には、今や伝説となってしまった尾崎浩司さんのお店「Bar Radio」がありました。ちなみにノベルス版『QED ベイカー街の問題』の、カバー袖に載っているカクテルの写真は、こちらの「Bar Radio」で撮影させていただいたものです。ぼくはこの二つのお店で「お酒(カクテル)」を教わりました。

証明終わり

【QED】
quod erat
demonstrandum

●QEDシリーズ既刊リスト

QED 百人一首の呪《しゅ》	定価1019円(税込)
QED 六歌仙の暗号	定価1082円(税込)
QED ベイカー街の問題	定価924円(税込)
QED 東照宮の怨《えん》	定価924円(税込)
QED 式の密室	定価735円(税込)
QED 竹取伝説	定価882円(税込)
QED 龍馬暗殺	定価998円(税込)
QED 〜ventus〜 鎌倉の闇《くらやみ》	定価798円(税込)
QED 鬼の城伝説	定価861円(税込)
QED 〜ventus〜 熊野の残照	定価840円(税込)
QED 神器封殺	定価977円(税込)
QED 〜ventus〜 御霊将門	定価882円(税込)
QED 河童伝説	定価945円(税込)
QED 〜flumen〜 九段坂の春	定価1082円(税込)
QED 諏訪の神霊	定価998円(税込)
QED 出雲神伝説	定価1050円(税込)
QED 伊勢の曙光《あけぼの》	定価1155円(税込)
毒草師 QED Another Story	定価903円(税込)
毒草師 白蛇の洗礼	定価924円(税込)

第1弾
「カンナ
飛鳥の光臨」
聖徳太子の正体は
誰なのか
第2弾
「カンナ
天草の神兵」
天草四郎に隠された
暗号は？
第3弾
「カンナ
吉野の暗闘」
呪術者にして英雄！ 役小角
第4弾
「カンナ
奥州の覇者」
アテルイ降伏の真実とは？
第5弾
「カンナ
戸隠の殺皆」
天岩戸伝説の偽りを暴く！
第6弾
「カンナ
鎌倉の血陣」
鎌倉源氏滅亡の真相に迫る！
第7弾
「カンナ
天満の葬列」
菅原道真は本当に大怨霊か？
第8弾
「カンナ
出雲の顕在」
出雲大社は素戔嗚尊を
追放したのか！？
闇に葬られた
「裏の日本史」が
甦《よみがえ》る！
定価（税込）：各945円
ures in History

N.D.C.913　252p　18cm

定価はカバーに表示してあります

QED《キューイーディー》 ~flumen《フルーメン》~ ホームズの真実《しんじつ》

二〇一三年九月四日　第一刷発行

KODANSHA NOVELS

著者―高田《たかだ》崇史《たかふみ》　© Takafumi Takada 2013 Printed in Japan

発行者―鈴木　哲

発行所―株式会社講談社

東京都文京区音羽二-一二-二一

郵便番号一一二-八〇〇一

編集部〇三-五三九五-三五〇六

販売部〇三-五三九五-五八一七

業務部〇三-五三九五-三六一五

本文データ制作―凸版印刷株式会社

印刷所―凸版印刷株式会社　製本所―株式会社大進堂

ISBN978-4-06-182894-0

カンナ
高田崇史
Takafumi Takada
カンナ
京都の霊前
高田崇史
第9弾
「カンナ
京都の霊前」
非実在聖徳太子の謎が
ついに明らかに!!
シリーズ堂々完結!!
伊賀忍者の末裔・甲斐が、
日本史を覆しかねない社伝を追う
痛快歴史アドベンチャー!!
KANNA Adven